中国少数民族文学发展工程·翻译出版扶持专项（民译汉）

游牧人笔记

（蒙古族）乌仁高娃／著
（蒙古族）海日寒　海泉　哈森／译

作家出版社

目 录

序　我的奇迹

——写在妈妈新书前面

我有个好朋友，在她很小的时候她的妈妈生了场重病，那病很突然，她的妈妈走得也突然。后来我问她：“那是什么感觉啊?”她回答：“说不清楚，百感交集吧。那时候太小，只知道哭。隐约觉得有种不该有的责任感降临。你有过那种感觉吗，就是你清楚看到老天就站在你面前，可他却帮不了你?”

我不知道失母之痛会有多剧烈，我没想过。因为我压根就不敢想。妈妈活在我的生命中，就永远是我的信仰。

谈到信仰。身边有好多人总会陷入一种无谓的争吵当中，并最终演变成对更多其他人的仇恨、谩骂。他们看似揭示着所谓人性的丑陋（虽然在我看来只是一厢情愿的对于愤懑的释放），对别人指指点点，对某种行为耿耿于怀，总为一点小事就生气，总念叨着“凭什么”，计较来计较去。但对我来说，其实妈妈的行为跟言语都对我有这样一种指向——在自己力所能及的范围内，绝不要怕吃亏，任何时候都要多为别人想一些；用美好的眼光去看待世间万物，绝不怀揣恨意；体谅一切，包容一切。对于信仰模糊甚至没有信仰的人来说，“信仰”二字可能只是个没有灵魂的词。然而其实真正的信仰，能在你真正与人性纠缠时，给你正确的、向善的、更令人愉悦的，甚至更伟大而坚定的答案，少些复杂性的纠结。于是我会带着这样的洗礼，努力在这样一个荒诞的社会里出淤泥而不染，但这也常常造成旁人对我的行为或想法的不理解甚至误解。然而我很感谢我可以有信仰，浸着无穷的善意的美妙信仰。当然这完全归功于妈妈。

很奇怪，我对妈妈的记忆很少，少得荒凉。其实我压根就不怎么记得童年的事情。只记得妈妈逼我学蒙古语，逼得很紧，给我找了各种蒙古语老师，我只要一得空就被送去老师家。我那时候对此很有压力，感觉那是我的噩梦。我不喜欢蒙古语老师苛刻的态度，不喜欢蒙古语老师家的小孩子斜眼看我，更不喜欢书上枯燥无味的文字。我天生就任性，不喜欢的事情很难上手，压力感会比别人大很多。有一天我照常到老师家上课，一进门就因为拿错书受到指责，我一下子就爆发了，把书扔到桌子上大喊“那我再也不来了”，然后掉头跑出去，在外面晃了很久才回家。我从小就很封闭，总瞪着眼观察别人，不怎么爱说话，更不喜倾诉；想得很多，虚荣而怯懦。我在下一次去上课的约定时间前硬着头皮把事情告诉了妈妈，心里不只是慌乱而且是恐惧。还好妈妈听了没说什么，她怎么收拾的我捅出的烂摊子我也不得而知。后来我又有了新的蒙古语老师。不过现在想想，我学过的最有用的东西大概就是这个了。

前段时间去看了部电影叫《灰姑娘》，从一开始就看到妈妈的影子，甚至可以说电影里灰姑娘的妈妈简直跟我妈妈就是一个模子里刻出来的，美而纯净，大方又善良。不过相比较而言我妈妈所承受的东西更多，经历的苦难和背负过的黑暗更是无人能及。这就是我所讶异的地方——她在讲述那些往事时，言辞平淡，故事却不凡。我常常听着听着脑袋就要炸了，因为太苦了。我没想到一个女人会经历那样的日子，而且繁重而冗长，苦难一重加一重。然而经历过这么多的她，竟然依旧守着一颗高洁的心，乐此不疲地付出着爱和感恩，对世界笑脸相迎，未曾沾染半点污秽，纯净如初，阴霾全无。我想，所谓奇迹也就莫过于此了。

二〇一二年是挺难熬的一年。那年妈妈的甲状腺瘤越发严重，之前就有医生频频警告过手术必须立马做，妈妈不想做手术，挨了很久，吃了很多种药，但几乎没有什么好转。到了那年冬天，妈妈的甲状腺肿瘤已经不能再放任不管了，终于决定要做手术。那时候我很淡然，觉得手术这东西其实没什么大不了的，那么多人都在做，那么多人都做过。后来妈妈住进医院，我才发现做手术是多复杂的过程。妈妈躺在病床上，看起来无比憔悴，脸色苍白，却还是一直嘱咐我关于手术的事以及手术之外的事。我很慌乱，绷着神经站在床边努力听着，尽力按妈妈说的做着。因为爸爸在很远的地方工作，不能赶来，所以我要全程自己担着责任。那时候就感觉像是全世界最美最珍贵最爱我的鸟儿受了伤，而此时只有我，而我也必须去救她陪她守护她，我是那唯一的双手，不强大也要接受。这变故快而铺天盖地，根本不留给我软弱的余地，我连流眼泪的念头都不能有。

我其实是很笨很迟钝的那类人，不懂看人脸色，不懂说话办事的技巧，属于最着急最操心却手足无措的那种。妈妈安顿我要分别给麻醉师、主刀医师怎样说话，以及应该在什么时候什么场合以什么样的方式不露痕迹地对待。不过后来这些事由比我更聪明的人们去完成了，我只是在旁边目睹着，感叹人们的敏捷度——这大概是大多数人都有的技能吧。

后来我两次被叫去，分别进到两间不同的黑屋子（记忆里只有“黑”这个印象），要我签字。我仔细听着医生简而言之的警告，看着纸上我一句都看不懂的条约，脑袋忽然开始嗡嗡作响，努力定睛，心脏却还是狂跳不止。我知道手术会有风险，我也听到了麻醉剂有副作用。然而结局只有一个：我必须签。这场手术从我手中颤颤巍巍地开始了。

进手术室的前夕，妈妈一直紧握着我的手，不停念叨着说害怕。我说不出其他话，只是告诉她：“没关系，一定会好起来。”心里其实在想：“害怕就尽情害怕吧，我会一直陪着你。”一直到进手术室的那一刻，妈妈也在不停地伸出手来想要有人握着她。后来她告诉我说：“当时真的很紧张，有人握着多少会踏实一些。”我看着她被推进手术室，第一次有怕会失去她的恐惧感，心里有万颗石头上了天，忐忑而沉重。我戴着口罩候在手术室门口，闭着眼睛坐在铁椅上。一想到妈妈正在那堵墙内“任人宰割”，我就忍不住要流眼泪。妈妈被推出来的时候昏昏沉沉的，主刀医师告诉我说第一晚会很难熬，我必须整夜看护好她。笨到发紫的我必定手忙脚乱，有时太紧张反而出了错。但最难忘的还是妈妈那一晚的煎熬——头部一整晚都不能动，而且在一段时间内不能喝水。妈妈一整晚都皱着眉头，脸色苍白，嘴唇干裂。她因为太难受所以会时不时让我伸手到她脊骨下按摩或撑一撑。后半夜我开始用吸管喂水给她。可我还是在天亮之前迷糊着打了盹儿，然而这不是我犯的最大的错误——我一直到第二天都没意识到插在输液管上的麻醉剂是可以随时停用的，以至于妈妈被注射了太久的麻醉剂——后来妈妈总会以此责怪我。天知道我有多愧疚。

妈妈做完手术的第二天，亲戚朋友都陆续来探病，我却突然发了高烧得了重感冒。那时候妈妈已经恢复得差不多了，于是我把妈妈委托给他们，自己扛着烫而沉重的身子买了药回了家，倒在炕上昏睡了一整天。天快黑时妈妈托人来看我，逼我去看医生，我没去。我知道那场高烧是医生治不好的。

妈妈其实很强大，她扛着那么多做了那么多事。没人能想象到，没人能理解。我看在眼里，听着她讲往事，甚至会极端到觉得人生充满不幸。可谁知她有多脆弱，从骨子里就是一朵纯粹而经久不衰的花。从那时候起，妈妈的健康成了我最大的祈望。

我从小就特别喜欢小孩子，这让我感觉自己很另类。更甚的是，我喜欢小孩子喜欢到每天软磨硬泡让我妈给我生一个。那时候我根本不知道小孩子是怎么生出来的。

那时候我还在念小学，妈妈有一台红色脚踏摩托车。那天阳光普照，我坐在摩托车后座，妈妈载着我，突然迎着风对我喊道：“妈妈肚子里有小宝宝啦！”我信也不信：“你骗人！如果是妹妹我给你一万块！如果是弟弟我给你五千块！”我妈当时可兴奋了：“一言为定！”其实我一直是想要个小妹妹的心多一点，可能就是单纯地想要把在我自己身上没达成的心愿统统让她替我拥有一次吧。

随即我便发现这个惊人的消息竟然是真的。那年我妈已将近四十岁，二〇〇三年。镇上的人说的闲言碎语不断造成攻击，然而最可怕的还是我妈肚子里那公然的危险性——子宫里存在多块肌瘤，并且在不停增大，跟小宝贝挤着共用本就不大的空间。我那时候才念小学，什么都不懂，每天放学回家的第一件事情就是趴在妈妈肚子上听宝宝的动静，兴奋得心脏扑通直跳。其他时候也只是笨手笨脚搀着妈妈，陪妈妈去医院和保健所，听妈妈充满压力和恐惧的诉说，看妈妈几乎没有舒展过的眉头。我全压在心底，却一直沉默。现在想想，我要是能好好安慰一下妈妈也好啊。

医生的说辞越来越玄乎，什么不可能生出来，什么只能保一个。而这期间，我们卖掉了先前的房子重新租了套平房，妈妈挺着大肚子带着我去清理脏乎乎的房子，在厨房生灶火生了好久才燃起，浓烟滚滚覆盖了整栋房屋，我和妈妈在灶台边站了好久，大概是因为被烟熏的吧，我们都流了泪。那就是后来的弟弟在这世间的第一个家。

按农历算的话，我和弟弟的生日只差两天。因为在他出生前几天我曾跟他说：“你千万别跟我在同一天出生。不然以后咱俩就要被一个蛋糕打发了。”那是我记忆中唯一一次逗笑妈妈。那时候也已经是二〇〇四年的初春，北方的春天总是恶毒而寒冷，嫩芽都是在风沙和凛冽的风中悄然冒出。

妈妈在预产期之前住进医院，我跑去看她，扶她去上了厕所，然后就被告知妈妈快要生了，但他们不让我待在医院，于是我去了近一些的小姨家。看到哥哥正在做猪圈，我也帮忙投入制作，有说有笑，竟全然忘了医院那边的事。不久后，裤兜里的小灵通忽然响起，我接起来听到爸爸沙哑淡定的声音告诉我说弟弟出生了，再没多说话。我却开心得每一根神经都像上了发条，大声尖叫：“啊！生啦生啦！！”在一旁弯腰工作的哥哥听到后立马直起腰来问我：“男的女的？”小姨也闻声从家里跑出来，愣愣地盯着我。我却什么都顾不得——没回答哥哥的问题，也没跟小姨打招呼，甚至没进家去拿围巾和手套——脑子里空空如也，像是自己也刚刚经历了一次重生，抓着小灵通直接从原地一路奔向医院，一下都没停，气喘吁吁地到达后就开始寻找宝宝。当时他被裹得太严实，我没能发现，于是进到产房去，见妈妈戴着蓝色医用帽瘫软地躺着，一动不动。守在身边的爸爸见我进来便让我守着妈妈，他说他要出去抽根烟，妈妈刚刚生完小孩，身边必须有人陪着。我站在产床边，看着妈妈，她显得苍老而疲惫。

后来我看到了被红棉被裹着的弟弟，脏兮兮的，眼睛眯成两条缝，不停从嘴里流出羊水。我忍不住伸出指头去戳他鼓鼓的脸颊，当时就觉得他是我在这世上见过的最可爱最神圣的婴儿，而且妈妈在危险中竟顺利生出他，甚至没有进行剖腹产。我奇迹般的妈啊，总是能做出被称之为奇迹的事情啊。

谢天谢地，母子俩健康而平安。

不久后妈妈被转入病房，她躺在床上，费力地侧着头望向宝宝。那天晚上我一度兴奋地失去了理智，翻着妈妈手机里的通讯录，用病房里的电话拨给了几乎所有人，对拨通电话的人大声传递喜讯，夸张而骄傲。紧接着我迫不及待地在宝宝脏兮兮的脸上落了一个吻，我便由此成为第一个亲他的人。

妈妈剪了短发坐月子，守着宝宝，经常望着他出神。

转眼间弟弟都快要小学毕业了，我经常跟他讲：“姐姐在你这么大的时候呀，你刚出生……”这时妈妈就会偏着头插一句：“我还记得你姐姐冲进产房里的场景，她头发乱糟糟的，两个脸蛋通红，不停喘着粗气，就像个疯子一样。”

现如今妈妈已年过半百，却依旧忙碌，朝九晚五，肩负着所有的重担，解决着所有家里家外棘手的问题，同时坚持着自己梦想的事业从未放任自流，反而越做越深。她没有时间打扫房间，根本没空去考虑细节，粗枝大叶，我行我素，不拘小节。因为她要思索和必须解决的事情太多了。她经常坐在电脑前一写就写到凌晨一两点才上床睡觉；妈妈总跟我念叨着：“这世上啊，最懂我最理解我的，也就只有你啦……”我总觉得心酸而苦恼：心酸的是妈妈吃不尽的苦和与常人完全不同的生活方式；苦恼的是我怎样才能做到最好，能最大范围内帮到妈妈。

在我妈昂首进军更年期的轰轰烈烈的队伍中的时候，我正阔步走入新时代的青春期行列。于是争吵便不可避免地发生了。苦于我们都是脆弱的人，每次争吵都只会伤害到彼此，而非解决问题。

我是一个很不擅长表达的人，爱也不说，恨也不说，像是很害怕别人看到我的情绪和情感。这一点我是随了爸爸的。这无疑会造成很多误解；这也让我很难正确解释自己。所以我承认我是很令人费解也很伤人心的孩子，虽说那都不是我本意。妈妈每次跟我意见不一，都会说着说着就哭了，哭得比任何时候都撕心裂肺，很崩溃的样子。我不忍心，却也生气；我压力很大，但我知道她所承受的有多少。所以我会妥协，但没法阻止，更不知道怎么安慰和拥抱，我只是看起来比谁都冷冰，站着不动，像绷着根弦。妈妈总是喊着：“你是全世界唯一懂我理解我的人啊……”这时我的眼泪也会开了闸，汩汩流。

我知道生活很多时候其实很艰难，这种艰难可能会很早就开始，可能会持续很久，可能会让你屡屡在深夜独自痛哭，可能会让你成为悬崖边的俘虏来来又回回。然而你啊，是我的奇迹，越是身处污浊的泥水中就越是皎洁清白，心灵扎根于最初的洁净故土，散发着漫溢出的浓烈的爱，如孩童般自由自在。

当我校对文稿看过《我的父亲》这篇文章后，你笑问我“哭了没有”，我说没有，但其实啊，我落泪良久，而且你的其他作品也都赚走了我的不少眼泪。

现在的人们都在忙着找深度，对此对彼的态度和意见都有偏颇，或是以超现实的方式来表达，或是翻遍这样那样的人性来获得偏爱。但当我翻看这些文字时，觉得它们都是奶白色的——有爱有自然，与世俗无关，却总是让我心灵震颤并回味无穷。“纯粹”二字也就不过如此吧。

妈妈是个经常会说“我爱你”的人，我则相反。她对我说“我爱你”或者给我拥抱的时候，我总会摆出一副不耐烦的样子很嫌弃，然后自己偷笑。她会经常跟我撒娇，经常跳奇怪的舞逗我和弟弟笑，经常哇哇乱唱。她最认真的时候，除了写作就是在向神灵为我们祈祷时。

你问我最大的心愿是什么？其实就是，我能不再是这么糟糕的女儿，我能足够强大永远被你放心依靠，因为你是我的奇迹啊。

当黑夜无暇

你始终发着光

在维纳斯满含笑意的眼眸下

在恶魔当道的路途中

几十年如一日

如处子

如奇迹

女儿　赛罕

二〇一五年六月一日

草原深处

我的父亲

父亲一生都没有远离过萨拉乌素河。更准确地说，父亲从未走出过萨拉乌素河。

因为父亲三岁失怙，所以由叔父收养。据说他的叔父是一位医术高超的喇嘛。喇嘛当时居住在萨拉乌素河边的泥土建造的寺庙里，将住寺诵经、住持坐落于萨拉乌素北岸的敖包祭祀活动和为黎民百姓诊病抓药等生计作为自己一生的生命支柱。于是，父亲便坐在他叔叔的鞍前马后，在穿梭迁徙小河南北两岸的日子中渐渐长大成人。

抚育人们心灵的总是家乡的山山水水一草一木。那三点一线的特殊经历造就了只属于父亲一人的心胸气度。

父亲一生都没有远离过萨拉乌素河。更准确地说，萨拉乌素河从未在父亲心中消失过。

尽管在他的生命历程中经历过数次搬迁，但是他最终还是在距离萨拉乌素河很近的“查玛哈”柴达木度过自己最后的时光。

父亲仙逝已经三十多年了，长久以来，我无数次动念想写一些关于父亲的文字，但终究还是未著一字。

在漫长的思考过程中，我终于意识到，最美好的文句不是用语言文字来著述，而是来自于心灵深处的积淀和回归。

三十多年来，那些语句流淌在我的血管内，并化作飞扬的泪水，浸湿我的衣襟。

当兄弟姐妹聚会时，每当提起父亲的话题，我就回避。可是在内心里还是不可遏制地向往着听取一些关于他的更多的故事。

我喜欢倾听母亲叙述的有关父亲的往事。不过我不愿听她说，你父亲脾气暴躁、喜欢喝酒等话语。也许是作为女儿的我，受到本能的来自父亲的深厚真挚的爱所驱使，所以会竭力在心里将父亲塑造成一个高大伟岸的男人形象吧。

父亲在四十岁时，便双眼失明，从那以后，多彩繁纷的世界只留给他无望的黑暗。

沉陷在黑暗世界中的父亲，为了不给妻子儿女增加负担，竟数次企图自杀，幸而被母亲发现制止。

最后，即使自己深陷黑暗，但是为了孩子们茁壮成长，他克服了绝望和悲痛，顽强地活了下来。如若不然，一生都坚持让自己像个真正的男子汉那样生活的他，肯定会尊严地、义无反顾地告别尘世。

“草原上的野马都是你父亲亲自驯化的。他在柴达木东岸驰骋骏马吹响口哨时，西岸的人却以为是有什么人在吹奏竹笛呢。他喜欢与人戏谑玩笑，倘若他咒骂一个人：‘你这个吃死老娘的家伙……’那就意味他已经喜欢上那个人啦。在他活着的时候，曾经扶持帮助过很多人……”当老人们讲述父亲的故事时，我就会暗自思忖：“俗话说：凡能歌善舞者，天不假年。可是他为什么会把平常的口哨吹得那么优美那么嘹亮呢？常言道，为人谋一利，自带三分害。父亲为什么执意帮助那么多人呢？”

在我后来失怙孤独的日子里，再次回忆起听闻到的关于父亲吹出歌声的故事，我才真正理解了他！老人家为家乡邻里留下了无数优美的歌声之后，自己却义无反顾地走向了无声的世界里……

“人应为他人而活着，如果真的善无善报，也不要在意，善报就跟随在恶意的身影里……”父亲的这句话，至今言犹在耳。

我还记得父亲教导哥哥的话：“与其家藏千匹骏马，不如身边千友围绕。与人善者，胸比旷野，与人恶者，心若针孔。”

虽然父亲身为孤儿，但是刚刚到了能够自立的时候，便连续抚养了好几个失去家庭的孩子，直到他们成家立业。

在父母刚刚成亲的年代，正逢群党纷争，匪乱丛生。

一日，父亲在前往马群的途中，遇见一个男人隐藏在沟壑里。那人对父亲说：“你也是一个男人，所以实话告诉你，我是一个逃亡的人，我既不愿意参加什么党派，也不愿意当土匪烧杀抢掠。我唯一的愿望就是，跟自己心爱的女人在一起，过上平安舒心的日子。我并不怕死，我只是担心我的死伤害那个爱我的姑娘的心，你是一个男人，想必理解另一个男人的情感吧？如果理解，就请帮助我圆我的梦。”

父亲便将那位为了爱情而舍身奋争的人，藏匿在菜窖里，直至匪乱销声匿迹之后。家里突然出现的一位异乡人，使母亲大吃一惊，继而恍然大悟。

在父亲的掩护下，侥幸生还的那人在我们家附近搭建了一座窝棚居住下来。不久之后，他回返家乡，回来的时候，却手牵着一头黑毛驴，上面端坐着一位俊俏的姑娘。

当天夜里，两位新人在窝棚里举办了婚礼。父亲成了唯一的客人兼婚礼主持人。

原来，一个在豆腐坊当长工的小伙子，与主人女儿悄悄相爱并且私订终身。不久，这个秘密被主人发现，主人便决定将女儿高价卖给军阀将军做妾，同时把年轻人送给土匪头子，让土匪头子认他做养子。

被卖给将军做妾的女子对心爱的人说：“如果我能活着逃出去，

就藏匿在长城垛楼下的土窝里，你要经常到那里看着点。”

后来，年轻人身背父亲赠送的干粮，前往垛楼寻找女子。结果那女子真的应声从土窝里走了出来。

……

“俗话说：‘入乡随俗。’草原是一个热爱并尊重生命的地方。如果想要在这里生活下去，就一定要爱护这里的一草一木。既然你们为了爱情在这里筑巢生活，就应该互敬互爱白头到老。作为礼物，我赠送你们两只母羊和三只山羊。”说罢，父亲举起了酒杯。

时至今日，所有的人早已忘却了那一家人的先人不是蒙古人这一档子事儿。

父亲总是为他人的幸福而殚精竭虑。自从那件事以后，他又抚养了好几个失去双亲、流浪到草原上的孤儿，并给他们取了诸如巴雅尔（喜庆）、吉尔格勒（幸福）、青格勒（欢乐）之类吉祥喜庆的名字，并使他们长大成人成家立业。

“从咱们家里已经走出好几个家庭啦，都是些从四面八方来的贫弱之人。还好，总算成了人模人样地活在尘世上的人啦……”父亲高兴地说着。

于是我们就有了巴雅尔大叔、吉尔格勒小叔等众多的异姓叔叔……父亲也许是出身孤寡，所以自觉孤独，无依无靠，便寻求通过关怀他人来温暖自己孤寂的心灵？

总是听母亲絮叨：“你父亲那个人呀……见不得别人遇到难处，帮他们，跟他们交朋友，让他们成家立业……”这样的话听的次数多了也就习以为常，在潜意识里认为他就是那么一个人……

父亲，时至今日，我才真正理解了您！人自爱而生，人因爱而高贵！

岁月匆匆，一天天长大的我渐渐地理解了父亲，后来也随着年龄渐增而知晓了父亲内心深处的孤独落寞。

父亲，您虽然双目失明，但心灵之灯却灼灼闪光，为普世之爱而牺牲自己，虽生命短暂灵魂却得以永恒！

有些时代总是喜欢游戏人类的情感。不知什么时候就从什么地方突然冒出些运动，诸如：开垦土地，铲除锦鸡儿、苦艾，建造水库，种田种地……于是，全大队所有男人，开始砍伐树木，种菜种地，牧民们受尽折腾。

在曾是草木葳蕤、鸟语花香、牛羊成群、马群奔腾的原野上挥锹铲地、毁灭苗木，使父亲义愤填膺，深陷痛苦。就在当天夜晚，他辗转反侧难以入眠。在这个不眠之夜，父亲的双眼永远地失去了光明。对此惨景，我永远也不愿猜测。有时我在想，也许他宁愿自己告别光明，也不忍心目睹自己心爱的草原惨遭荼毒。

就在那片茵茵草地上，今日耸立起了一座高耸的枯黄色的沙丘。

每当我长跪在沙丘前给父亲烧纸祭奠时，都似乎能听见他那饮泣慨叹之声。在那悲戚的声音中，夹杂着父亲和故土之间的愀然心语。

从那一天开始，母亲开始担当起外面的生计，而父亲则留在家中照看起孩子们的吃喝拉撒。

姐姐回忆，父亲宁愿让孩子们的屎尿污染衣襟，也绝不让孩子们的心灵沾染一点肮脏。

“父亲在亲吻你的时候，总是说‘你个坏坏的小白兔’。父亲说，母亲怀孕的时候，他梦见有一只洁白的玉兔坐在自己的怀里。所以父亲总是一边絮叨着‘你个坏坏的小白兔’，一边亲吻着你，很久才离开。”当姐姐说起这些，我总是沉默无语。沉浸在深情父爱之中的我，只要一张嘴，肯定就有成串的泪珠滚滚落下！父爱能使女儿的生命升华成为庄严的盛景！即使那女儿尚在年幼，手脚没洗，甚至连衣服都没穿！

现在，我自己也成为几个孩子的母亲，他们也对我撒娇邀宠，可是我自己何尝不是也暗自希望继续得到父母宠爱。当这一切离我远去时，我只好在孤独中藏匿内心，独自一人品尝追忆中的那一份宠爱。

奇怪的是，人的孤独之感，有时会穿行在万众丛中才会真切地产生。

一个作家为了达到那心灵的最神圣的殿堂，需要把更多的灵魂深处的自尊和祈望藏匿、积累起来，但同时会因了不为他人理解的情怀只能备尝孤独。当忍受不了情感的折磨时，我会独自一人租车前往离家数里远的沙山哭泣。

“你没事吧？”司机不敢离开，做出随时准备挽救生命的姿态。

“我只是想痛痛快快地哭一场，可是没想过自杀！你赶紧离开，过一会儿我打电话叫你！”汽车离开，而我朝着南方（娘家的方向）放声大哭。我当然清楚地知晓自己在寻找什么。只有父亲会理解我的思绪、我的深情，我也相信，父亲理解这一切的时候，是不需要语言沟通的。

“我的坏坏的小白兔呀，你是洁白的，你就保持着你的纯洁的白色，于是你的道路、你的足印、你的前程都会在纯洁的白色光照下变得坦荡而宽广！”如果父亲还活着，他会这样说的。在这个时刻，唯独缺少你那温暖的亲吻啊，父亲……

向南眺望，山峦叠嶂，一座连着一座，山峦尽头是飘浮的氤氲，氤氲的深处是苍茫的天际。而天际下的空气中却缺少了慈祥的父爱……

不久前，与友人吃完饭后打车回家。这时一个坐在身旁的男人突然说：“姐姐，我伤感得难受，真想大哭一场！”一个大胡子男人说出这话，我一点都没惊奇，当然也不会嘲笑他的软弱。我立刻对他说：“赶紧下车，到满都海公园痛哭一场！”

我理解，男同学！在人世上唯有伤感最可怕，因为我知道你在不久前失去了父亲！

幼时，如果我们家有谁病了需要诊病抓药，或者为了生计，向邻居借什么东西，我总是充当父亲的向导，用一根白色长杆带领父亲一路向前。身后的父亲会说：“现在到了落叶松岗……现在是黄草滩，再过一座山岗，就到了洼地，那里长着一簇锦鸡儿……”家乡所有的树木草丛犹如手掌上的纹路一般铭刻在父亲心中。每当走上道路，他就会说：“好啦，我们不会迷路啦！”放下心来的父亲面庞上显露出放心的笑容，“爸爸给女儿朗诵一首诗吧，我们这里曾经出现过一位了不起的叫贺喜格巴图·伊西丹增旺吉勒的大诗人——我名是伊西，召寺沙布楞，欲吟千古诗，却悲无才情……”每当至此，视野中的树丛也会随风和鸣。父亲会在吟诗的韵律中缓缓前行，尽管脚下烂靴绊足。在那个太阳初升的清晨，父亲长长的身影叠印在长满艾菊的山坡下。百草花木已然化作父亲胸中的诗歌，畅然奔流而出，那是我所听到的第一首诗歌。

“爸爸如果不是由于失明备受折磨而倒了嗓子，真的想高歌一曲，苍天与大地听到蒙古歌曲自然会心领神会身心愉悦。在人的歌声中，山冈大地也会变得神情晴朗，花草葳蕤。女儿啊，你要当歌唱家，要不就当诗人！女孩若是心情愉悦，幸福就会如影随形，直到终生！”

多少年来，父亲的那些话语，像露水欲滴的花瓣一样在我心中生根、发芽生长。

父亲要去的人家不是别人家，就是那位将媳妇搭载在驴背上的年轻人家，他是去借火柴的。我看见主人烧奶茶，烙油饼，便直接爬上了炕头。

“女儿，拿了火柴赶紧走，为什么要爬人家的炕头?”父亲笑着问。

“不喝奶茶，吃油饼啦?”我天真反问。

众人忍俊不禁地笑了起来。

年轻夫妇羡慕地说道：“大哥的这个玉兔女儿真可爱呀！菩萨要是也赐予我们一个这样的女儿该有多好！”我很难听懂夫妇二人初学的生硬蒙古语。

“我女儿长得白吗?”父亲问。

“长得很白，脸蛋儿白，心灵也白，一看就能知道，将来肯定会出落成一个漂亮的好姑娘！”

父亲兴奋之情溢于言表，并在口中絮叨着：“当然啦，我女儿会长成漂亮女孩的，我这个坏坏的小白兔呀……”

白而净固然美丽，然而皎皎者易污，因污而自伤者何其多。我为保持父亲的希冀而常常自省，每每想起自幼喝着萨拉乌素清澈河水长大的父亲的期待，就暗暗立誓：即使自己一事无成，也要维护灵魂的纯洁无瑕。

带领父亲参加生产队会议或参加劳动时，男人们不会和爸爸握手致意，而是“嗵”的一声捶打他的肩膀，或扭住他的手臂，对这些过分动作我总是心怀不满。父亲却一笑：“吃死老娘的这个坏章嘎，你个活吞生母的伊西……”他根据对方的动作就能认出对方，“手劲还很足，到底是男人嘛……”然后考究起关于骏马和乡间的奇闻逸事。

“咳，巴彦温杜尔山顶的岩石还保持骏马飞腾的样子吗？东面的洼地里原来长着几棵野果树，那些树还在吗？今年结果怎么样？圆盘地里每年都来很多候鸟，今年来了吗……”

“跟以前一样，来了很多鸟……”

“果实结得密实……”

每当听见这些讯息，他的脸上便放出光彩，舒心地点燃烟袋，好像是在说：眼睛瞎了又怎么样，我依然在享受着生活哪。

后来的几年里发生的故事，我记得更清楚。

由于粮食不够吃，为了补贴家用，我们开始养猪。在柴达木白芨丛里长着茂盛的灰菜、地榆等植物。植物由我采摘，父亲背负。植物的新鲜气味在柴达木湿润空气中飘散开来，父亲美美地沉醉其中：“真好闻哪，说明灰菜长得很茂盛，我女儿干得不错，还会挑拣采摘最好的野菜，你是不是在很远的地方就发现了它们？这就是大地和人之间的默契啊，将来我女儿肯定会受到土地神的恩泽保佑……”

归途中，父亲常常被磕碰绊倒。失明的父亲就这样在自己故土的山水间无数次倒下，又无数次地站起，这一切都是为了孩子们！我是多么希望得到一次机会，代替他在数不清的磕绊之路中跌跌撞撞地前行！

在后来的岁月里，每当我遭受不幸和挫折，就会回忆起父亲那跌倒之后再次站起的身影，仿佛大地和所有的草木都在为父亲的再次奋起呐喊加油。

父亲的鞋子永远是陈旧的。自从我懂事开始，就没见父亲穿过新衣服。从破鞋子里露出的脚趾被白芨扎破了，伤口因感染化脓，后来脓包又被草尖捅破。每次，父亲只是用沙土敷在伤口上然后继续赶路。现在想起来，父亲当时一定很疼。

已经快要十岁的女孩，为什么不能给父亲缝缝补补呢？为什么不能为他的伤口敷药呢？现在想起来，我是多么不敬不孝啊，父亲将一切都奉献给了我们，可我却没帮助老人家，哪怕是一次也好……在所有过往的经历中，似乎只有一个小小事件能给我带来些许慰藉。食物匮乏的时代，喝早茶的时候，母亲将熟肉均匀地切割成小块分别放进每一个人的茶碗中。有一次，我趁大家没注意，迅速地把自己的肉偷偷放进父亲的碗里，但那是仅有的一次！其实，命中注定我会在未来的日子里，有的是吃饱喝足的机会，可为什么就没想到把分到的所有的肉都放进父亲的碗里呢？为此，我曾经无数次地责备过自己：自私、少爱……

我以无私情怀对待所有人，然而，当那无私的情怀遭到玷污时，我并不埋怨和仇恨。冥冥之中，我觉得那是因为我没有热爱自己父亲而应遭受的报应。由此，我坚信自己的无私境界将可以持之以恒。

当今时下，出现了母亲节、父亲节。没有了父亲的我只能"望节兴叹"，心中不免多了一份失落和妒忌，因为父亲没有享受过一个父亲节便已驾鹤西行。但在我看来，他所经历的每一个日子似乎都是他的节日，因为父亲的心中有洁白的玉兔般的女儿。尽管他没有能亲眼看见女儿每一天的茁壮成长，但是他心目深处的那个玉兔般女儿肯定会使他心胸敞亮，一如怀玉夜行之人。每想及此，心中便多了一份释然。父亲在天之灵俯瞰着我，于是我不惧怕任何东西，也不惧天大的委屈。只因为有父亲教导我的那句话为我撑腰：要像苍天那样宽广地生活。

有了对父亲的愧疚，我总是想方设法予以弥补，尽管微不足道且无法实现，却也能聊补内心的亏缺。让父亲吃饱肉，让父亲穿上新鞋……于是便邀请自己的学生斯琴托雅的父母去饭店好吃好喝，还买了双新鞋，找借口去看望她的双亲。后来朋友打电话告诉我，我们辞别之后，她父亲拿着新鞋孩童般地穿了脱、脱了又穿，高兴异常。

后来朋友们约好一起吃饭，就前去接老人。斯琴托雅对我说："爸爸脾气暴躁，若想从他的脸上看见笑容，是难之又难，现在想起来还害怕呢。不过你去的话就不一样了，不信你看着。”果然，老人家一见我就立刻起身：“姑娘来了，要请我去吃饭吗？在哪儿？”他爽朗地笑着拿出了那双鞋子。

“爸爸非常喜欢这双鞋，出去参加婚宴活动时，都穿着它，回来以后会擦得干干净净的，然后小心收起来。”

为了不使自己难堪，我隐藏起被泪水模糊的双眼，赶紧跑到外边。

当然，我没有把这些内心秘密告诉斯琴托雅，在我看来，实现一种愿望总是一种满足，虽然那愿望并不完美，甚至有些幼稚可笑，但得到哪怕一丝的慰藉，足矣。

席间老人就坐在我身旁，酒酣耳热之际他要求我给他唱首歌，我平时不擅唱歌，但是为了不使老人失望，低声唱了一首《神圣的故乡》。那天夜里回来之后，因为天气炎热，所以干脆在院子里搭铺而卧，然而我失眠了，因为晴朗的天空中闪烁着无数颗星星。我心想，那就是早早离开的父亲的眼睛，此时此刻他就在澄明的天空中注视着我呢……

那一年，父亲因为胃部疼痛难以进食。在无眠的长夜里，依靠倾听天籁之音而知晓来年家乡会发生什么大事的父亲，也许预感到了自己来日无多，他对我说：“爸爸想去看看萨拉乌素河、希泊尔庙和呼日呼（聚会）岗。”于是父女二人驾马套破车上路了。

车上，父亲唱了蒙古古歌《六十棵榆树》和《天风》。“山岗沙坝听到歌声也会展颜欢笑。”父亲说。可是我虽然全心关注，也没发现山岗形象有什么变化。于是我向他发出诘问。父亲却说：“爸爸老啦，嗓子也沙哑啦，所以不能让山神高兴。还是女儿唱吧，在草原上唱，神灵会高兴，在众人面前唱，亲朋好友高兴。我想啊，将来你也许能成才，所以你无论如何也不要离开学校！”

走到萨拉乌素河岸，父亲从怀里拿出乳汁扬向空中，以示祭奠。他对着粼粼河水喃喃低语着谁也听不懂的话语。到达寺庙之后，他挨个抚摸着泥土房屋，嘴里说着："还是原来的样子……"然后把脑袋贴在庙门上说了很长时间的话。

对父亲所做的一切，我当然既不理解也不欣赏。

在归途中他嘱咐我说："如果接近呼日呼岗就告诉我。"沉醉在几块从寺庙商店买的糖块中的我，却把嘱咐忘得干干净净。

"女儿啊，已经到了吧？我闻到了它的气息。"

如果他不及时提醒，还真的就错过去了。

"呼日呼岗非常高大，我们恐怕上不去，爸爸就在这里磕头吧！"

他依旧将乳汁扬向空中，嘴里喃喃道："故土永远完整如故，草木年年繁华茂盛，这一切都要仰仗您的无量功德……"所有一切似乎都在暗示，父亲是在做最后的诀别，并把自己的祈愿告诉家乡的山山水水……

回来后，父亲几乎是摔倒在炕上，难进饮食。

在一个早晨，由远嫁的姐姐带头，兄弟姐妹都回来了。

"女儿啊，爸爸想吃顿肉包子！"父亲说。

正在为其他事情忙碌的母亲把任务交给了我。我迅速地切肉和萝卜，做好了包子。可是由于拌的馅太咸，父亲勉强吃了半个包子。

那是父亲在人间享受的最后一餐。被父亲昵称十二年的玉兔女儿，竟没能实现他老人家最后的愿望！为此，我自责了几十年！

为父亲送葬时，一家人都哭了。扶棺的哥哥脸上滚落大颗的眼泪。我默默地完成着大人交代的活计。由于做了咸包子，我始终沉浸在自责之中。

"这女儿可够坚强的！"叔叔和舅舅惊叹着。

在巨大的悲伤中，我依然在麻木中沉默着。

自从那一天开始，我就下定决心实现父亲的遗愿。数日之后，我下地窖取土豆。父亲的烂鞋印清楚地印在沙土上。对那鞋印我手不能及脚不能碰，只有流淌的泪水滴落在上面。

前不久父亲还对我说：“女儿啊，你不能下去，没准里面会有蛇蝎呢，会螫着你！”说完话他自己下去了。那声音似乎还在黑暗中回响，在那一瞬间，我没再控制自己，放声大哭，哭得声嘶力竭，全身瘫软……

真诚的泪水往往是最吝啬的，可这一次不是。

为了保护地窖里的足印，我对兄弟姐妹说：“从这以后，你们谁也不准进地窖！”

我曾经因为自己只要见到蛇或癞蛤蟆就吓得魂飞魄散而诅咒发誓过：只要不让进地窖，我可以做任何事情！

今天为什么变得这样勇敢，是不是因为藏匿什么好吃的东西而不让他人入内？姐姐弟弟难免心生惑疑。

父亲在世时没留下一张照片。“你爸爸从来都不照相……”母亲埋怨地说，于是，只有那沙地上的足印印刻在我的记忆中。

爸爸，我遵照您的遗愿进行创作，我在整个作品中都会用文字刻画您的形象、您的欢乐、您的悲苦，当然还有那最后的脚印……

过去了很多日子之后，学校附近出现了由一个女孩带领的盲眼乞丐的身影。那一夜我失眠了。我决心要把那个盲人带回家，我要把悬挂空中的肉都取下来，让他们父女二人吃个够！

我拿出自己的钱罐子数了数，一共七角钱。我要悄悄地把钱送给他们！

可是第二天没找到他们，据同学们说，早晨很早就看见他们离开了。我摸了摸衣兜里的钱，钱好像被汗水浸透，我装作背课文，朝着盲人走的方向走去，可是始终没能找到他们。

也许以后还会有盲人来，所以我把钱保存了很久很久。

长大成人之后，每次遇见盲人，我都会给他们钱，如果身上没带钱，我就是跟他人借钱也要完成自己的夙愿。

每次回故乡之前，我总是在心中祈祷，愿那以往广阔无边的柴达木万顷碧绿青翠如故，愿那葱郁的草丛中，父亲那嘹亮的口哨回荡穿行……然而我却悲伤地发现，不知是口哨声带走了那葱葱绿意，还是荒漠的颓废销匿了口哨声，大漠始终寂寞而孤独。

故乡留给我的念想是什么？一个幻化的身影？父亲还在担着两只水桶在通往水井的弯道上趔趄行进，初始时由我带着他，后来他就可以独自行走自如了。也许在黎明初临的清晨，也许是热浪灼人的中午，抑或是万物沉寂的黄昏，还有那风中雨中，父亲在艰难地行走……

“爸爸的扁担在哪儿？”我问哥哥。

“断啦，早没啦。”哥哥回答。

“那……什么也没有了？”我问。

“那不是？扁担钩还在墙上挂着呢。”

我径直走过去，把钩子摘了下来，放进包里。

有点无奈，有点可怜，甚至有点荒唐！

那又怎样？那铁钩的斑斑锈迹中浸透着父亲手掌的汗水，而那粗糙手掌曾经无数次地抚摸过我。

浸透在铁钩里的汗水，也曾经浸润过我的头发，那是一条流经心灵的仁爱之河，那仁爱之河与萨拉乌素河遥遥相望，彼此凝视。

它们都是父亲之河，浸润着这草原上所有的生命，所有的爱……

（海泉 译）

草原深处的蒙古人家

在鄂尔多斯高原，有一种地貌，蒙古语叫“套海”，汉译过来就是“湾”。这种地貌有两个特征：河流会在此转弯，峡谷会在此生成。

夹着萨拉乌苏河的套海一般都有百十来米深，从岸上俯瞰下去，满沟郁郁葱葱的杨柳树，有喜鹊等鸟类掠过树梢，轻柔的雾霭弥漫其中。

在这少有人知的世界里，住着一户蒙古人家，户主叫包锁尔，是成吉思汗的后裔。

他们家位于萨拉乌苏河北岸，阿姆古隆套海的西湾，茫如歌泉的西北角，一处像新月一样弯曲的沟底，一个土窑中。

就像我对鄂尔多斯的探索，越走越深不可及那样，这一处套海也让我心生敬畏，觉着那一湾又一湾的深沟十分神秘。

包锁尔家住的套海比一般的要深一些。从套海底看上去，就会发现高原各土层的颜色是不一样的。最上面有层一米来厚的黄土，孕育着植被。再往下是白色的黏土层，很厚。这附近经常见的古城遗址，如土城子、白城子、统万城等，都显露着白黏土的根源就在这里。白土下是紫土，紫土下是红土。再下去就回到土的本色，呈现灰黄色。

划开各种颜色的沉积土壤，萨拉乌苏河蜿蜒流经这里，两岸高高的杨柳，像一款深绿色的裙裾，装点着五彩斑斓的峡谷。

两边的岸，不是垂直的绝壁，而是由好几个层级组成，好像大地有意吸引人类去居住。包锁尔家在最底层，往下走几步就是萨拉乌苏河。为何选择这样的地方居住？是为了离河水近点儿，或者，为了离土地亲点儿，还是想活得深刻点儿呢？不得而知。

包锁尔是誉满蒙古的大儒将萨冈彻辰的第十世嫡孙。

上次，我与东岸的王家人一同奔河台时，正好从峡谷的北岸经过。

被一阵熟悉的烟味吸引，向沟地一探头，见套海中部有个平整的坪，坪上竖着几个坛子样的烟囱，冒着青烟，那烟顺萨拉乌素河而下，向南飘去，好似要去追寻什么。多么熟悉的烟味！没闻这烧干牛粪、干羊粪蛋儿的烟味已经很久了。记得小时候牧羊回家，扑面而来的就是这种烟味儿，我曾像需要某种养分一样思念过它。即使回趟娘家也很难闻到这样熟悉的气味儿，代替它的总是一股烧柴火或煤块的刺鼻的辛辣味。

没想到，这沟底竟有这么熟悉的老味儿！

我手指着沟底对我同行者说："喂，看啊，那儿有户人家，我闻出来还是蒙古人家的味道呢！"

给王总开车的司机接茬道："那儿啊，是我胞兄包锁尔家，我们都是萨冈彻辰的后代呢！"然后冲着沟底喊：

"喂，嫂子啊，孙子挺乖的吧？"

我定睛一看才看清，沟底的确有一个穿红衣的人在忙乎着什么，像个游动的红点儿。

因为沟太深，他们扯着嗓子喊了半天才说上两句话。

"你们要到哪儿？"下面的人用蒙古语问道。

车，已经向西驶了一段儿，但那亲切的声音、熟悉的烟味儿让我久久不能回过神来，我放眼望去，那门前矗立着赫依魔力（风马旗）的旧窑洞清晰可见。

在我眼里，这一家人已不再是普通人家，而成了蕴藏着无数隐秘的秘境，好似萨冈彻辰《蒙古源流》以后的全部历史，都以秘史的形式潜藏在这家人家。抗清名将萨冈彻辰后半生弃武从文，用蒙古文写下了重要的历史典籍《蒙古源流》，书的最后一章记载了蒙古归清的事件，终以“享乐安宁”几个字收笔。

从那“享乐安宁”以后过了十几代，没有人再续写蒙古史，好像都陶醉在那份享乐中，忘乎所以。我想赫依魔力（风马旗）后的窑洞中必定潜藏着十几代人的秘密。

山清水秀的盛夏，我又带着那个唤包锁尔为胞兄的司机来到了他们家。

“哎呀，你不知道，我这位胞兄可怪着呢。生活拮据不说，也不愿意跟人家来往。你说跟嘎查（村）苏木（乡）的领导汇报一下困难，拿点儿救济金吧，他也不愿意。人家都忙着争权夺利的，可他倒好，偏要把到嘴的肥肉吐掉。”司机一路数叨着那位胞兄。

“外乡的一位老板开发了我的那块儿地，试种高产种子，现在很有市场，我也跟着得了不少好处。这车就是公司给我用的。我就想把他也接过去，没事锄锄地啦，打点儿零工啦，也过得轻松。可他偏说，离不开这沟里的窑洞，不想到上边跟乡亲们为了几口食，抢来夺去的。好啊，那就留在那儿活受罪吧。有啥办法？那眼破洞住得人都变呆了。后来，新年白月的，我们也不走串了。他们是唯一一个住窑洞的人家，现在谁住这破玩意儿？”他如此这般数落一通，到了还说不理解我为什么要来这儿，还不如去他们那儿采访采访新农村多好。

沿着斜落而下的羊肠小道，轻步缓行，有时磕磕绊绊，终于下到那五色崖岸的底部，来到包锁尔家。等到了窑洞门口，我已浑身是汗。一来看着那深谷心悸，二来担心摔着，走路过于小心，这不，浑身上下都有点儿发虚，抖得连摄像机都扛不动了。

“啊呀，是老弟来了！”一脸泥黑的老人抱着司机竟然抹泪儿了。虽说性情有些古怪，却也好客；虽说不喜欢人事纷争，但也有深厚的想念。黑脸老人瞅着我有些茫然，忙问他弟：

“她是谁家的？”

“阿拉坦姐的女儿呀……”

“哦，忽而黑（可怜的），我们是一家子，我还是你舅哩。我的乖侄女，小时候见过你，梳着两条粗粗的羊角辫儿，辫子梢儿还系了条绿绸巾。上了学后就没见过。来，快坐着……”老人有些慌了手脚，翻箱又倒柜，凡能吃的都拿出来摆上。我纳闷儿如今这个世道还有这样好客的人。

包锁尔舅舅家过的那才叫古老，难怪他弟弟也看不上眼。在一间窑洞的大土灶里塞了些干牛粪柴火等煮茶做饭，在另一间窑洞的炕中间安了个火盆，大家围坐着喝茶。不见这情景差不多四十年了，恍惚间仿佛看见了朦胧的童年，菩萨一样的父亲，黄铜壶里的奶茶……

我这次是带病出征的。也不知是因为吃白加黑过敏了？还是喝火盆里的热茶喝得虚脱了？或是下崖岸时过分紧张，心悸了？一阵可怕的困意袭来，手里提着摄像机，就倒在没铺毡子的炕上沉沉睡去。

……恍惚中，好似有人开会，也好似有人吵架，铿铿锵锵的拌嘴声忽远忽近，忽近忽远。

“不！我不去！守着祖火烧成灰也不去满清国当奴才……”那嗓音，和我想象中的萨冈彻辰多么相似。哦，对啊，我如今不正是在他的土地上吗？能看一眼就好了。我用力抬了抬眼皮，见有个顶戴花翎、手持钢刀和苏鲁定（旗帜）的伟岸男人，坐在我旁边说话……

“不！我决不去！给别人当奴才，还不如在这破土窑里当老爷。弹丸之地也是故土，够我呼吸的了吧？啥最重要，空气呀！我宁愿呼吸着这里的空气死去……”

“你呀，不是一回事儿。这破窑洞有啥留恋的？我是看着你受罪，想让你多享两天福。”

“人啊，最需要呼吸呀。这么好的空气，你到哪儿去找？我可受不了你们那儿灰灰暗暗的空气，怕憋死……”

从激烈的争吵声中醒来，原来是包锁尔和他胞弟在拌嘴。刚听到的声音如梦似真，似真又如梦。“不，我不去！守着祖火烧成灰也不去满清国当奴才！”手持钢刀和苏鲁定的萨冈彻辰不是刚刚还在争辩吗？去哪儿了呢？我不禁暗暗自问。

再一想，是我糊涂了。那感冒药，本来是白天吃白片，晚上吃黑片，没承想我竟把两片都吃了，那还不晨昏颠倒、真假难辨吗？当我起了身，灌了一碗奶茶清醒过来，哥儿俩忙收住了话头。

“扎，扎，看着办吧，我走了！”弟弟出门，包锁尔抹着泪儿，送了他。

……

“唉，知道他是好心，可我怎能撇下这山谷，去他那儿呢？唉，我老弟啊……”包锁尔舅舅不停地自言自语。

不知是这自然的泥土过于钟爱包锁尔舅舅呢，还是我这舅舅把土地当了最亲近的人？总之，尘土蘸着他的汗水书写成的蒙古文字般深深的皱纹爬满了他的脸颊、脖颈。

“喂，把你那灰头土脸洗一下呗，当着这孩子不害臊啊？”见老伴儿数叨他，包锁尔舅舅就说：“什么土啊灰啊，是日光，洗不掉的！认命吧，碰上这么个洗不掉土脸的黑老头，搭上这么个改不了犟脾气的倔老头，至于出身更是铁定了！”老头反击着，还嘿嘿一笑。跟他老伴儿嬉皮笑脸的，蛮可爱。

“你这舅啊，就是这么个人儿，跟谁也不攀比，啥也不稀罕，就希望在这套海里舒心地过着。嘎查长让他报什么困难户吧，他说：谁困难啦？我有山羊，有绵羊，河边儿还有块儿地，空气这么好，我还缺啥啦，你给别人吧！把嘎查长气得够呛。想想吧，你舅说的还蛮有道理，就算我们穿得漂漂亮亮，给谁看呀，活得好不是给人家看的，是自己心里舒坦……”躲在深沟的我的这位舅妈跟我谈起了人生感悟。

“看着您比我舅小多了，您多大？”

“我比他小十几岁。我原来在北草地上跟了个白脸的机灵小伙子过。我是个简单实诚的人，有啥说啥，不懂拐弯抹角的，自然就跟那个聪明人过不到一起，散了。带了俩孩子的人啊，像个风里的沙蓬，滚来滚去就跑到你舅这儿来了。这女人的命啊，就像沙蓬，顺风到哪儿算哪儿，本来圆圆的，到头都看不出个啥形。你舅原本有妻子，受不了这土窑，就跟人家跑城里去了，撇下不满几个月的孩子。一个大老爷们儿，带着几个月大的孩子住在这窑洞里，用那几头山羊的奶和阿尔山冷泉的水勉强度着日子。我一见了他们，心都酥了，哎，奶子洗了洗，给那孩子一啃，就出奶了。从那天起孩子就拽着我娘啊娘啊地叫……”

“于是就爱上我黑舅舅了？”我跟她打趣儿道。

“疼这孩子了嘛，自然也就疼他了。说实在的，爱呀啥的我搞不清，就觉得他们需要我。心里想着让他们过得像个日子吧，没虱子，没尘土的，热热乎乎吃个饭。就这么着搭上伙儿了。我两个孩子缠着你舅叫爸爸，他的那个吧，更是拉着我不放。我们五个人就在这洞里过上，总算团了圆。大人小孩都高兴啊。有爸有妈的，有丈夫有老婆，有儿有女的，啥也不缺呀。这就算好生活了吧，还图什么其他的呢?”看来她有些兴奋，把心事一股脑儿地倒出来了，“现在，那孩子长大了，做了父亲，这不，这（指着依偎着她的小女孩）是他娃，日出时生的，所以叫乌兰托娅（红霞)。”说着搂起女儿嗅着吻着，唤着“我的鼻烟（心肝宝贝)”，心中话语像萨拉乌苏河的水汩汩奔流。

“舅妈吧，怀里没个孩子都睡不着觉。有了她，我们这窑洞里就满是欢声笑语。自从断了奶，她就没从这儿离开过。她爸妈有时想得不行，接走了吧，住不了一晚，就哭着喊着跑过来。晚上还要钻进我怀里抓着我的奶子睡……”

包锁尔舅舅家有四十来头牲畜。西北角有片平整的坪，是天然的畜圈，围成了个夏栏；窑洞的正北面有个扇形的避风港，用柳条树枝搭起了个冬圈。

从他们家岔开三条小路。一条向上，是爬出峡谷跟外面的世界沟通的尘世路；一条向下，是到萨拉乌苏河边种地路；还有一条是赶牛赶羊去放牧的畜牧路，那条路又向外分出很多岔路，但依然是一条条，在牛羊家畜的蹄印下蹚出来，沿着套海斜坡，钻进树木中的小路。

包锁尔舅舅有个特别的放牧用的棍子，一头有个像勺子样的铲子，铲了土啊石块儿的，扔到牛羊前面，给它们引路。

包锁尔舅舅那一声“嗨!”的吆喝声在这套海里回荡，在畜群里游荡，然后融进萨拉乌苏河。

包锁尔舅舅总爱和他的牲口们说话。

“喂，花头黑，够了！别下去，来，往上走。下面绿油油的庄稼好看是吧，嘴馋是吧，馋了就要啃，庄稼嘛，肯定比草好吃。你一啃就坏了事了。人家就要剥你的皮，找你老爸我算账。是吃啥的命，就吃啥啊，别眼馋人家的东西。造天地时这天、地、人、动物、植物都分配了各自的活法儿。你老爸我爱吃肉喝奶，可偏要让我去什么种地的公司挣工资。我还真纳了闷儿了，我那老弟，明明是自己的家园，非要让别人做主，还一个劲儿我们领导、我们经理地叫着，反而给人家使唤，真不知道他怎么想的。喂，够了，够了，查干胡很，往这儿走，这锦鸡儿下面有嫩草，吃吧……”

畜群好像听懂了他的话，咩咩地应几声，抬起被草汁染绿的蹄子，迈着碎步往山上走。

畜群乖乖地顺了他的意，包锁尔舅舅气也顺了，心也舒坦了，哼起歌吹起哨，挥舞长棍往家里走。我在草原时和包锁尔舅舅一个样。包锁尔舅舅一来跟牲口们唠叨完胞弟的事儿也就消了气儿，二来这外面纯净的空气让他畅快，散了心头的晦气，就放开嗓子唱着歌，吹着哨儿。

包锁尔舅舅嘹亮的歌声哨声，向上飘到草地上空，向下浸入河水里，有的向远处云游而去，有的悄无声息地融进草木中。

我想，一个人的歌声、喉咙、呼吸和心灵都与山水融为一体，指的就是这个吧。对于一个在这青山翠谷中，与草木的清爽空气相伴一生的老人来说，生生地把他们分开，无异于把萝卜拔出赖以为生的土地。想到此，我深深地理解了他三番五次拒绝他胞弟的缘由。

包锁尔舅舅一进家，舅妈就跟他讲小孙女乌兰托娅的趣事，让他高兴；老人家也大谈他的黑眼睛小羊羔如何如何的故事给她听，这小小的窑洞竟洋溢起过节的气氛。

虽说都是六七十的人了，但两位老人彼此是那么拳拳情深。

晚上，撤了火盆，欣赏乌兰托娅在炕上演出。

乌兰托娅舞呀唱呀，背诵蒙文字母歌，还写数字。

包锁尔舅舅给她说故事、猜谜语、教字母，还教唱民歌。

不识字的舅舅舅妈，拿出他们熟悉的这些本事教他们的孙女，兴高采烈的，好像教了大学问。

白蒿山啊，香柏洼
是我们马群的好牧场哟
尊父啊，慈母啊
是我们子孙的活佛哩
大花马上配上鞍
我骑着悠闲地走
马群的草场在哪里
骑着马儿转一转……

自昏暗的窑洞传出来三个人的歌声，从大地深处缓缓升起，划过夜空，向遥远的星河奔去。这让我想起自己和这乌兰托娅一般大时的情景，也是这些歌，伴我度过金色的童年。虽说是老歌，但总觉着，老歌其实是不会老的歌。

因为小窗开着，萨拉乌苏河的水声、茫如歌泉的汩汩声和这三个人的歌声汇到一起，向同一方向流去，向我的心中流去。

如同这三个人吉祥的心愿花要在我胸中盛开，有一股说不出的暖流在我心中升腾。

压抑不住内心的幸福感，想给要好的三姐妹发条短信："在大地深处，竟然有一户毫未褪色的蒙古人家，和大自然融为一体，活着。"发了半天也没发出去，原来这里没有手机信号。

我像是寻到了一本字迹斑驳、年代久远的老书，又或者是找到了萨冈彻辰遗失的手稿真迹，一刻也压抑不了内心的兴奋，急着要找个朋友诉说。

明天是萨冈彻辰的曾祖父库图克台彻辰洪台吉的纪念馆开馆的大日子。

我问："明天是你们高祖的纪念馆开馆的大日子，你们不去参加？"

"哦，是吗？想必是那种卖门票一类的玩意儿吧。不是出了什么成吉思汗牌子的烟啊酒的吗？祖上不能出个有名的人，有些人恨不得把祖宗的骨头都掘出来卖了。还真说不定呢，我们这些中国人啊，唉，真要是那样，一两骨头不得卖上个几亿元啊？幸好成吉思汗的陵寝找不见，不然啊，谁知道呢？佛祖饶恕！"说着双手合十祷告起来。

"起初兄弟们劝我们大家一起去，我们是嫡传后裔呀，为啥不去？我老是拒绝，后来他们也松口了。

"有啥用呢？到那盖得富丽堂皇的宫殿，参加一天的宴庆就了不得啦？能多个啥呢？他们都是这里生这里长的，一生的气息都留在这里。喝过的泉水还日夜不停地向套海深处流着。"

我急忙问："舅舅，我上次来时，大家都说这泉水神奇，抢着喝来着。茫如歌据说是个藏语，意思是各种名贵藏药材配制的神药。据说第三世达赖喇嘛索南嘉措一五八五年来这边的土寺讲经三个月，在泉水里撒了那个叫茫如歌的药，才有了这名儿，是吗？"

"说是那么说的。但我们一直叫阿尔山泉。那个药撒不撒这泉都是天然神赐的药泉，哪儿是什么喇嘛的功劳。你舅我一辈子没出去请过药，喝着这水病都治好了。我不认为是那藏药的功效，而是大地赐予的神力，我想这不会错。"

难怪他胞弟说他怪呢，我开始领教了。

他不愿意让别人碰一下属于自己的东西；不愿意让别人的痕迹留在他干净的心上；也不愿意让他者的气息渗进自己的文化。就是这泉水也不想让藏药呀、活佛什么的沾上边儿。包锁尔舅舅只信仰一个神：自然。在他简单而纯洁的理解里，没有什么、没有谁能替代它。

“明天你舅去祭泉水，顺便请些药。最近腰腿有些不灵便。你也趁这机会拜一拜神泉，尝一尝泉水，会赐福给你的。”包锁尔舅妈说。

我就差拍手称快了：“好呀，舅，这泉水没有专门祭祀的日子吗？”

“没有，没有。真心祭拜的话，哪有什么固定的时间，专门的人？没那些规矩。说实在的，现在除了我已经没谁来祭祀了。不过，有个坏消息——东岸的老王家挖了个水库，建了旅游点，还大大神化这泉水，说什么包治百病、专治疑难杂症等，每天在宣传。哎呀，真的话，这泉水可就难说了。你知道，水土这东西啊，灵气着呢，一生气，心死了，江河就没水了。不是舅迷信，这是自然规律……”

包锁尔舅舅像是遇到了难得的知音，说个没完。

开始还笑着的人，说着说着就哭了。不时地抹抹眼泪儿：“唉，呼尔黑（可怜），水土这东西好着哩，谁惯了谁知道。今天弟弟来催我，我不愿意。亲戚们嫌弃我生活困难，穿戴破，不来往了。不来往就罢了，我是离不开这水土、空气，离了就活不了。来这儿的鸟儿都叫得清脆，他们不懂啊……”舅妈也抹着泪，擤了鼻涕甩到地下，用衣角擦了擦手，下炕拿了条湿毛巾：

“给你，把脸擦了吧。你舅的心思只有我知道，别人不懂！唉，心纯得连羊粪蛋儿大的斑点都没有，虽说脸有点儿黑……”说完暖暖地瞅着老伴儿。我忍不住笑了，大家也都笑了。

晚上，我们挤在一个炕上睡觉。小乌兰托娅睡在我和舅妈中间。她用两手贪婪地抓着她“妈妈”的奶子，舅妈也是亲吻个没完。

看着，我也想起了孩子。乖儿子啊，妈为了读透鄂尔多斯，时不时把你扔下，听说你“额吉、额吉！”叫着找妈的奶子呢。

“明天我带侄女去泉上，你起得早点儿，准备奶食、香火，你想请药不?”睡在那边的舅舅对舅妈说。

“请点儿吧，最近这胃不争气。”

“唉，要是建了旅游点，泉水脏了，没了灵气，我们去哪儿请药呢?”

“唉，要是能看不见这些闭眼就好了……”

他俩为泉水唉声叹气着，后来没了声。从洞开的窗口，萨拉乌苏河温存的水声缓缓流淌进来，好像丝绸般绵软的手掌，轻抚着我的皮肤，我的心灵。

过去，我参加各种诗歌比赛，曾觉得诗歌能给人第二次生命。但是，今夜我静静听着从大地深处汩汩而出的清澈的天籁，不由得想：那些背叛自己赤心的人，如果有幸听到了这美好的水声，会不会跪倒在地，向上天哀求让他们重来一次，做一次草原人呢?

这是真正的诗，只有天地才会吟诵这最美好的诗歌。

听者，爱其生活，爱者，歌其赤心，歌者，与天地相融。人与自然在这大交融中身心合一，彼此不分。

听着萨拉乌苏河潺潺的水声，我终于理解了包锁尔舅舅频频落泪的原因。这人和水都是互相依存的，就像舅妈数落舅舅时，舅舅冲着她幸福地笑一样。理解和包容多么重要。我不由得有一种冲动，要和心爱的人，永远相互理解着爱恋着，度过余生。

因为需要在日出前拍摄，我不时地望向窗外，等待黎明的到来。

刚打一会儿盹儿，小乌兰托娅含含糊糊地叫着额吉，来我胸前找乳房，但她马上又认出我不是她要找的，就问：“额吉呢，我额吉去哪儿了?”眼都睁不开的她竟然感觉出我不是她要找的人。我想哄了她算了，就给她乳房抓，可这小鬼说什么也不干。她的“额吉”胃疼，到另一间屋子的热炕上焐肚子去了。就这么一会儿工夫，抓不到乳房的她就醒了。舅妈马上跑了过来，也许是与生俱来的心灵感应吧。但让我困惑的是，这两个人原本没有丝毫的血缘关系。

东方既白，我们都起了身。包锁尔舅舅打着哈欠，边穿衣边让乌兰托娅唱蒙文字母歌。

“孩子，给爷爷唱唱字母歌。”

女孩清脆的歌声从大地深处缓缓升起，向遥远的天穹飘去。那瞬间，我觉得，这歌声就是《蒙古源流》的流脉，或更甚，就是《蒙古秘史》精气的延续。

包锁尔舅舅梳洗完毕，给自家黑牧里桑（祭台）烧了香，就开始催我：“孩子，咱们快去祭泉水吧。”

祭祀神泉这事儿让包锁尔舅舅格外精神，扛着我的三脚架，健步如飞，时不时地把我甩在后边。踏着昨夜饱饮露水的青草，我们渡过萨拉乌苏河，沿套海斜坡接近了茫如歌泉。这一路上包锁尔舅舅的脸上始终洋溢着甜美的笑意。在套海里，轻纱一样柔媚的晨雾一直到半晌儿都不愿散去，依偎在谷底、林间。包锁尔舅舅的笑意也像这晨雾，一直漂浮在他脸上，宣扬着“怪人”的幸福。

脚掌感受着青嫩的草叶、露水的河岸，心灵体味着林木的葱茏、鸟禽的歌吟，这一切都弥散成一种氛围，让我的皮肤感到舒畅，让我的心感到惬意，让我不由自主要去拥抱它们，爱抚它们，任它们撒娇卖宠。这就是女人，让她们心动的一切，她们都宠着惯着，任它们肆无忌惮。草原给了我这样的性情，我与母亲分离的那一刻，带着这种敏锐感降生。

汇入萨拉乌苏河的茫如歌泉欢快地流涌着。那潺潺水声比世界上所有的流水声都要清澈、明净。淌着爱的涟漪，流着智的波涛，闪耀着神的光芒。

萨冈彻辰饮用过，离去时带走的这泉水，这萨拉乌苏河，如今，依旧哺育着乌审旗的土地、乌审旗的人民，甚至所有蒙古族同胞，催生着像《蒙古源流》一样绚烂夺目的智慧的果实。

包锁尔舅舅在泉边跪坐下来，祭洒了乳汁，烧奠了香火，嘴里不停念着什么。我只听到“让我美丽的乡土，永享安康，天蓝水清，生灵和谐……”

然后请了药。

所谓请药，就是在泉水边的锦鸡儿草丛中放七只四方纸折叠的纸袋，然后好像跟医生谈话一样谈起了病况：“神泉啊，我想请点儿药，最近腰腿疼得厉害，右肋那儿也不舒服，老婆的胃病又犯了。”说完静静地待了一会儿，不知是等着号脉呢，还是等着抓药。

我也一声不吭地待着，生怕弄出声响，打扰了这天人交谈的宁静。

许久，舅舅探头挨个儿查看了纸袋子，然后小心地包了起来。

我问：“药请到了吗？”

“请到了，请到了。神泉不可能不赐药。”

请到的药必须马上包起来，回家才能打开。

七服药中的一服呈白色，是煎着吃的；而另外六服都是同样的黄色，需要用泉水服下。

想起他“呼吸着这片纯净的空气度过余生”的话，我似有所悟。

“好了，孩子，咱俩现在喝泉水吧。长辈赐给的食物要俯身接过，这是礼。你就当长辈赐你泉水，心里祈祷着接过来喝吧。只有你敬重珍惜，人家才会给你赐福，人、佛、自然都一个道理……”

“知道了，舅舅。”

我依着包锁尔舅舅的样子，一边行礼，一边祈祷。一叩首为了故土、文化的完整，二叩首为了自己的胸怀、心智像茫如歌泉水一样澄明、洁净、阔达，三叩首为了穿越鄂尔多斯之旅的坚定与顺遂；第一祈祷萨冈彻辰高祖留传下来的文化传统薪火相传，第二祈祷萨冈彻辰一样博大的文豪代代涌现。

在祈祷的同时我想：在无限高贵、博大的自然面前，人会本能地懂得敬畏。

礼毕后我们跪着喝起泉水。

也许是因整夜没睡好，口渴了，我喝了好几口。

包锁尔舅舅看着我笑了，说："好闺女，多喝点儿。大老远来，不容易，慢慢喝着。喝饱了神泉水，心里也跟着圆满了。哦，差点儿忘了，有什么为难的事儿，跟神泉说说。只要是善事、有功德的事儿，神泉都会护佑你。"包锁尔舅舅恭恭敬敬地从泉里捧了几口水喝了，"多好啊，心里亮堂多了。哎，多好，身子骨儿也灵便了。"说着像小孩儿一样笑逐颜开。我心想，多么纯净的人啊，让这样的人为难真是罪过。今天他弟弟来接我时，我一定要嘱咐他们别再为难舅舅。

舅啊，我理解你。理解你称为阿尔山的这泉水；理解泉水哺育的这片草木和生灵；理解你纸袋里的神药；爱，就是这样的，它是暗示，是一种无法传达的感应；谁也别想去破解它，分析它，唯有静静地感受它，理解它！

这时的我已经控制不住要哭。是刚喝过的水，变成了泪呢？还是包锁尔舅舅的无奈要借我的心流淌呢？面对这汩汩而出的泉水，我早已波涛汹涌。如果包锁尔舅舅不在身边，我定会大哭一场。

为了掩饰我的窘态，我说："用泉水洗一洗脸，刚净过心，再净净脸呀。"舅舅接茬道："洗吧，洗吧。人家专门驾着车，来这儿坛坛罐罐地装上水运走呢，当药喝的，洗头洗脸的都有。"

回去的路上，舅舅老去摸他的衣兜儿，是担心弄丢了药呢？还是急着想看看究竟呢？或是想估摸一下药的量吧？这舅舅真是个可爱的怪老头。

当我们回来时，大地深处的这户人家又冒起了那股飘香的青烟，向着萨拉乌素河和阿尔山泉弥漫而去。烟总是跟着风走。但这户人家的烟却总是向着一个方向飘动——向着萨拉乌素河、阿尔山泉的流向，向着库图克台彻辰洪台吉、萨冈彻辰陵寝的方向，向着族源承传的方向飘去，飘满这山谷，延绵不绝。

我仰望着对岸高高耸立的山崖，不由得想，在这样高大的山崖下，那青烟顺水而下、顺谷而去是自然的。

从窑洞里飘来奶茶的香味儿，也飘出祖孙俩唱字母歌的琅琅书声。

“啊，这祖孙俩真欢实着呢。”包锁尔舅舅乐呵呵地快步走进窑洞。

（海日寒 译）

纳仁大叔

在我进行人类学调查的那些日子里，经常访问的那家大叔，总是在春天骑着马、秋天骑着摩托车来接我。

这次有点特别。纳仁大叔跟他的朋友们一起开车来接我了。当我提着大包小包从班车上下来，纳仁大叔满脸笑意地接过我的行李，搬上他们开来的汽车。

总穿一身被阳光雨水洗褪了色的旧衣服的纳仁大叔，今儿个却是从头到脚一身新装束，冷不丁一看，纳仁大叔好似换了个人。

“大叔今天真像干部！”我说。

大叔只是嘿嘿一笑，没言语。

安顿好行李物品，我直接上了车。纳仁大叔说：

“稍等等。还有个人也坐这个车回去，她从银川坐车过来。”

“什么人啊？您亲戚？”

“一个朋友。”大叔暖暖地笑了一下，脸一下红了。

我一阵好笑。纳仁大叔也学着城里人说“朋友”了。想是这么想，也没往心里去。

从银川开来的车，绕过我们的站点，在稍远处停下。大叔盯着一位下车往这边走的老人，嘴里嘟哝着：“是她，是她！”快步迎上去。患风湿的他平时行动不便，此刻竟一路小跑着过去了。我有些急，就喊：“大叔，不是她吧？那是个阿姨。”

“对，对，就是她。”纳仁大叔说着，跌跌撞撞扑了上去。

那阿姨很瘦小，身上斜挎着小包，手里提着大包，跟纳仁大叔说着什么，满头的银发在阳光下显得分外耀眼。我上前帮纳仁大叔接过大包的同时，跟那瘦阿姨用汉语打招呼，没想到她却用蒙语回敬“赛因白奴”。

汽车向纳仁大叔家进发。

正值甜菜籽收获的季节，满世界都是甜菜贩子，没想到这把年纪的老人也不闲着，豁出一把骨头来钻钱眼，还故意讨好说什么“赛因白奴”。哼，我气不打一处来。正在这时，老阿姨瞅着我问：

“老纳，是你儿媳吗？”

“哦，不是，不是，是我闺女。”

“是吗？多好的姑娘啊。”

我心里十分不快。看着这个“甜菜贩子”故意跟我套近乎，一阵厌恶油然而生。

“呵呵，不是我闺女。跟你一样是来我家的客人。”

“哦，是收购甜菜的老板吧？”

“你才是收购甜菜的老板呢。怎么，不收甜菜就不能来看望大叔啦？就剩下一把老骨头啦，还来钻钱眼……”我说。

大叔忙推了我一把。但我这气儿已经到了嗓子眼，不吐不快，干脆用蒙古语说：“这些钻钱眼儿的该死的贩子，满世界转着，不让牧民有片刻安生……”纳仁大叔忙笑着解释道：“喂，草地高娃（他们给我起的外号），你弄错了，她不是贩子，是多年前在我们这儿下乡的知青，来看望我们哩。”

“哦，是吗？”我还是不痛快。我想，只有我一个人才有资格来看望纳仁大叔呢，别人都休想。

到了家，婶娘跟那阿姨热情相拥，拉着手，说长说短，什么谁老了、谁没变、就算老了也还能认出来之类的话。婶娘虽不会说汉语，但只管说着自己的，嘴里不住念叨“瘦得这么厉害”的话。那阿姨好像也都懂了：“是啊，草原上的你还是这么结实，我好像把身上的肉都丢在这儿了似的，现在就剩下一把骨头了……”

“别急，在我们家住上一阵儿，自然就胖了。”这话婶娘重复了好几遍。

他们家请了不少乡里乡亲，凡家里有的食物全都摆上了桌。

“哈哈，看来，你们家今天要大摆筵席啦，有什么喜事不成?”我问婶娘。婶娘推了我一把，将我领到隔壁房间。

“这老人可是一辈子都心里装着你大叔的人啊。他俩原来是定了亲的（婶娘说不来“恋爱”这个词儿），今天大老远来看望你大叔，明白了吧?”

我止不住嘿嘿笑起来，那意思是“看不出我这大叔还有这一手呢!”婶娘忙止住我说：“你这草地高娃，快别笑了。这都是真的!给你，拿上筷子去那屋里好好招待。千万别拿你老叔开涮，弄得他俩都下不了台，好比打散了刚刚落到树上的鸟儿，冤孽呀，听话。”

我还是控制不住想乐：

“那婶娘您心里不难受吗?”

“我有什么难受的? 倒是我欠她的呀!”

我去饭桌前坐定，但心里痒得总想开开玩笑。瞅着一身簇新打扮的纳仁大叔，觉得他那喜形于色的面孔今天格外招人。想着怎么拿这位平时不苟言笑的大叔开开心才好。

“扎，这位老人是四十年前来我们这里插队的南京姑娘。那时候我是队长。他们回城后我们再没见过面。直到去年旗里组织牧民和知青见面活动，我们才知道了对方的地址，这才联系上。”

他们这美好的重聚让我有些兴奋，于是，我就拿纳仁大叔开玩笑：

“哦，我说大叔今天有点特别嘛，换了一身新衣服，还总是忍不住地笑！”

旁边的几位青年好像就等着这一句，呼啦啦一片响应：

“对啊，就是啊！”大家笑成一锅粥。

纳仁大叔红着脸笑笑，摘下帽子，挠了挠头，又戴上了。这一摘一戴，让我看到了纳仁大叔那一头白发。

我猜，他是想遮住白发，才戴着那顶帽子。

纳仁大叔和萨仁大娘（那位阿姨）叙起了知青旧事，哪个知青做什么啦，如今在哪儿啦，那时谁和谁结怨啦，谁和谁谈着啦，谁和谁成家啦，等等。叙旧中还时不时冒出“长杆儿”“白蒿”等以本地植物名起的外号。

“你这大叔可是个好人哩，是我们的老队长。那时候的事儿，哎，都没法子说。”阿姨反复唠叨着。

婶娘一人里里外外地打理着，拖着胖乎乎的身子来回忙乎，偶尔插一句“他们可是遭了些罪呢”就又出去了。

四五十年没打过照面的一对情人，今日重聚，让人感慨万千。我们几个晚辈听着他们谈旧事，一边感叹，一边激动，一边还不忘唱歌助兴。

阿姨的身世和我的蒙语歌，好像也以自己独特的方式融合在一起，一路上产生的误解与不快也因此烟消云散，阿姨瘦弱的身影渐渐变得亲切、可爱了。

夜深了，欢宴散去，我和阿姨被安排在一间屋里睡。

那夜正好停电，我俩在炕中间的小桌上点了一根红烛。

“赶紧吃药呀。”老人从小包里掏出药品，并排摆上桌。

“啥病吃这么多？”

"唉，什么糖尿病啊这个那个的，一身毛病。"

"您有几个娃，都在哪儿工作？一大堆孙子了吧？"

"没有啊，我现在还是单身。"

我一时间不知如何作答，含含糊糊说了句："哦，一个人自由自在，也挺好……"

阿姨在红烛那边摆弄自己的药。那苍苍白发好像讲述着这位未婚老人的往事。她眯缝着已退了神的眼，全力辨认药瓶上的字，却还是看不清，让我帮着看一下。那已经认不清药名的眼，好像都被愁苦委屈填满了。

"我这浑身的病，还能活几天呢？趁着还有一口气，来看看。哎，好啊，看到大家健健康康的，心里也就踏实了。"阿姨说着吃了一把药。

我突然起了谈兴。

"萨仁阿姨，您一辈子没成家，就为我纳仁大叔？"

稍顿了一下，她答道：

"还能有啥呢？"接下来的沉默，让我瞥见她眼中的泪，如水晶一般在烛光后瑟瑟滚动。

我被深深地触动了。那晶莹的泪珠好似一滴滴砸在我的心上。

过了一会儿，她说：

"唉，如果是现在，我一定要跟你大叔结婚生子……那时候……唉，真糊涂……"

我奔涌的热泪已无法控制，汩汩而出，跟那桌上的红烛似的。

一个女人，没有丈夫，没有家，没有儿女。如今到了风烛之年，却万里迢迢来看望她深爱了四十几年的男人，这情景，谁见了不会潸然落泪？我决堤的泪水好像在说："萨仁阿姨，您别哭，我来替您哭吧。"我竭尽全力想忍住，但依然落泪不止。萨仁老人却木在那里，一语不发，好像那四十几年的泪水已经在她老家汇成了湖泊，如今无泪可洒。过了很久，她长叹一口气：

“唉，人的一生啊，一转眼的工夫。”说着脱衣准备睡觉。

这时，她苍白的肩臂露了出来，那瘦小的身躯，像骨架上包裹了白色的丝绸。这就是恋了我纳仁大叔一辈子的女人啊，一个孤苦无依的生命！我不禁伤感，这片不久就要从枝头飘落的秋叶，会飘向何处呢？这时她说道：

“唉，阿姨我一辈子怀着草原、念着草原上的人们。念着念着就老了，老得没多少日子可过。有一首歌叫《爱你至死也不后悔》，看来我就是这个命啊。”

是啊，今夜我要用她的泪哭个够，想躲都没处躲。

“既然来了，就多住些日子！到了如今，哪儿舒心就在哪儿过，遂心点儿。”

“是啊，我也是那么想。多住几天，旗里也有一起下乡的知青战友，我就来回串着住呗。如果草原容得下，我想把这几斤骨头也埋在这里。”

至此，我终于理解了萨仁阿姨扛着那么多大小包裹的用意——她把能带的都带来了。

瞅着蜷缩在被窝中的那个瘦小的身躯，感觉阿姨真的就剩下“几斤骨头”了。是因怀念草原而耗尽了自己的血肉呢，还是她的血肉离开了身体自己跑到草原上来了？或者当初离开时干脆把骨血都留在这儿了？

她闭着眼静静地躺着。

“你知道吗？我们这些人，把生命的三分之一交给了国家、三分之一交给了草原，剩下那一部分自己珍藏了。那一部分才是我们的，不愿与任何人分享。那是我们唯一的自由空间，自己的私产。那个时候啊，每当太阳落山，牛羊哺育羔崽，咩叫成一片，我们的心就被思念绞碎……”

她仍闭着眼。也许她正在心中重放着那时的情景。粗粗的红烛已燃到底部。

夜过半，外面的马嘶、羊叫、狗吠声格外清晰。

“这声响曾是我们青春时代的音乐。”阿姨依旧闭着眼。

纳仁大叔为我准备写东西用的粗大红烛，没等我哭上两回就要燃尽了。生命的历程和这红烛有什么区别呢？还不够一个女人哭上几回。

思念着大叔和草原的阿姨，也许哭了几多场，漂泊了几多次，当重新回到草原时，就剩下这把骨头，生命燃到了尽头。她闭着眼睛躺着的样子，是在对比今天的草原和昨日的草原，还是在翻阅她刚刚说过的只属于自己隐秘的心中的图画呢？或者只是想安安静静地悠然睡去？我收起了笔墨，吹灭了燃到底的红烛，躺下。

下弦月没精打采地照着窗子。

我躲在被窝里偷偷地哭着。我心爱的人啊，那个让我从头到脚无所不爱的梦之王子啊，你是不是也在红烛下奋笔疾书，如饥似渴地创作着什么呢？我为何如此爱你？趁着有生之年，我将尽全力爱你，绝不等到仅剩下一把骨头才去见你。不，不要。如果可能我还想为你生孩子，绝不在七老八十时黯然神伤，后悔当初为何不……不，不会的！

不管何时，一个人的三分之二必定是那个社会的。留存给内心的只有三分之一或更少。那么，是否可以把自己最真挚的爱留给自己呢？唉，生活啊，我别无他求，就让我用自己的爱去尽情生活吧。

“如果是现在，我会怀了你叔的孩子。那时咋就……”这话在我耳边萦绕许久。老人家，我理解你的心思，你的痛苦。作为一个女人，谁不想为自己心爱的男人生儿育女呢？

但是，她没有那么幸运，只把一生的爱都浓缩在那把骨头中带回了草原。

生活啊，你为何如此残酷？

如果我不来，他们仨会不会躺在一个炕上呢？把这样的人孤孤单单留在屋里，多么可怕。

我虽闭着眼，但缩成一把钻在被窝里的南京老人依然在我眼前，无比清晰。来时，我无意中说的那句“就剩下一把老骨头”的话让我十分愧疚，多少次想说对不起，但都没出口，哽在心里。

为何那么刻薄地对待这可怜的人呢？仗着自己幸运，去嘲讽别人的痛苦，这简直就是罪孽。啊，再不会啦，我发誓，不会啦。我冲着窗口的月光发誓。

第二天，我决定返回。

“昨天还嬉皮笑脸的呢。现在咋啦？拉着个长脸，还硬要回去，该录的都录了吗？”婶娘跟我说笑着。

“婶婶啊，跟我去旗里待几天吧？”

“噢，我也那样想过，但觉得不妥。如果我走了，这南京老人肯定留不住。那样，不就成了故意拆散他们吗？再说，我一走做饭的人也没了。你看这老人的情况，不是什么都能吃的，可怜啊。我留下照顾他们吧，白天我照料牲口在外面多转转，让他俩多待一会儿，回来就做做饭，给他们相处的时间。晚上就住在一起，聊聊旧事。你说呢？”

“好啊，好啊。还是婶娘想得周到。你是最聪明最善解人意的人！”

“唉，你这草地高娃，也是个知冷知热的人，有些事儿想跟你唠一唠。昨天想说吧，你又总是笑个没完。那时候，你大叔他俩定亲来着，可是队里要改造我这个公主千金，非让我嫁给贫民接受教育，这不，就和你大叔成了亲。既然国家定了嘛，有什么好说的呢？一转眼，孩子都有一大帮了。我倒是没什么说的，嫁给了好人，老天对我不薄。可谁知她却变成了这样。有啥法子，只能想办法让她在剩下的日子里过得舒心些。”

我已经笑不出来了，瞅着我这可怜的婶娘差点落泪。婶娘接着说：

“这个南京女人啊，如果她二十年前来的话，干脆再安个包，让她住着，我们两人妯娌一样过呗。如果那样，说不定孩子啥的都有了。就算没孩子，也一定和我的孩子混熟了，大妈、小妈地叫着哩。现在来嘛，都不成了，我们仨只能兄弟姐妹一样稀里糊涂地对付了。”

是啊，真没别的法子了。

纳仁大叔骑摩托车送我到公路旁。

他一身褪了色的青色外套，沿着领边儿一道汗迹。坐在后边的我随着摩托的颠簸穿坝上岭时，从那旧外套里散发出的、浸透了苦水的温暖的汗味，让我不由心生酸楚，差一点喊出“爸”来。

“人啊，为啥活着？人的命运谁在主宰？”面对飞驰而过的山岗，我不由得想追问，实际上，问谁都是徒劳，人只能自己回答，自己去做。

到了公路旁，我取下包裹，跟大叔说：“大叔，南京阿姨的身体情况不太好啊……”“是啊，她在电话里没提过。我一直以为她还是老样子，哎，谁料到会病成这样呢！”大叔说着又摘了一下帽子，挠了挠头。自己都满头白发了，那曾经的俏姑娘怎可能还是原来的样子呢？我心中暗自叹息着。可是人不可能把自己举在眼前看，不跟别人对照怎会看清自己呢？以为用一顶帽子盖住了白发就能留住青春，唉，我这可怜的纳仁大叔啊。

“让人家孤孤单单一个人住不太妥，犯了病也麻烦，不如你们挤在一个屋里……”我尽量委婉地说。“昨夜你婶娘也是这么说，也好。”说着大叔想摘帽子，又收了手。

我催大叔往回返。

目送着一身灰暗旧装的纳仁大叔，沿着长满油蒿、锦鸡儿的沟谷坝梁间的小路渐行渐远，心中有种说不出的酸楚，只能默默地祈祷。

“可怜的大叔啊，你只穿了半天的新衣新鞋！生活对你们太刻薄了！可是，有什么办法？作为男人，你只能默默承受这一切，咬紧牙关坚持，再坚持……”

（海日寒 译）

姊妹情深

四　姐

四姐她们家住在距萨拉乌素河北岸十来里的地方，与呼尔胡敖包毗邻而居。

四姐是踩着我的天灵盖出生的。也就是说，她是紧挨着我出生的，我是老五，她是老四，她比我大四岁，她在六岁那年被过继给了别人家。

无儿无女的那家人，有一次央求我母亲：“老姐，您有这么多儿女，让我们带走一个吧。”母亲稍作考虑，答应了人家：“行，那就把小的领走吧。”

那家人自然乐得合不拢嘴，赶紧到大队合作社，扯了两尺花布，做了一身衣裤，送到我家来。

母亲指的“小的”，自然是我了。奇怪，见他们来了，我竟然大哭不止。这一哭倒好，改写了我的一生。“哭得这么厉害，啥时候才能认我们？又这么小。”夫妇俩发了愁，干脆改口对我母亲说：“姐呀，不如把那个大一点的给我们吧。”新做的衣裳像给大一点的那小姑娘量身定做的，穿上新衣的她也乐得又蹦又跳。这一跳，决定了她的一生。“扎，扎，天意如此吧，那就领大的……”此情此景，父母只好答应。

没养过孩子的那对夫妇，是把两岁的我想得过于壮硕了呢，还是被领养孩子的喜悦冲昏了头脑，失了分寸呢？总之，那花布扯得实在多了一点，衣裤也缝得宽大了一些，加上我这么一哭闹，结果，四姐跟了他们，我留在了父母身边。

我父母给四姐起名叫“敖特根其其格”，“敖特根”是“老疙瘩”的意思，父母本想到四姐这儿再不生了，没承想他们又怀上了我，我自然成了名副其实的“老疙瘩”，从而也分得了四姐的那份好运，直到如今。

读小学那会儿，我时不时去四姐家看她，四姐净挑好吃的给我。我喊她父母舅舅、舅妈，也许就是为了套近乎，为给四姐争取更多关爱吧。

献出四姐的我，好像立了什么大功，每次来，四姐都像来了贵客一样待我。四姐整日忙个不停，看着她没完没了地帮她养父母干活，我简直崇拜死她了。

她身旁总是片刻不离地围着一帮小羊、小猫、小狗、小牛犊之类的可爱动物，四姐搂着亲它们，还给它们起了“黄丫头”“白脸蛋儿”“宝日夫”等等小孩子的名字，跟它们整日生活在一起。那时候我还是个傻妞，对于四姐怜爱家畜的行为不怎么看得上眼。

离开亲生父母，过继到别人家，使四姐更加理解了亲情的含义。她对小动物们的关爱和小动物们对她的依赖让她有了亲情缺失的心灵安慰么？总之，四姐离不开它们。

晚上，四姐搂着猫睡，有吃的也会分它们一半；她一边跟猫贴着脸，一边叮嘱我：

“老妹，你一定要好好学习，学习好了才能过上好日子。咱们的父母太苦了，你有出息了，让他们高兴高兴！我是没有那个让他们高兴的福分了……”

一转眼，我们都长大了。

记得我读中学的某一年，听说四姐要出嫁了，要嫁到前萨拉乌素河畔的某个梁上。于是，我将“三好学生”奖章别在胸前最显眼的位置，好好打理了一番头发，去参加婚宴。估摸着那时我正好也到了希望别人注意到我、自己也开始懂得臭美的年龄了吧。

到了送亲的时辰，一身新娘盛装的四姐要上马启程，可她哭得站都站不稳，更不用说上马了。咦，这是怎么了？跟自己心爱的男人一起生活，不是很好吗？正在我狐疑之时，她养的那条花狗不由分说，直扑过来，死死缠住了她。那群白的、黄的、紫的猫们也摽上了劲儿，大有“不要命，只要人”的架势。它们四面围剿恨不得把新郎给撕了。虽说猫狗如水火，但在四姐面前却表现得同仇敌忾，忠贞不贰。因畜栏离拴马桩不远，那成群的绵羊山羊小羊们，像炸开了锅，叫着喊着，甚至要把畜栏的篱笆给冲垮。这时，不知从哪儿跑出一只离群的白山羊，哭叫着径直堵住四姐，闻她的衣襟，然后立起前蹄，往她身上攀。也不知是想让四姐亲它呢，还是想在四姐耳边说悄悄话。戴着头饰、披着婚袍的四姐俯下身来，一边亲吻那张开双蹄的家伙，一边哄着：“好好听话啊，我过几天就来看你们！”

那山羊虽听了四姐连哄带命令的话，放下了双蹄，但还是哭叫个不停。这时，狗儿叫，猫儿喊，满院家畜越发不安生，冲得篱笆的树枝柳条禁不住咔嚓咔嚓断裂起来。那是个晴朗的冬晨。我感觉家畜的一片哭喊声让冰冻的大地瞬间融化开来，随时随地都可以冒出热气腾腾的温泉。我看到四姐高挺的鼻子上面的大花眼里流出了清泪，那一刻，在我心里，那泪滴比四姐头饰上璀璨的珍珠珊瑚都要金贵得多。虽说哭相一般都会十分难看，但那天哭泣的四姐比什么时候都要好看，都要高贵。是那群家畜的拥戴让她变得那么美丽高贵了吗？我不清楚。只是那天的四姐，在我这个已经懂得了穿衣打扮的中学生看来，美丽得很，夺目得很。但我清楚，这美丽并不来自她那身珍珠绸缎装饰的婚袍。那一刻，我一心想炫耀的“三好学生”的奖章，已经变得一文不值，虽然那是我跟全班同学激烈竞争，好不容易才得到的。

二姐和二姐夫是从后梁骑着骆驼来参加四姐的婚礼的，那两峰骆驼也长鸣着哭个没完，也许，牲畜之间的心也是相通的？这两峰骆驼也受到了羊群的感染？

来参加婚礼的人们无一不为这情景动容，为四姐和她那些通人性的家畜，流下了热泪。

四姐跟她母亲悄声交代：黑花头的喂食在哪儿；黄丫头的奶瓶装多少奶；宝日夫嘴馋，悠着点儿喂，不然会坏肚子……这样叮嘱了一番才上马。四姐的母亲是个温暾暾的憨人，虽说嘴上不停地答应，估摸着也没记住个啥。

四姐咋就这么好呢？这时，我觉得胸前那枚“三好学生”奖章格外刺眼——觉得那是个毫无价值的多余物件儿。实际上，四姐浑身上下、里里外外不都是奖章吗？我索性把那枚通过明争暗斗抢来的奖章撸下来，扔了。戴着它，让我感到无比羞愧。此后，我对于各种荣誉、名号都嗤之以鼻。

后来，因为学习紧张，我很少去四姐家。只是偶尔回老家时，能听到关于四姐的消息，诸如大儿子刚出生，又怀上第二个等等。

一晃，四姐成了四个孩子的母亲。

偶尔在新年白月（春节）去看望四姐，只见她往来于公婆父母、孩子丈夫、牛马驼羊、猫狗猪鸭中，忙得昏天黑地，好似世上只要有能出气的活物，都需要她去关爱、呵护。

有一年，听说他们搬进了新居，我就去看她，她来岔道口接我，身边竟有十来个家伙围着她的袍襟乱窜，四姐露出雪白的牙齿嬉笑着站在中间。姐儿俩相见，免不得要嘘寒问暖一番，可她那帮宝贝们，好像故意要捣我的乱，吵闹不停。

“喂，大花眼儿，起开点，是我说呢，还是你说呀？干吗跟我抢嘴？”四姐跟我唠着唠着就开始跟她那帮宝贝们对话了。

喝完茶，我有意要参观她的新居，正一间间查看，发现四姐在其中一间房里，背着我抱着一头羊羔，似乎在忙着什么。见我进来，她急忙把羊羔放下了。

“姐，你干吗呢？”我这一问，她不好意思地一笑，整了整前胸的衣服，红着脸道：“白脸蛋儿这个小鬼一生下来就没了娘，孤苦伶仃的看着怪可怜，就试着喂她两口奶，没承想她倒上了瘾，不给她吃奶就哭闹个没完，活像几个月大的孩子……”

“查干库肯（白脸蛋儿），就这样吧，人家见了会笑话的，赶紧走啊。”四姐说着想哄走那羊羔。

“你看我，整天跟这帮小可怜们缠在一起，弄得丢也丢不得，吃也舍不得，只能送了邻居乡亲，自己哺大的牲畜，忌讳着呢。”

听着她的唠叨，已经身为人母的我禁不住鼻子有点酸。看着那头小羔羊充满爱意的眼神，我的奶子竟也情不自禁地鼓了起来，好像要流出乳汁来。哦，女人的天命就是为了爱而生的吗？生在前头的她，带走了我的某些部分，步她后尘的我，留住了她的些许，头顶屁股出生的我们是如此相像，我时常怀疑，她是不是我的另一半呢？那时我坚信，除了我谁也不理解我的四姐。

我每次去她家，四姐就跟从前我上小学那会儿一样，净挑好吃的给我做，有我爱吃的牛肉啊、奶茶呀、奶油啊等等。

“姑娘，今儿你爱喝奶茶的姨姨来了嘛，煮一锅吧，把哺给小红（羊羔名）的丧崽山羊的奶子分一点煮了，如今草都抽青了，让它自己找食儿吃。”四姐嘱咐她的女儿。

“不行吧，阿妈，可别让它再闹情绪，踢锅拱碗地闹个没完。”

领教过小红厉害的外甥女儿提醒她妈妈。

“那就留它一半，兑点水，量足了保不定能蒙混过去呢。得给它改改习惯，也不小了，该断奶了，你们不是也这样一点点断的奶吗?”说这话的四姐活像下指令的阔太太。

但是，那口奶茶，我还真是没利利索索地喝上。外甥女舀了一碗给我，当我的嘴刚要碰到那盛满了飘香的奶茶的碗时，那位著名的小红风风火火地闯进来，一脸不高兴，眼见就要踢场子。

“好好，这是你的!”四姐将兑了水的奶给它，小红只舔了一下，便高高扬起鼻孔，气呼呼地扭脸不理四姐了。那意思是说：“你们这些骗子，想用兑了水的奶哄我，没门儿!”小红连踢带抓，还外带撒娇，这情景和发飙的王爷还真有一拼。看来畜和人都一样，谁惯它，它就是谁的老爷。面对推不走、哄不开、软硬不吃，执意要寻回自己小灶的小红，被逼无奈的四姐，终于撂下了两句狠话。

“喂，你要搞清楚谁是主人啊，今天你爱喝奶茶的姨大老远来了，为了给我老妹煮茶，分点你的奶怎么了?你一辈子都要一盆盆地喝下去呀?你身后也有弟弟妹妹，我也需要点脸面呀，煮点奶茶都不让，这是怎么啦?嗯，我伺候不了你，你倒……”这么一通说，那只微带红毛的山羊羔子干脆就趴在四姐身旁，动也不动，哼也不哼。看那脸色，大有跟你没道理讲、我这气儿可大了的意思。估摸着这是它从出生到现在遭受的最大的挫折，罪魁祸首当然是我了。不管怎么说，总算是消停了一会儿，我们喝着茶唠了一番。

外甥们在一旁哧哧地笑出声来：“哎呀，我妈今天可是破了例了。看把它们惯的，真应该这样说说它!”我听出这话里或多或少蕴含着孩子们争母爱的一点醋意。

可是四姐脸上却露出了些许不忍的神情，嘴上跟我唠着，心却集中不到我这儿，时不时瞥一眼小红，最后还是忍不住伸手抚了抚它的脊背：

“乖乖生气啦？你也有点过头了，知道吗？这样任性怎么行呢？要是你乖点，我何至于数叨这么多，啊，以后听话……”我觉得她对小红的安慰更像是在做自我检讨。

外甥女将炖骨头端上桌时，四姐嘱咐道：

“姑娘，端来饭菜后赶紧把门关紧，不然它们不会让你姨妈吃顿安稳饭的。我们家可有一帮不要命的‘大盗’哩，妹子你看了可别吓着……”这后半句是对我说的。

看着满桌飘香的饭菜，我禁不住来了馋劲儿，刚要吃，只听得“咚咚”几声巨响，封门的物件儿散落一地，跟着闯进几条“梁山好汉”，我一下愣在那里。

“哎呀，这又是哪路神仙呀？你们这一家可真够特殊的，茶不让消停地喝，饭也不让利落地吃，各路神仙都过来分大户，真是少见啊。”我忍不住笑着调侃道。

“姨妈你可见识了吧？我妈没它们不吃饭的，今天为你破了一次例，要把它们拒之门外，这可倒好，你看着吧，它们是来让妈喂饭的……”

看来是真的。四姐把桌上的咸菜夹起来，说：“黑花头你这家伙，咋就不能忍一次呢，没见家里有客人吗？”话虽这么说，但看得出四姐是真心疼了，夹起碗里的饭菜，喂了这个，又喂那个。

那几只绵羊山羊就差坐到沙发上端起碗筷和我们“平起平坐”了。实际上，它们比我娇惯多了。它们将四姐给的菜肴呼哧呼哧嚼完咽下，又瞪大眼瞅着四姐，大有“再来一口”的意思。我忍不住笑道：“姐，你就差对着嘴喂了。”四姐说：“它们小的时候真是一口口喂的，如今长大了，都嫌弃我嚼的饭菜脏，这帮家伙……”说着又给补了一口。外甥看不下去了，边数叨边推搡那几只绵山羊：“好了好了，没见家里有客人吗？快给我出去！”

四姐在一旁看着那帮家伙被我外甥弄走后，笑着对我说：“哎，真拿它们没办法呀！”

比起我上小学那会儿，四姐的爱以加速度的方式增值了。就像母牛总能挤出奶来，四姐鲜乳一样的爱也是一年四季长流不断。当然，我姐夫这个大丈夫，毫无异议是最大受益人。

四姐用她的爱和劳动，使家里的人和动物，个个儿都精壮、膘满、舒心，可她自己却年复一年、日复一日地干瘦下去，好似她把身上的一切都匀给了他（它）们。

如今，四姐已是干瘪的老妪，早早失去了让男人们羡恋的美，可她的爱却似萨拉乌素河的波涛，永不停歇，唠叨着那一句没完没了的“哦，真可怜……”，忍不住帮了这个，又关心那个，好像她身体里有一眼流之不尽、取之不竭的爱之圣泉。虽说多了几分老相，但她那身体好像不分昼夜、不分冬夏地开满了爱的繁花，温暖着这个世界上的人和畜。

四姐好像要证明“青春、美丽和风韵终将消逝，只有蒙古母性的爱之光华永不褪色”这句哲理，她总是闪露出洁白的牙齿笑着，满怀善意地说着，唠叨着，往来于生灵间。

大概是前年吧，我因一些缘故手头告急，回了趟老家。

正好路过她家，就去看望她。

依然少不了那一帮宝贝的围追堵截，搞得我俩不能正经八百地说上几句话。

“走，咱到沙梁上去，这帮家伙害得咱们都说不成话……”我跟四姐爬上长满油蒿、锦鸡儿的沙梁顶，坐在软软的黄沙上聊了一会儿。可好景不长，那帮又嚷又叫的家伙们还是尾随而来。看来四姐想摆脱它们比登天还难，走到哪儿跟到哪儿成了它们的神圣使命。

“要是姐出门远行了，它们咋办？”我好奇地问。

“你不知道，真难啊！看着它们又哭又闹追着你不放，自己也就心软了。有一回，我重感冒实在顶不住，你姐夫用摩托送我到大队医务所输液，这帮东西死追不放，我怕它们出事就想返回，结果被你姐夫臭骂了一顿。没办法，我只好下去把它们教训了一通，喊它们回去。没想到，它们听懂了似的原路返回了。它们也乖，我又舍不得，最后才狠了狠心上了摩托车。刚输上液，就听见它们在院里闹腾。医生纳闷啊，这队里咋就跑起畜群了？就怨那条黄狗呀，带着它们好像要打群架似的，一窝蜂就来了。我忍不住提着吊瓶出门一看，好家伙，差点把我活吞了。你看，就是这样一群活宝，把我拴在这沙梁上，让我寸步难行。连看望老妈的机会都不给。

“妹子啊，听哥说你这两年生活上很困难，别急，等入秋我卖了几头牲畜给你解决点。你们出门在外的人，老跟外人打交道，一定要穿戴像样。像我们一年到头不添一件也没关系。你们老给我买，我都摞到柜子里锁着呢，这不，跟这一群带尿拖屎的牲口打交道，有啥好打扮的？”

“呵呵。姐要是打扮起来，这群东西还不把你吃了呀？人家是人吃畜，你倒好，让牲口给吃了。”我笑着逗她。

“你和妹夫挺好的吧？女人家心气儿不要太高。人家敬你五分，你得敬人家十分。这世道是在咱们女人的爱心里转着哩，所以女人有必要付出更多。人都说白度母啊、绿度母的，谁听说白度爸、绿度爸的？为自己心爱的人付出的，不要期望得到回报。佛祖派你我来这世上爱人爱物，咱们就爱着、怜着尽了这一生的义务，还能咋样？这心啊多爱着，这身啊多动着，不是坏事……”

“嗯，我懂！”

回去后，四姐将她结婚时购置的龙纹木箱子翻了半天，找出叠了四截的一张绿底儿一百元的钞票：

“我现在只能给你这个了。这是那年我卖自己心爱的羊换的钱，一直舍不得花，吃咱奶长大的，不忍心啊，所以就压在箱底儿，不忍动，这是我仅有的私房钱。原想着是祭了敖包或供了萨拉乌素河呢。后来想了想，还是送给有困难的好人吧，积点德。没想到它的主人来了，数目少，但是个心意，拿上吧。”

我一时间拿不得、推又不妥，最后还是接了过来。当我从那只粗糙、变形、黑瘦的手中接过那张百元钞票时，我修长嫩白的指头好像要一根根散掉。

这一瞬间我觉得，那张叠了四截的绿色百元钞票不知蕴藏了多少爱心，好像四姐的生命体温都融到了那里，四姐的奶汁都浸泡到了那里，四姐与那帮牲畜的情感故事都刻画到了那里。在接过来的瞬间，我咽喉哽塞，鼻子发酸，眼泪没遮没拦地扑簌簌落下。动情时总是说不出话来，我赶紧走开，去了刚才与四姐唠嗑的沙梁上。

世上再没有比这百元钞票更有价值的东西了。人的一生何其短暂，无论是谁，都顾着自个儿，你争我夺，折腾一番，到了免不了一死时，身后什么也留不住，就算是帝王将相也带不走他们那显赫一时的威权。可是，如果留一颗爱心在人间，那究竟会让多少人和生灵得到快乐和幸福呢？永存的，只有爱。爱，代代相传；人，生生不息。华服美饰、功名利禄、荣华富贵算什么呢？跟四姐的爱心比起来简直分文不值，庸俗不堪，呸，离我远点！

我们刚刚留在软沙上的坐痕，连着衣服的褶子印儿都清晰地印在那里。

在留下四姐体温的沙土旁，那几只牛羊留下的新粪依然冒着热气。那热粪看着也格外亲切。多好的牲畜啊！懂得人心，懂得人爱，又那么会疼人的生灵，多好！该生气就生气，该怨恨便怨恨，想吃就吃，想闯就闯，管你亲妹亲姐来，我爱她就愿跟着她，缠着她，你们算个啥哩！一群城市寄生货！这些跟姐姐朝夕相处的动物多好啊。原以为只有我最了解四姐，可再一想，它们比我更懂得她！四姐的每一次脉动、每一场心悸、每一种想法它们都摸得一清二楚，分毫不差，而且它们也甘心为四姐献出一切。四姐怎能不热爱它们呢？

坐在沙梁上，我深深谴责着自己，也对人这种动物感到了莫大的失望。那些只顾自己快活、极端自私的人们，他们连这群生灵的一根毛都不如，真应该拉他们过来，跟这群牲畜学习学习怎样做人。

在即将隐没的夕阳氤氲的余光中，呼尔胡敖包苍茫如歌，四姐简陋的屋舍在那光海中升起了炊烟。随着烧干牛粪和干羊粪蛋儿的温馨气味顺风飘散，传来了四姐"你这大花眼，闪开点，过来，小白花儿"清澈而亲切的吆喝声，她正提着奶桶走向牛栏要去挤奶，小白、小红、小花们在后面跟着，在平和的夕阳中，好一幅晚炊挤奶的情趣图！

面对这幅图画，我有一种要哭的冲动。看着人、畜、光尘融为一体的情景，我感觉自己也在不断飘散又融合着。握在手里的那张四折的百元钞票，不知不觉已被汗浸透。

四姐呀，我再难也绝不会花这钞票，我将永远珍惜你不出卖爱心的这份情义，将它好好珍藏在柜子底，不断加上我的爱，爱的利息滚动的这百元钞，将在好人善行最最需要的时候奉献出自己。

这是草原的意志，是草原上哺育生命的女性的共同意志。

这是萨拉乌素河水养育的爱的子嗣们，吃着萨拉乌素河水长大的人和生灵们共同的心灵底色。

人们总数叨或提醒我："爱心有些过分啦，迟早要吃亏的！"我无语，因为四姐就是我的答案。

如今，我的生计也有了点起色，节省点就有了给四姐买些礼物的实力。想过给她买点纯金或钻石的首饰，表表心意，但转念一想，四姐身上有的远比这些金贵多了，她怎会对这些东西看上眼呢？是啊，要送就送这爱意激荡的美丽星球给她吧，送她一个完完整整的、没有残缺的美好世界！

（海日寒 译）

赛罕姐姐

我至今也不知道，赛罕姐姐的真名叫什么。

赛罕姐姐来到我的家乡是旺钦哥哥的功劳。那年春节，北营子的旺钦哥哥举办婚礼，新娘就是赛罕姐姐。依照家乡的习俗，他俩婚后，便由舅妈带着这对新人来我们家行礼。初春的那一天，天空格外晴朗，房屋四周的小山梁和拴马桩都在温暖的阳光中透出隐隐的春意。舅妈骑着矮小的铁青马，旺钦哥哥骑着高大的红马，赛罕姐姐则骑着发出阵阵铃铛声响的浅栗色的马。他们来到我家时，我们全家都到拴马桩前迎接客人。喜鹊似乎也受到感染，在树枝上上下翻飞聒噪不停，好像为客人的到来在翩翩起舞呢。我只是装装样子，向舅妈和旺钦哥哥叩头礼拜，但是注意力并不在他们身上。初次见面的赛罕姐姐，穿着粉红色的衣袍，头上缠着天蓝色的绸布头巾。当她露出雪白的牙齿微笑着翻身下马时，我心想，这哪里是凡人啊？简直就是夏天湿地里盛开的花朵。在这个世界上竟然还有这样美丽的女人？而且还降尊纡贵地下嫁到我们这里。想到这里，我不禁回头望望旺钦哥哥。此时此刻的他，昂首阔步，志得意满，仿佛在宣示：只要他愿意，整个世界都是属于他的！旺钦哥哥这是在显摆吧？怎么，娶了漂亮老婆就一定要在人前显摆吗？人的变化真的是太快啦！当年蓬头垢面、身背柴火的旺钦哥哥，变成一个英俊高大的小伙子后，就是这样的德行？

举行见面礼的时候，两个新人对着我父亲母亲行跪拜大礼。新媳妇站在自己的男人身旁，面露羞怯腮若桃花，满脸都是洋溢的幸福。跪拜时，那修长的腰身宛如春风中的柳枝，而身上的粉红色衣袍随着委婉的动作飘然若浮，仿佛是把无边的幸福带进了我们家里。尽管父亲和母亲说："好啦，好啦，磕一次就行啦……"但新人还是规规矩矩地磕了三次头。我像看电影似的艳羡地观看着他们行礼，心底不免生出奇奇怪怪的念头。从来不喜欢磕头的我，不知为什么，心中突然希望自己也赶紧出落成大姑娘，嫁个如意郎君，然后像他们一样夫妻双双叩拜双亲……当我沉浸在自己的幻想中时，听见有人叫我的名字。我像是被他人窥见了内心的秘密似的，赶紧害羞地跑进了里屋。母亲不会是发现了我的秘密了吧？正当我忐忑不安之际，母亲在我身后嗔怪道："这个坏丫头今天是怎么了？也不知道给客人端茶倒水！"

我出去给客人盛茶摆放奶食。赛罕姐姐伸手接过茶碗时，水葱似的手指便从衣袖里探出，粉嫩的指甲宛若我平日里喜欢的洁白花瓣轻盈而活泼。惊奇之下我不免暗自思忖——人的手指也能长成这个样子？那是我第一次喜欢上了女人的手指。走出客厅，我立刻去寻找剪子，把指甲从根上剪去，直至指甲渗出了血。然后我又用香皂反复搓洗它们，竟然把手背的皮也搓破了。我从门缝里朝赛罕姐姐望去，只见她默默地靠着旺钦哥哥坐在炕沿上，好像是故意地扑闪着浓眉下面的大眼睛。无意间的微笑，却像为了感动眼前的世界而发出的。现在回想起来，沉浸在爱情里的人，整个世界在她的双眸里都是美好的。两条粗大的辫子一前一后游荡着，犹如身上美丽的饰物。我将姐姐用过的破镜子拿了出来，端详着自己的眉眼，我问镜子里的自己，怎样才能使自己的眉眼长得毛茸茸、亮晶晶？

在招待他们吃喝的时候，舅妈和母亲不停地唠扯针线牛羊之类的话题，旺钦哥哥和我哥哥开始推杯换盏。我在厨房面对杯盘狼藉无从下手时，赛罕姐姐露着洁白的牙齿笑容满面地走进来说："我来了，我帮你洗，这么点个小人儿，做这些活容易吗？"刹那间，我觉得她的话语亲切得就像是我母亲，她担心弄脏了衣襟，将前襟掖在腰带里，开始洗刷碗筷。她那修长洁白的手指，在水中来回窜动，将粘在碗盘上的水珠抹去时，发出轻微的嚓嚓响声，仿佛不是在洗刷而是在抚摸那些器物。如果所有的活计都是在这样的优美轻盈的动作中完成，那么劳动就不再是使人畏惧的苦役，于是我开始嘲笑自己的怯懦。她的双手所到之处，脏盘污碗也像是在愉悦地配合似的，转瞬间变得锃亮发光。她反复劝我出去玩耍，我却坚决赖在她身旁。因为骑马，她袍子的后襟叠出一些褶皱，当她弯腰俯向锅灶时，皱褶就轻微地抖动起来，褶皱很快就变得平平展展。我为她更换锅里的水，这时她问我："小妹妹上学了吗？"我回答："我上学了，已经上三年级了。"她说："妹妹一定要好好学习，有了知识就能懂得很多东西。姐姐没上过学，每天放羊，眼前看见的就是几个小沙包，现在来到你们这里，为的就是把剩下的日子耗完。既然妹妹识文断字，等你有机会去我家，我要给你看一样东西。"

客人走时，我们全家人都出来送行，当赛罕姐姐优雅地弯腰行礼告别时，我也不由自主地跟着行礼。赛罕姐姐把舅母搀扶上马之后，抚慰自己浅栗色的坐骑敏捷地跨上马背，与旺钦哥哥并辔而行。她情不自禁地注视着自己心爱的人的时候，双颊绯红，在天蓝色头巾的映衬下，宛如画中人般绚丽动人。我暗想，自己将来长大成人之后也要用那样的目光注视自己的男人。在灿烂的阳光下，我突然为自己的非分之想羞愧起来。顺着姐姐修长的腰身垂落下来的长辫子，在与旺钦哥哥并辔而行的颠簸中悠悠晃动着……

一直害怕长大的我，从那以后反而期盼自己快快长大，长成姐姐那样的美人，然后嫁一个英俊的如意郎君。随着岁月的流逝，那种隐秘的愿望日复一日地在我心中生根发芽茁壮成长。

自从赛罕姐姐来过之后，我开始喜欢去旺钦哥哥家里了。我家里人要去他家拜访的时候，我死乞白赖地求母亲带我前往。

哥哥的屋子朝南，明净的窗户在阳光下闪烁着光芒，仿佛是迎接我们时洋溢出的幸福的微笑。在我的意念中，今年的家乡好像忽然之间充满了丝丝甜蜜，总是让人产生莫名的感动。我想欢呼雀跃，身体里的欢乐一如春天的花蕾般膨胀盛开，总之，一切的一切在我眼里都变得难以理喻充满离奇和欢愉。

当我发现姐姐见到我时是那样的欢乐时，我心里舒坦极了！她为客人准备好饭菜之后，趁着人们喝酒谈话的机会，悄悄地把我带进她的卧室，小心翼翼地打开了红色箱子，取出了一本《毛主席语录》，掀开扉页问我："小妹妹，你看这里写着什么？"我发现她在说话时，脸颊莫名其妙地红了起来。

扉页上面写着："纪念订婚之礼，赠给心爱的妻子。旺钦赠……"我念给她听，赛罕姐姐露出洁白的牙齿，轻轻咬住嘴唇："嘿嘿，妻子这个词比老婆好听呢，这个词儿的后面呢是，妻子嫁来，光耀我家的意思。当时我们订婚的时候，两个人必须互赠礼物，所以你旺钦哥哥送给我这个。当时我很害羞，所以就打算问他上面写的是什么意思，但难以启齿。还说'心爱的'，你给我说说，第一个字是'心爱的'意思吗？"接着她让我读出每一个字，并记了下来。末了她心满意足地说道："好啦，我当然要和他共建家庭，当然也要光耀他的门庭，我还要让老人们幸福满足，那时候，光芒也就照进屋里啦……"

他们家的老人可真多。除了旺钦哥哥的父母之外，还有八十多岁的祖母，行医治病一辈子当喇嘛的独身叔叔也寄宿在他家里。

从那一天开始，我一有机会就去他们家里。在与赛罕姐姐长久而频繁的接触中耳濡目染渐渐懂得了做女人的道理。

夜晚到来时，赛罕姐姐首先要去关照老人们入睡，等旺钦哥哥睡着，她才最后躺下。她走进房间后会说："哎呀，又一天过去啦，好吧，刷完牙就睡喽，时间过得太快啦，不知不觉间一天就过去了，妹妹，你等一会儿，姐姐给你准备铺盖。"说着她便往牙缸里倒满水之后开始刷牙。我当然知道，另一只刷牙缸是为谁准备的。刚刚洗刷过的姐姐的嘴唇在油灯的映照下泛着鲜红的光，牙齿在红唇的衬托下也显得更加洁白如瓷。她好像是在迎接很快就降临的幸福似的，麻利地打扫火炕，然后先把旺钦哥哥的被褥铺开。她把鲜红色绸被子整齐地放在褥子上，将自己头巾叠好放在枕头底下，她说这是因为枕头太矮。她把自己的被褥放在哥哥铺盖旁边，最后为我准备铺盖。旺钦哥哥进来时她深情地望着他低声说："你肯定很累啦，洗洗睡吧……"说话的她顺手为丈夫摘掉了粘在头发上的枯草，并为他解开领扣。旺钦哥哥怎么这样矫情，像个孩子？我心里想。不过我又想，自己以后也会让自己的男人这样撒娇。这种不知羞耻的想法使我用被子盖住了脸。

姐姐黎明即起。她挤牛奶、烧火熬茶、照顾四位老人洗漱，她满脸洋溢着幸福笑容，麻利地做着所有的活计。

我常常在想，姐姐每天做这么多的家务，难道不累吗？我提出这个疑问时，她抚摸着我的头发说："女人就是为了操持家务侍候家人才嫁人的。侍候这样善良的老人，为这么好的家庭传宗接代，是姐姐的福气。不能埋怨嫌弃自己的命运，将来等你嫁了人就懂啦……"

暑假期间，我把牛犊赶到了湿地草地上。湿地上空飘浮着刚刚下过雨后浮起的盐碱和湿牛粪的混合气味。白芨草和萝篱草味随着湿润的微风阵阵吹来。坐落在湿地西北山冈背面的旺钦哥哥家的烟筒这时飘起了蓝色的炊烟。如果见到赛罕姐姐，我会把学校里发生的可笑故事讲给她听，她一定会笑出眼泪的。就在我想着心事的时候，只见姐姐真的驱赶着几头牛沿着湿地边缘走了过来，并伴着悠扬的歌声。

河边平坦的草地
是我伤心落泪的地方啊
虽然到处长满了葡萄藤
可是葡萄只有零落的几颗
虽然相伴生长的人儿几多
可是青梅竹马的人有几个？

歌声越来越近，几头牛似乎也受到了感染，“哞哞”地叫了起来。我心想，就是作为赛罕姐姐家的乳牛也是幸福的吧？如果有哪一个男人爱上了姐姐，一定会盼望自己托生成姐姐家羊群里的一只羊羔……就在我胡思乱想的时候，她微笑着走了过来。她那美丽的脸庞依旧是神采奕奕，可是不知咋的，身体却变了形，当我俩越走越近时，我把手放在她的肚子上，不解地问道：“姐姐，你这是怎么啦？”

“嘿嘿，你个小傻瓜，你连这个都不懂？姐姐有身孕啦，很快就会生下可爱的宝宝了，到时候你就来抱他……”她抚摸着我的头爱惜地说我的头发长长了。我顾不得这些，继续问：“你疼吗，姐姐？”“现在不疼，可是他很淘气，总是踢我的肚子，惹得我越来越喜欢他，不过想必在生他的时候一定会很疼的，可这就是女人的命啊！女人命中注定就是生小孩，让全家人高兴，然后就是光宗耀祖……”她突然转向牛群喊道：“咳，大黑牛，你给我朝北走！”她抓起一块土块扔了过去。

“小妹妹的头发长得可真好！你会长成一个漂亮的姑娘的，呀，不过只是有点乱。过来，姐姐给你收拾收拾！”她依靠在一座小土堆上，让我躺在她的怀里，开始捯饬我的头发。真舒服啊！赛罕姐姐身上散发出来的不仅是乳香，里面还混合着另外一种沁人心脾的馨香。在温暖轻柔的抚摸中，我竟有了睡意，在头皮发痒的时候，姐姐的手指就在那里走动，世界上哪里还有比这更幸福的事情！这时，我突然感觉到有一个东西透过姐姐的肚子踢了一下我的脑袋。我惊奇地告诉姐姐，她却笑了，抚摸着肚子柔声说：“我的小鸟啊，不要踢姐姐好吗？妈妈喜欢这个姐姐呢，知道吗？”

我暗自奇怪，对一个看不见的孩子说这些有用吗？

虽然我不愿意离开那个温暖的怀抱，可姐姐说：“好啦，已经收拾好啦，你的牛犊也走远了，姐姐还要回去杵酸奶、做饭，反正是有做不完的活……”她站了起来。姐姐的肚子虽然很大，但并不难看。几乎撑开天蓝色衣袍的鼓起的大肚子，像是把学校里的地球仪给塞进怀里了，而笔直的腰身却坍塌下来，两只乳房颤巍巍的显得更大了。此时的姐姐不仅不丑，而且另有一番丰腴风韵。我想，我也应该有跟姐姐一样的大肚子！微风像是知晓了我心里的秘密，吹红了我害羞的脸颊……尽管姐姐的脸蛋被风吹得颜色变深，可是她依然神采奕奕：“你旺钦哥哥经常会抚摸我的肚子……”她说话时的表情似乎在说：当他称我为爱人的时候，我真的恨不能融化在他的怀里！

“赛罕姐姐，爱人这个称呼真的那么美吗？”我懵懂地问。按捺不住激动心情的她，更加光彩照人：“当然美呀，足够我享受一辈子了。妹妹你要乐于助人，勤于劳动，做到了这些，你以后就会遇到一个如意郎君，当然，你要好好地呵护他……”

不久，我就毕业了，那年夏天生产队开会时，母亲因为身体不好，就让我顶替参加会议。那时节，我刚刚告别少年时代跨进青春的门槛。当众多女人提出无数问题，或是面对很多男人投射过来的陌生的目光时，我是很不情愿出现在人多的地方的。不过，此时却有另一个愿望突然掺杂进来，使我心绪不宁，我真的非常迫切地希望与赛罕姐姐见上一面！由于他们家离生产队很近，于是我对母亲说自己害怕走夜路，晚上想住在赛罕姐姐家。带着母亲的允许我愉快地上路了。

生产队众多姐妹似乎是在审查我。多大了？还继续上学吗？姑娘家家的上学做什么？稍不注意，出了什么事，那可就丢大脸啦……这时，怀里抱着一个、后背背着一个孩子的赛罕姐姐走了进来。好像所有对我提出问题的答案都在她身上似的，一见面，我揪住了姐姐，逃出了审讯。

那天晚上的会议开到很晚。姐姐家住在湿地右岸，而生产队在左岸。我们在月光下穿越湿地。我提出帮助姐姐带一个孩子，当我把浑身散发着奶香的孩子从她怀里抱过来放在自己后背上，孩子就像是被放在刺猬背上似的立刻以呼天抢地的哭声灌满了狭窄的洼地。看来，赛罕姐姐的脊背就是孩子的整个世界，一旦离开了世界，后果难以想象……“这么小的东西，在睡梦中居然还能辨别出人的腰背？”我奇怪地问。“不会是闻出了人的气味不同吧？小浑球，竟……”她接过孩子亲了一下，然后依然背着一个、抱着一个继续走路。说来也是，跟在她后面的我想，这么好闻的气味谁又愿意错过呢……

回到姐姐怀里的孩子立刻沉沉入睡。月光落进湿地沼泽，每每有微风吹过，便会泛起阵阵白昼里积淀的阳光气息、泥淖腐殖气味和百草的馨香。晴朗的夜空中偶尔传来与虫鸣呼应的阵阵蛙声，那声响当然是一曲生命颂歌，啊……大自然的夜晚是如此的静默美丽！我有生以来第一次意识到，夜空是这样的宁静辽远……下弦月高高悬挂在湛蓝色的天空中，仿佛在落寞中寻找着自己的另一半……疏落的星星却如崩碎的月亮残片似的高悬在浩瀚宇宙。姐姐轻声哼唱起一首民歌，充满浓稠水汽的空气，将她的心曲和优美声音团团裹住升向清澈的夜空。是赛罕姐姐的声音化成了空气呢，还是空气因姐姐的歌声而变得清爽明澈，我已无法辨清。虽然只有短短寥落的几句歌词，然而从姐姐心底里涌出的优美乐曲却是她和周围自然之间交流的独有心语。我突然感悟到她为什么总是那样的善良而纯洁。在这个世界上根本就没有赛罕姐姐不热爱的东西！我为一种莫名的热情所催促着，跟随着姐姐的声音歌唱起来。我在心灵深处急切地寻找着自己初次感悟到的一种膨胀起来的情愫，同时为自己内心的种种发现而感到羞愧震撼。那也许就是一个少女变成一个女人之前感觉到的微妙的秘声喧响。

快到姐姐家时，家园温暖的气息迎面袭来。畜群反刍声、熟悉的牛粪味、积年的炊烟气息、牛羊听到赛罕姐姐歌声就发出轻微的躁动声……有的牲畜可能是因为主人的莅临而喘着粗气站立起来，赛罕姐姐嗔道："老实睡着，都是你个尖角坏蛋带的，没事你站起来做什么？"充满爱怜的声音渐渐在潮湿的空气里消失了。

那天夜里旺钦哥哥不在家，姐姐打开了画有孔雀的红色箱子倒腾着，拿出一块散发着冰糖味道的白布，然后开始为我量身材。我奇怪地问，这是做什么？她回答："姐姐为你缝一个胸罩，你没看见那些家伙的嘴脸吗？男人也好，女人也罢，为什么没有一个人愿意看见别人的好？总是想看别人出丑。既然是成年人，应该指教给妹妹们不懂的东西吧？就想看别人的笑话，没出息的东西……"她嘟囔着开始寻找剪刀针线什么的忙碌起来。

那一刻，我的心里充满了羞愧和尴尬。姐姐看出了我的慌张："没关系，妹妹，女人都是这样过来的，不长乳房才是有病呢。姐姐也因为乳房长得太大倍受折磨，其实乳房长得大是好事，以后生了孩子奶水会多。如果裹得紧一些，就看不出来啦。"说完，好像是什么也没有发生似的，坐在油灯底下开始缝纫起来。在缝扣子的时候，她说："妹妹，你自己试着看肥瘦再把扣子缝上。"说罢，她取出了自己的胸罩递给我："姐姐如今是一个生了几个孩子的人啦，现在用不上了，你拿回去穿吧。"那是我第一次戴胸罩！我是追寻姐姐走过的路变成女人的，是认识赛罕姐姐之后才懂得做女人的！姐姐是我母亲的补充。

第二天醒来时，映入我视线的是两个赤裸裸的婴儿。那恣意放肆的睡姿仿佛是在昭示：整个世界都是我的，在这个世界我可以纵情享受任意徜徉。我赶紧起身，发现姐姐早已出门开始挤奶牛。听见她话语不断，我奇怪她跟什么人之间竟有说不完的话，走过去才发现，原来是爱抚牛犊的言语里夹杂着呵斥那些用身体蹭篱笆的大牛的声音。她修长的手指在奶牛的乳头上上上下下攒动，片刻工夫乳汁已经落满奶桶。比起初次见到姐姐，此时此刻，她的脸庞和手指已经落满暗色，身材也不再苗条颀长。我不禁想：无疑是这片绿茵茵的湿地掠走了姐姐的青春姿色。

赛罕姐姐侍候大人们吃喝完之后才开始照顾孩子们。躺在姐姐怀里贪婪地吸吮乳汁的婴儿，听见我的声音时，突然扭头看我一眼，清脆地笑着，四肢乱踢乱蹬了一阵，接着衔住奶头，显然是在向我炫耀着自己享受的权利，并明显表露出一种吝啬的表情。看着赛罕姐姐还滴着奶水的乳头，我幻想着，自己也生育三两个孩子，像她那样用丰沛的乳汁哺育他们。

后来，我在外地上了中学，成了城里人，没有再见过赛罕姐姐。但我心中渐渐感悟到，想成为她那样的女子不会是很简单的事情。

现在的女孩子，别说像我们那个时代将乳房紧紧裹死，反而竟会为了让自己的乳房显得丰满，往里填充乱七八糟的东西。大街小巷到处是服装商店，而且大多情况下胸戴乳罩的模特占据着显要位置。只要看见了那些精致的胸罩，我就会想起姐姐。“生了两三个孩子又怎样，姐姐才是配得上戴这样的胸罩的。”这样想着，我也会经常下意识地端详那些大号的胸罩，并且有意无意地买上几件。

每次回到故乡都能感觉到她的变化。后来出现了网络和手机，人们基本抛弃了相互拜访的习惯。他们每天都在忙碌着照顾庄稼、打理生活，走家串户甚至会成为人们的笑柄。

去年回家发现，一辆辆红色轿车，以及穿着鲜红衣服的人们穿梭在湿地中间，显得格外刺眼。不过我还听说，姐姐的门前钻出了石油，厂方给了寡妇赛罕姐姐六万块钱的补偿金。

今年女儿考上了大学，我才有了喘息时间，计划着在家乡多住几天。为了走访赛罕姐姐，我特意买了两个绸质胸罩。

老家今年雨水丰沛，因此人们有了闲暇时间。回去之后我带着嫂子前往姐姐家。雨后的湿地边缘长满了锦鸡儿、野葱和蘑菇，这些东西勾起了我强烈的食欲。呼吸着故乡熟悉的气息，追忆着一个个故人的形象，谁的家在山头那边，哪家的老人已经故去，谁家的孩子进了城，谁的女儿发了财……随着我们欢声笑语，喜鹊也不甘寂寞地聒噪起来。

路过喜鹊姐姐家门口时，随着喜鹊的叫声，有一个人走了出来。只见她以手遮阳瞅着我们骂道：“混账东西，你们要从我的眼皮底下装作陌生人走过吗？赶紧进屋，难道我会吃了你们不成！”仔细一看正是喜鹊姐姐。嫂子和我大笑着走进屋里。

这位姐姐总是像喜鹊一样将所见所闻无一纰漏地一吐为快，而且总是像个精力充沛的姑娘健步如飞，所以年少的人称她是喜鹊，而老年人则说她是一辆“没有棚（没有遮拦）的牛车”。而今的喜鹊姐姐已经变成了满头白发的老妪，不过身体依然健朗如故。见她立刻认出了我，我便有一种快意充斥在心间——看来故乡还没有抛弃我忘记我呀！随着年龄的增长，喜鹊姐姐的嗓门越发的粗犷豪迈，好像是担心肚子里积郁太多的话会戳破肠胃似的，一见面就开始大呼小叫起来。

“哎呀呀，人活着什么离奇古怪的事情见不着？打地炮（指勘探队地震法勘测石油），那响声真真是要人命呢，我们家的窗户都给震碎啦！那时我就觉得天崩地裂似的，心脏都快炸开啦，想来地震就是这个样子吧？慌乱中我只好到旗里的女儿家避难，可是那里更是嘈杂得不行。算啦，一样都是炮声，还是回老家吧，这么一想就跑回来啦！天哪，这个世界真的装不下我们啦？我还算可以，北面人家的漂亮媳妇可是遭罪啦！你们不知道，我们只听见炮声就逃跑啦，可是人家就在她家门口打井，没见过的人是不知道，大炮声震天动地，吓得人心惊肉跳，这还是小事，打井的时候冒出的那种臭气啊，比死羊肉还臭！老天爷，我去她们家的时候，井里正冒出鲜血一样的红水！我就寻思，土地爷啊，这些大爷不至于是要杀死您老人家吧？可是这话我没敢说出来。就算是我说了，他们也听不懂，说不准还笑话我老太婆说什么疯话呢，他妈的，我还有心思说疯话？我都快愁死啦！我俯下身子再一看，天哪，又冒出了锅灰一样的黑汤。后来又过了几天，这回冒出的可是绿水！哎呀，原来地底下还有这么多好看的颜色！有几天见不着，还真的想再去看一眼，可是看见了，胸口就憋闷得不行，头也疼得厉害。可怜了我们那个赛罕媳妇，乱七八糟地吐了一气，后来就半身不遂啦，已经瘫了一年多了，看来是好不了啦。除了原来得到的六万块钱，自己看病还花去一万多块钱。可怜的，拖着半截身子，什么活也做不了啦，一个拖着半截身子的老太婆又能做得了什么呢？只好雇佣南方一个姓乔的汉人照看家和畜群。她让雇工住着大房子，而自己却在一间小房子勉强度日。那两个该死的姓乔的夫妇心肠怎么就那么狠呢？他们跟我说，每天早晨都要去那间小房子门前偷听，看赛罕媳妇是不是还活着。人怎么能这么狼心狗肺呢？他们居然盼望着主人早早死去！就算是贫病交加，就算是住着巴掌大的小屋子，可是她生活在自己的土地上，喝着自己挤出的牛奶，跟他们有什么关系，坏人呼出的空气都是肮脏的！赛罕媳妇昨天来我家让我给她拔罐子。你们没见过也许不知情，我活到七十岁还是头一次见到呢，她的半个身子还是人身，可另一半已经变成了魔鬼身子啦！半边身子肿得像木头一样，拔罐子还有什么用！拔罐的地方不是青紫色就是黑色，窝在那间小房子不见风不见日的，她儿子哭着说想带着母亲去北京治病，可母亲害怕死在大城市里，怕自己的尸体被推进火炉里给糟蹋了。人这一生真是没个准啊，那么漂亮的细柳般窈窕的媳妇，怎么就成这样了？”老太太噼噼啪啪地数落一气，突然想起了什么：“哎呀，看我，光顾着说话啦，这就给你们倒茶……

“不……赛罕媳妇可是一个有心的人……也懂事，这样的人要是一旦看破一切，肯定会走得干脆利落，那一年旺钦殁时我亲眼看见啦，那天可真不一样，旺钦成年累月地出诊治病，谁还会把他出门当回事？可是就在那一天，赛罕媳妇在山头上整整坐了一天。我到达那里时，她说：‘旺钦也该回来了，可别是出了什么事了吧？’她看着湿地另一边，不再说话。就在那时有一辆摩托车飞快地跑过来啦，不知为什么，我预感到一种有什么不祥的事情要发生！很快她的小儿子带着医生走过来对她说：‘妈妈，我们回家吧……’原来，旺钦给病人针灸治疗后在回来的路上撞到铁丝网后从摩托车上摔了下来，人当场就撑不住了。小儿子担心母亲听到噩耗后会有不测，提前请来了医生，而后才把旺钦的遗体拉回来。可是赛罕媳妇一滴眼泪都没流！她亲自动手缝制殓衣，准备好下葬前的所有准备工作后只问了儿子一句话：‘儿子，你阿爸是朝哪个方向摔倒的？’当时我就在她旁边，听她儿子回答说，父亲是在西南黑山山脚下去世的。

“送葬完了回来以后，她又路过我们家门口朝西南方向去啦。我有些不放心，担心她会想不开，跟随着旺钦前后脚走了，就悄悄地跟着她。到了地方才发现，可怜的人是趴在旺钦过世的地方放声大哭哪！我心想，哭吧，哭个够！然后就坐下来等她。哭了很长时间以后，她起身抓起几把黄土，包在手绢里，开始往回走。发现我以后她勉强地笑了笑说：‘喜鹊姐姐真的是像一只喜鹊一样飞来啦……妹妹不是一个想不开的人，您就放心吧，看来旺钦命中注定是治好了别人的病，最后自己要为那些人还债赌命。也许是老天爷也喜欢上了他，就把他带走啦。我不恨绊倒他夺取他生命的铁丝网，也不会怪罪请他治病的人，我只是想他是去了天堂了，走就走吧，走吧！喜鹊姐姐您也不是在失去了姐夫以后儿孙满堂地活得好好的吗？没什么，从今往后，我们互帮互助相亲相爱，把丈夫留下的孩子们抚养成人吧。’她倒是反过来安慰起我来啦！回来后，她把带回的黄土装进罐头瓶子，放在枕头上方。我猜想，无论走到哪里，她一定都不愿离开那撮黄土。可是只要见到了那只罐头瓶，就一定会想哭……”

喜鹊姐姐讲述完后，用手掌擦去了夺眶而出的泪水。也许此刻的我们在她眼里就像是一棵老榆树，而她见到我们之后当然要说话鼓噪，将所有的心里话全部倾诉完之后，才会舒心地浩叹一声……

“我们想去看看赛罕姐姐。”这时喜鹊姐姐才给我说话的机会。

“去吧，快去看看吧！可怜的人，几年前她还总是念叨你，她还说为你高兴为你自豪，说她的妹妹现在是有名气的大人物啦。”她絮叨着把我们送出了门。

喜鹊姐姐以手遮阳眺望片刻之后又说：“哎呀，那不是你的赛罕姐姐吗，在山顶上坐着呢，哪用得着去她家里啊。每天她都会坐在山顶晒太阳，也可能是坐在那里为丈夫守灵吧。”

走到近处，我发现一位前面放着拐杖、右手数着念珠的又黑又胖的老婆子。我对身边的嫂子说：“不，不是她……”嫂子却肯定地说：“没错，就是她……”她说着行见面礼。对方回礼问候了一声：“你们好。”这时我从她那微笑时露出的洁白整齐的牙齿认出了她。家乡俗语说：千变万化，风骨不变。看来此言有理。她第一眼就认出了我，口中发出了一声轻微叹息：“可怜的人……”我只是匆匆行礼，然后躲到远处去了。一瞬间，我失去了走近她的勇气。我无法靠近她，我没有勇气追寻往昔时光里从她身上发出的圣洁气息，赛罕姐姐，我担心自己会忍不住哭出来！我以回忆中的你丰腴的身材做模特，为你带回了漂亮的胸罩，当年戴上胸罩，把自己变成他人之妇的隐秘美好的愿望已经和旺钦哥哥的灵魂一起飞向虚无了吗？赛罕姐姐！

嫂子坐在她的近处交谈片刻。

“大中午的，坐在山头上，小心别中暑了。”

“总是想把这半截没用的身子晒一晒，也许冻木的身子就融化了呢？我那间小屋总是冰凉凉的，所以一见到太阳就忍不住……”

“既然孩子们想给你治病，你就遂了他们的愿吧。”

“不啦，妹妹。儿子疼我，所以要带我去用先进的科学为我输血什么的，还有什么来着？忘啦，记不住。可是换了血就能把人的心思也换了？要是真的死在那儿了，那里的人会把我烧成一把骨灰的！

反正是个死，还是囫囵个地死好吧？就算剩了一半身子，还是入土为安好些吧。”

“谁在照顾你，你能对付自己吗？”

“从外面雇了一个农民，他们全家都来了。也很可怜，人还不错，他们给我做什么，我就吃什么。他们对我不外道，孩子们工作很忙，我不愿意拖累他们。你们那里出石油了吗？”

“没有，现在还没有准确的消息。”

“千万别出油啦。地上的草能养活人，拿石油当爹啊？有人看见我的门前出了油羡慕得不行，那东西可不是我们喜欢得起的东西呀，你要永远记住啊，人的生命是宝贵的，虽然说，人与自己的血亲心心相惜，可是人与故乡土地之间的联系要更紧密才对。人与自然的千丝万缕的联系是谁也说不清楚的。我的门前钻出了石油，可是我变成了现在的样子。那些天我的头总是晕，好像身子已经离了地似的，摇晃着站不稳而且不停地呕吐，最后失去了半个身子。”

“可不是嘛，只要从你们家的方向起风，我们就心里不舒服。”嫂子说。

“可不是嘛，最近几年母畜也经常空怀，就连野兔也被毒死啦，真不知道，地底下还有多少动不得的这个毒那个毒的。也许那些人动了什么地脉？可怜啊，土地也是有生命的。你看，那棵树也像我一样，树干的一半长着绿叶，可另一半已经枯死啦。俗话说：畜接人脉，地连人心。这话有道理啊……”

“是啊，草木也连着人的命哪。若有一天土地胸膛上的伤痕痊愈了，你和你的树叶也就痊愈啦！”我追加了一句。

当年每每见到姐姐，我都暗自希望，自己也能有一天……可是现在我只是期盼自己千万不要……

赛罕姐姐挣扎着要起身，我和嫂子搀扶着她站立起来。我搀扶着的是她已瘫痪的右边身体。我抓着她浮肿发青的手腕时，回忆起她为我收拾头发时的手指。发现我触摸她，姐姐非常兴奋，她用经年累月诵经的念珠为我摸顶说：“虽然我已经疾病缠身，还是希望你们身体安康万事周全。妹妹，我闻到了你身上散发出来的清新健康的气息，多好啊，好好的，妹妹……”我把手伸进了挎包里，可是从里面抽出来的依旧是一双空空的手。

望着一只手拄着拐棍、拖着半截身子一颠一跛地朝着家门口挣扎走去的背影，那个曾经能将男人们融化在怀里的拥有健朗身体、身着红色的蒙古袍、头戴天蓝色的头巾、有着婀娜窈窕的身材的姐姐，我真的想高声呼喊一声：赛罕姐姐……希冀着随着一声呼喊，那一切都会回到从前……

下次来的时候，我一定要带一些“珍珠七十”或“珊瑚二十五”一类的特效药给姐姐。大自然的纯洁空气和肥沃大地上孕育的灵芝仙草一定会把姐姐的病治愈的！待到姐姐的病痊愈之时，我会伸出双臂，将那珍贵的礼物递送到她的面前……

（海泉 译）

无痕的花朵

上小学时，哈斯花拉与我在同一个班，她的名字翻译过来是玉花的意思。在孩子们看来，叫人家全名，总是显得过于一本正经，所以按照不成文的规矩，所有同学都亲切地称她为哈斯。遇见她之后我才知道什么叫女孩子的天生丽质。在那所乡村小学的院落里，她已然是太阳是月亮，照到哪里哪里亮。

在全校进行广播体操时，她是领操员。

她为什么跳舞跳得那么好？她的一颦一笑为什么那样轻盈美丽？每次看到她，我心里总是五味杂陈，羡慕、惊诧、妒忌等情绪一起涌上心头。不过在这些复杂的情绪之中，更多的还是钦慕伴随着我度过了少年时代。

沙海犹如绵延的黄色绸缎波浪，向遥远的天际延伸，在那平静的戈壁之上，坐落着由数排平常房屋组成的学校。在这庸常的景致里，哈斯宛若泥淖里豁然逸出的莲花，坦然享受着所有师生和邻里牧民的交口称赞。那时我们学校设立了文艺班，由上山下乡的南京、天津知识青年授课。

当学生们挥动鞭子唱着《我是公社的小牧民》舞蹈时，在生产队破烂低矮的食堂里席地而坐的男女老少沉浸在美好愿景里，羡慕的表情赫然写在我们脸上。

我怎样才能做一个像她那样模样姣好光彩照人的女孩呢？我幻

想着自己变成一道光、一曲乐、一首歌……唤起所有人激情，使他们真正感觉到：生活真的太美好了！

演出结束，人们纷纷起立，使劲拍打着落在衣袍上的尘土，但我依旧纹丝不动地坐在原地，回味着哈斯报幕时的清亮嗓音、演出时的轻盈舞步、娓娓动听的歌声……在后来的日子里，我开始模仿她的走路姿势、穿衣风格、头发样式等等。不仅是我一个人这样做，就连没有上过学的牧民女孩子们中都掀起了效仿哈斯的热潮。可能女孩们或是来商店或是看演出的时候看到了她。我忖度，当时所有的女孩子一定都想成为哈斯那样的女孩，她们天真地做起白日梦，希望遇见自己的所有人都赞美一句：人世间的生活如自己一样美好！

倘若哈斯美貌永驻笑颜常开，我敢肯定，沙浪戈壁也会变得柔滑优美，花草盛开，人畜的生命里也会充满诗与歌！

哈斯长大后，五年级毕业就去了公社学校，不用猜，她的美丽也会随着年龄的增加而增加。

她的弟弟和我同班。哈斯偶尔回家时，顺便会到弟弟的宿舍。于是女孩子们便蜂拥在那间宿舍里，艳羡地称赞哈斯所说的每一句话、穿的每一件衣服。从来没见过她的低年级女孩因为挤不进去，就趴在窗户上，她们那瞪得很大的眼睛似在懵懂惊诧地看美女图，也似乎在说："天下还有这样美丽的女孩！"上课铃早已响过了，但那铃声好像跟她们毫无关系，孩子们依旧踮起脚尖向里巴望。有人喊："快点，快点！老师来啦！"这时才会有光亮从窗户里照射进宿舍。

"你们去了公社中学就会知道，在那里能学到地理、历史等很多知识。你们俩明白吗？地球是围绕太阳转的，我们现在站立的地方始终在旋转……"她努力地向我和她弟弟传授着自己所学的知识。

自从去了公社学校之后，她好像变得更加漂亮啦。这次来，她没有像以前那样让辫子压在耳朵上，而是将头发向后梳理，两条辫子从双耳上边掠过，沿着脊背垂了下去。

从第二天开始，学校所有的女孩子的辫子全都掠过耳朵，下垂在脊背上。不过这一变化还是没有把她们变成月亮般皎洁、明灯般闪光的女孩。

后来学生都各自四散而去，而我也转学到别的地方，继而参加了工作。

偶尔回老家，那些为哈斯而害羞摇曳的花花草草早已蒙尘，萎靡中的它们犹如在无奈中叹息……再后来，原来的乡村小学也不再办学，而是变成了堆积各种物资的场所，孩童们琅琅的读书之声已经绝迹，哈斯般打扮的女孩也无影无踪。

曾经存在的人影、物影销声匿迹时，带给人的总是留恋与悲伤，就像是美好的事物被贼人骗取了似的。旧地重游的游子欲寄情凭吊却发现对象早已烟消云散，空留一片虚无和无奈。

无法再见到哈斯的我，也曾先后崇拜模仿过刘晓庆、小花（陈冲）。再后来就出现了数也数不清的靓女美妇啦，面对她们，我已是云里雾里，眼花缭乱。不过在我内心深处，觉得最具风韵的还是哈斯。也许她的美丽里蕴含着故土和少年时代的意蕴？有时也想，如今的哈斯可能在什么地方当上了明星……

曾经被我预测当明星的哈斯却与我在旗镇的大街上不期而遇了！

“刚刚出锅的玉米！”虽然说的是汉语，但浓重的口音引我回首一望。那是一张再熟悉不过的亲切面孔啊！她凝视我的时候突然把刚出锅的“玉米”二字吞了回去。她像是看见怪物似的注视着我，突然开口说道：“是啊，真是你呀！呼儿嗨（感叹词，怜爱之意）……”她向我走来。

“你好吗，姐姐！”我赶紧屈膝问安。

没错，真的是她。印象中如同电影演员般的脸上虽然刻下了家乡阳光和风的痕迹，但还是很容易辨认出来。她身穿一件男式上衣，臂挎竹篮，为防止玉米变凉，用布盖上了。长长的辫子依然垂在脊背上，依然还是能够在万人丛中一眼便能认出的独特标记……她开口说话时洁白整齐的牙齿露了出来：“妹妹还是那么年轻，一点都没变！”她钦羡赞美的言语使我感到很别扭。从来都只有别人艳羡她的份儿，从她嘴里说出赞美羡慕的话语在我这个崇拜者听来不禁觉得是乾坤颠倒！也许是我涂脂抹粉精心打扮的缘故，她一直在羡慕着我。她越是这样，我就越发伤感。她的话仿佛是敲击着我胸膛的铁锤。我赶紧转移话题：“姐姐是在旗里生活吗？”

“是啊，你姐夫在诺干巴勒噶苏公社。现在没法在草原上生活，孩子在旗里上学，身边没人不行，所以就来到这里了！”说到这里，她突然叫道：“哎呀，家乡的妹妹（她叫我家乡的妹妹）！一见面只顾说话……”她说着掀开竹筐布帘取出一个玉米剥掉皮递给我说：“给，给，趁热赶紧吃，刚煮熟的！”不知为什么，我突然感到有一股热流流过我的身体，她用龟裂的手递过来的玉米像是她微笑时露出的牙齿，飘散着难以名状的新鲜香味。这种香气，只有哈斯身上才有。

我一边吃玉米一边问她：“您来到旗里很久了？”

“两年了，刚进城时，觉得很可怕，哪怕是遇到街边的一簇小草也会不由自主地想起老家。唉……天哪，你不知道，我那时常常会偷偷地哭。你姐夫后来对我说：‘实在不行就回去吧，随便给一个什么人家放羊也可以，看见畜群，吹吹野风就会好些的。你现在这个样子，伤心忧愁，生了病怎么办？’他泄了气，我却又有了勇气，为了两个孩子一咬牙就坚持下来啦！刚开始，我在学校当看护，为学生们缝缝补补，洗洗涮涮的，在照看孩子的同时也糊弄自己，尽可能让自己过得快活一点。后来就辞职不干了，为什么？都是孩子们的钱，多赚点吧，不忍心，赚得少了怎么生活？后来上街卖羊肉串，唉……无论去了什么地方，只有咱们的牛羊施舍着养活我们哪，用铁扦串羊肉串卖，买卖很好做，可到头来还不是托牛羊的福祉吗！呼儿嗨……"

我觉得是远嫁的姐姐回来看我啦，因为她说这些话的时候，眉宇之间分明出现了孩童时温润的情致。

"最近吃羊肉串很盛行，我也试着卖过，也还可以，靠自己的汗水，劳动生活也很快活……"

"只有内心自由时，生活才幸福，姐姐，你真行！"我诚心诚意地鼓励着。

后来我们之间也多了些见面和交流的机会。她叫我家乡的妹妹，而我叫她姐姐。有时我因忙碌不能停下时也会从远处注视她的身影。她推着铁车走着，车一边放置着烤肉的铁槽，另一边设置了煮羊肉串的铁锅炉灶和串好的羊肉。这时，她那向上折起来的辫子就在脊背上荡来荡去，于是我仿佛闻到了自家乡吹来的和风细雨，就沉浸在对童年美好的追忆里，眼见家乡父老盘腿坐在泥地上为孩子们的演出沉醉的情景，那些景象总是催我泪水奔涌。

"姐姐，这么多年，你怎么没剪掉过长辫子？"

当我注视她时，她似乎有点害羞："不行，对这个辫子，我总是难以下手，嘿嘿，说起来还不好意思，当年你姐夫对我说：'喜欢死啦，你要是不嫁给我，那就把辫子剪下来送给我。'呼儿嗨，就这样，我的心就软啦，我对他说：'算啦，辫子和人都是你的！'他高兴得发疯般搂住了我！他叫喊：'这样我就放心啦。'虽然现在我们成了好几个孩子的父母，在一天天变老，可是我俩都对这辫子心疼得不行。到了后来，全家人都变成了辫子的捍卫者，一家人都说我要是剪了辫子就不再是我了！吃死老娘的坏东西们，到底是我重要呢，还是辫子重要？我对他们说，为了我永远是我，我要把辫子留下来……”

美好的人无论走到哪里，无论做什么事情，她的生活一定是幸福的。这一切多好啊……我思忖：应该做一个像哈斯的女人。只要看见那瀑布一样的长发，忧愁立刻散去，心胸也变得敞亮起来："千万别剪辫子，现在已经没有留这么长辫子的女人了，我会给你买最好的护发品！"

短发、卷发、披肩发、堆积头顶的云髻……我们谁人没有尝试过这些发式？我们是些跟随时代潮流而奔涌飘摇的时髦女人。这样还不尽兴，到了后来头发竟变成了红黄白绿青蓝紫，染尽人间颜色，有时遇到了熟人竟互不相识，问："那是谁的脑袋呀，变成这模样？"成千上万的女人中，自作主张留住了长辫的只有哈斯姐姐，那是一种自信，是一种尊严……

她若是依照我的想象当了演员的话，也许真的已经把头发染过一百种颜色或戴过无数顶假发了呢。

女儿喜欢吃烤羊腰子，所以我晚上经常带着她去吃。有时家乡捎来羊肉，我就割上一块到她那里烤熟吃个尽兴。烤羊肉的时候两人之间就有了对话。

“你也许不知道，半途退学以后，我也向往着像你们一样进城生活，我还去餐厅饭店试着唱过歌。老天爷，原来所谓的唱歌不仅仅是唱歌才能了事，唱歌的背后有许多秘密。到了后来，我只要看见端坐在饭桌前西装革履假模假样的人就恨不得立刻逃走。一唱起歌我就怀念家乡，那时别说是应酬那些官员老板们了，就是看他们一眼都难受得很。于是自己思谋着，算啦，算啦！认真地一想什么事情都变味啦。有能耐的人也能靠唱歌阔阔气气地养活一家老小，可我不行！蒙古人的歌曲应该是属于草原的，回想起来在学校同学们面前唱歌也是一件莫大快事。可是站在酒桌前忸怩作态强颜欢笑地唱歌只能是一种丑恶。为什么到了那时我最爱的歌曲就失去了原来的韵味？可惜呀，可惜哪。你不知道，唱歌的时候，你的眼睛还要会说话，我是用唱歌表达心情呢还是用眼珠子表达感情？歌曲只有在表达纯洁的感情时才会美好，若是夹带了杂七杂八的东西就变味啦！只有疯子才能在那么优美的歌曲中夹带难以理解的虚伪。嘿嘿，你知道吗？到了后来，我干脆就从那家饭店逃走了！然后回到草原上号啕大哭，直到心情开朗情绪平复才回来……其实歌曲这个东西真的很美，原汁原味地唱出来，有时甚至可以挽救陷于绝望的人的生命，唱得不纯洁，反而会使原本正常的人陷于绝望的泥淖。”

她天真地说着，天真地笑着，偶尔从眼角里滴落出钻石般晶莹的泪珠。当她不好意思地用弯曲的手指擦去眼泪时，我就情不自禁地回忆起了她挥舞鞭子唱《我是公社的小牧民》时的样子。

“唉，无论走到哪里，都见不到家乡那纯洁的一切！我甚至怀念那时寒彻骨髓的大风。太残酷了，是不是？”她说道。

我无言以对，只能任由她说，我替她思念，思念她童年时代的一切，包括她的领操以及周围的院墙。墙外是金色的芨芨草，草丛上边有太阳、尘土、露珠、霜雪和冷霰。

就在这时，曾经坐落在沙浪中的那个只有几排房屋的小学要举办校庆典礼。

于是我们又都相聚在了家乡。在那庆典上，那些来自各方的浓妆艳抹的演员们簇拥在舞台上，绞尽脑汁变着花样让那些来自各级的领导们记住自己。在我听来，那些著名歌唱家的歌声里夹杂着太多的音乐以外的东西，而且无论如何也无法跟这里的淳朴原始的民风相谐一致。我推了一下哈斯说：“姐姐，还是你来唱一首吧，在这个院子里，好像只缺少你的歌声！”

“妹妹，不行，我这个人只要登上舞台就变成另一个人了！无数张脸无数种笑容，黑压压的一片，见到这些，我立刻就魂飞魄散了！你就别逼姐姐啦！”

下午安排民兵射击比赛，众人纷纷上车前往比赛场地。

我们二人离开人群在柴达木柔软的沙地上散步。走着走着我们就来到了白色沙岗前，两个人干脆脱鞋脱袜子，光脚坐在沙地上。

夏季氤氲中，黄色绸缎般的沙浪绵延起伏，间或有牧人之家坐落其间，院落中种植的玉米和各种杂粮平添一份勃勃绿色。西北面的柴达木被蔚蓝色的雾霭遮住，甲壳虫般的汽车在其间穿梭往来。

“哎，这里的变化真大，当年我们就在这个沙岗上玩丢手绢的游戏，唱歌，还躲避着那些坏小子们，几个人悄悄来这里缝胸罩，那个时候多美呀！”说完她沉默了。

随着她的叙述，我的童年也出现在眼前。少女的成长过程中经常会伴随着因发育而让她们困惑甚至恐惧的情形。由于出现不知道应该向谁人问询的尴尬事情，我们只能偷偷来到沙梁上的隐秘地自我处理，陪伴的伙伴只能是平时最要好的闺蜜。回想起来，生命中遇到的所有成长秘密，只能是由家乡山水默默作证，因为当时的母亲们是绝不会清楚地指点一切的。

“算啦，咱们就不去看射击比赛了，就在这里坐一会儿吧！”

“行，行。”我答应着干脆就四仰八叉地仰卧在沙地上了。

“嘿嘿，家乡的老妹可真会享受啊，哎，妹妹，我唱一首歌吧！”她激动起来。

“刚才演出时求你你不唱，现在却要求我听你唱，怎么回事？唱，唱吧，那些沙岗，那些白芨草，那些艾菊都在为你鼓掌，快！不要让它们失望！”对于我的玩笑，她并不当回事，她双眸发亮，脸颊上透出浅浅的红晕，应和道："唱，唱就唱！"

我曾经身背柳筐
在北边草地捡牛粪
今天我要远嫁他乡
祝愿双亲平安幸福
……

我不理解，为什么只要她唱起歌，苍凉的戈壁也似在忧伤，绿色的植物无力低垂，阳光从云彩的缝隙中倾泻下来，偷听她那优美清脆的歌声，白芨草丛好像因为自己的枯萎而羞愧低语自责，仿佛在说，为什么我们在如此美好的世间里以畏缩枯萎的形象示人？

哈斯却恰似对这苍凉的荒芜发狠，一旦歌声飘扬，便不知停顿。一首接着一首唱起来。也许是被自己的歌声感动，那娇媚的脸庞上已是泪水涟涟了。

我不时捧起金黄的沙子，极目眺望遥远苍茫的戈壁，恨不得自己化作那一粒沙砾，永远消失在辽阔的杭盖荒原……

"啊，很久都没有这样唱歌了，这就叫快活呀，人活着就这个时刻最幸福！"她看着我笑了。她没能止住流淌的泪水，无论什么都不能抹去她深藏着的心音啊……我当然不可能用肉眼看到美妙的声音，但我可以用心灵感受她的声音顺着渺无边际的大地延向高空。

云层越积越厚，西北方天空中的云雾带着雨水凝聚着，不久便下起雨来。

靶场传来的枪声没能吸引我们，在歌声中我沉浸在自然母亲的怀抱里……

"喂，怎么办？谁能想到这雨神说来就来……"哈斯惊异，接着笑了起来。

“都是你干的好事，雨神被你的歌声感动啦，它说：‘哎，哈斯就在这里呢！’”

“嘿嘿，家乡的妹妹取笑我！快，跑回学校吧！如果参加比赛的人回来，咱们就坐车回去，如果不让坐，我们就这么淋着！”说完二人起身跑起来。路边的野蓬、胭脂草、萝蘼、艾蒿……经雨水滋润竞相招摇芳香四溢。一种满足感竟使我一时难以分辨此时彼时了。身旁的哈斯脆生生地笑着，就如同那些温暖的雨滴在挠她似的。

只是片刻工夫，我们就成了落汤鸡。淋透的薄衣紧贴着哈斯的腰身，秀美的长发沿着腰身向下垂落，衬托着她纤美的细腰，丰满的胸脯时起时伏，好像悄悄展现着大自然造化之美；数绺黑发，不停地滴着雨珠，时而遮住了她那俏丽的大眼睛，贴在粉里透红的脸蛋上，宛如古代绣女精巧的珍绣……我宁愿走得慢些，期望走近她，去搜寻她身上弥漫着的特殊体香。我竟情不自禁地脱口而出：“多美啊……”雨声很大，所以她肯定没听见，依旧嘿嘿地笑着：“众人里大概没有我们这样的傻瓜，所有人都在享受着娱乐，而我们却坐在沙岗上，被风吹被雨淋……”我没有工夫想这些，她那纯洁优美的体态和敏感灵秀的气质，彻底征服了我，在这个世界上，我只求做一个像她那样的女人！为什么美丽的东西总是这样折磨人，总是可望而不可即？少女时代我曾想，人届三十，就长成大人，不会再拼死奢望那些可望而不可即的海市蜃楼了，不过现在看来，人到三十，爱美之心有增无减。

晚上，我们返回了。戈壁上的路，泥泞难行，远道而来的司机，无法适应这样的道路，经常是深陷泥淖无法自救。我却趁这个机会享受漫山遍野的新绿芳香，坐在身边的哈斯温润的气息也使我倍感温暖。我甚至想，汽车要是在这里陷上一宿就更好啦。

我不幸言中，这不，我们的司机帮助领导的车子爬出泥浆后，想重新发动引擎，不料自己的车也身陷泥淖，当穷尽办法走出困境时，已是深夜了。

走上大路后，我们的领导放出话："又冷又饿呀，如果遇见路旁的灯火，就去喝两口热茶，反正是晚啦！既然领导们已经能平安到家，就没有什么可操心的啦！"

夏末秋初，加之下了半天豪雨，天气变凉，还真的想喝口热茶呢。

终于循着灯光找到人家，当我们下车时，狂烈的寒风阵阵袭来，恨不得拎起我们丢到天边！

"冻死啦。过来，你们俩，好给你们挡着点风！"领导说。

"好好。"我们应和着，当我们俩走过去时，领导突然把我拥进了风衣里。

"哎呀，这么大的风！"我在呼喊的当儿慢慢露出脑袋趁机握住了哈斯的手。

走进人家喝过茶，领导试着想住在此处。而司机却说："您看着办。"身体发冷加上晕车，我差点就脱口而出说："哎呀，就是啊！"

哈斯示意我过去，拉着我走了出去。外面狂风呼啸伸手不见五指，所以我们没能走远，只能藏身屋檐下。哈斯说："妹妹，这个领导对你很异常，你感觉到了吗？"

"你怎么知道的？"

"白天，他去方便时把皮包交给你管，还有，刚才下车时……你明白了吧？现在又要在这里住宿，你可不能答应他，你一旦应承下来，就等于你接纳他了，领导嘛，就是说会带会领，当然啦，要是你自己愿意……"

"你看我的样子，像是愿意吗？"我逗她。

"妹妹啊，女人什么都可以没有，但不能缺少一种东西，那就是自尊自爱。如果一个男子尊重你爱你，你就要像敬重可汗一样让他高高在上，也可以让他像孩子一样在你面前撒娇邀宠。不过这样的男人不会太多，你应当谨慎对待。"

在无边的黑暗中，在呼啸的狂风中，她的话语依然清晰温暖。

我真想搂紧她痛痛快快大哭一场。没有人这样对待过我。这句话竟是出自那个身着旧服、推着锈迹斑斑的铁车、沿街叫卖羊肉串的女人嘴里，犹如五月盛开的马兰花一样，掀开了浓重的黑暗，销匿了狂暴的劲风，让那柔和的淡淡的蓝色弥散在我的胸中。

"知道了，姐姐，你原来是个妖精啊！"我被自己的思绪打动了。我要是一个男人，我就爱她百年千年！

"嘿嘿，是我在唱歌的时候观察过社会，你是一个心无瑕疵的直率的人，姐姐不能看着你跌进脏污里。事情迫近以后，你再拒绝，作为一个堂堂的领导肯定会恼羞成怒。俗话说，羞愤使人疯狂，疯狂能夺人性命。还不如装成什么也不知道，赶紧离开这个人家，如此，不伤和气，又保住了彼此的面子，这样于谁的面上都会好看，是不是？只要到了旗里，咱俩就如歌中所说的，高呼一声：我们同进一家院，然后就美美地一起睡一觉！"

由于哈斯的干预，我们终于踏上归路。汽车在颠簸中切割着厉风行进，他俩却睡死了。司机在沉默中紧把方向盘，身边的哈斯姐姐脑袋不时地垂在我的肩上。我产生了拥抱她的欲念，或者紧紧握住她的手的愿望。此时此刻浑身上下松弛自在瘫软如泥，我暗自对窗外的无边黑暗发誓，我要终其一生热爱她尊重她！

对于我所遭受的生活中的坎坷挫折，有的女人会哂笑我：一条道走到黑，不知妥协求饶，有着那么优秀的条件，却不知道好好利用……说这些话的人不在少数。有的人把这些话告诉姐姐，姐姐再转告我。也许是无意间传出的街谈巷语，却没人像哈斯这样明晰而准确地指点出来。她是把缤纷五彩花丛中的各不相同的野花指给我看，告诉我它们何时抽芽，何时生长，何时凋谢……

哈斯姐姐在风雨之中对我说过的话语，会如同座右铭一样伴随我日后的人生旅程。我将学会尊重他人，学会被他人尊重。

只要遭遇迷惘，我就会想起哈斯那乌黑的长辫，那长长的辫子总能助我心绪沉定，辨析方向。

我搬迁到呼和浩特已经两年了，偶尔特意去街边的麻辣摊吃肉串。

“收入怎么样?”即使陌生，我也会多嘴问一句。我愿意听摊主自信满满地回答：“生意好着呢!”

无论迁徙何方何地，只要是在地球上，我总会眺望家乡的身影，因为那身影里恍惚飘散着姑娘脊背上瀑布般垂落的黑发……

（海泉 译）

温暖天涯

高照来

双乳一样浑圆的两座山，在雾霭中安静地挺立着。顺着半山腰向下，有几条纵横的沟壑。狭长的谷地尽情伸展，长满沙冬青、小白蒿和针茅草……好似它们是这地界儿的主人。在那铆足了劲儿伸开去的长长谷地的东北岸，有几排青砖瓦房和白灰粉刷的土房子，在阳光下，远远静立着。那是查布公社。在公社西头有所学校，我在那儿读完初中，又在那儿教过一段学。

无论当学生那会儿，还是当老师那会儿，在过了一二十年后，数次校庆聚会时，这里总有那么一个人，默默无闻，一天到晚地干着活儿。

他叫高照来。

他大名叫啥？今天我拿起笔时，却想不起来。人们随口叫他高照来，什么高照呀，高转啊，小孩子们叫不来名字，就叫他高照老爹。虽说小孩儿忌讳直呼大人的名儿，可对于他，好像都默许了，谁想叫什么就叫什么。我上学那会儿想，人要是老实了，连小孩对他都没个尊重，竟敢直呼其名。如今想一想，“高照来”这个词儿，有可能是从他的鳏夫生活中引申而来的。

高照来负责学校的后勤工作。

可在这公社，谁想使唤他，就可随便叫过去。虽说这世上绝少免费的服务，但高照来是个例外，谁都可以白白使唤他，包括我。

他有辆套骡子的勒勒车。校方在前面谷地里圈了块地，垦了几亩庄稼，就成了高照来的地盘儿。

骡子车、几亩地、学校食堂等组成了高照来的整个世界。

高照来夜里几时睡，无人知晓。但每当天刚蒙蒙亮，早起的人们都能看到高照来“驾！驾！”地赶了骡车在走。我们学生要晨读，见到他的次数也最多。天刚亮就出发的他，约在下早自习那会儿返回，载了一车萝卜白菜，洒着一路的湿气儿，从学校大门驶进。车一角免不了载一捆嫩嫩的青草。等卸了骡子，他总会嘴里嘟哝着什么给骡子把草摊开。那骡子好似听懂了他的话，在高照来前胸脖颈处嗅上一番，然后呼哧呼哧大口嚼起青草，很享受的样子。

总能看到高照来载了一车木柴啦、煤炭啦、干牛粪啦、萝卜白菜啦等日需品，进出校门或某一人家。有时他牵着骡子车，有时骡子车牵着他。不过，没见过他坐在车上。我想，他心里一定在说：牲口也是血肉之躯，怎能不累，何必给它增加负担呢？

每到冬季准备储藏整畜肉，高照来和他的车奔波得就更频繁了。杀了猪就往学校的大锅上拉，煺毛。这活儿当然是高照来的。骡子卸了重，悠闲地嚼着主人添给的芳草，高照来却在一旁帮人家收拾肚肠杂碎，忙得不亦乐乎。骡子再苦还有人关心它，可谁来关心高照来呢？难道所有人都是出于关爱，才让他没一刻的安生吗？

高照来给数不清的人，干了数不清的活儿，但好像对他来讲这都是应该的。他一脸喜色，马不停蹄，嘴里嘟囔着：谁谁还要用车，得加紧。

除了太阳、风和骡子车，还有谁会停下来，真正听一听他的心里话呢？

除了查布山谷里的那几家人，阳光下生机盎然的那几亩地，孩子们欢腾喧闹的校园，我们的高照来还真难说到过哪儿。

在这世上，除了干活儿，他有没有别的寻求？

谁都使唤，叫了就去，什么活儿都不推辞。没人记得他有什么怨言。

在贫瘠的盐碱地一样的一张小圆脸上，总是露出艳阳天一样灿烂笑容的高照来，谁想过你向着内心的一面，到底藏匿着什么？天会阴，日会蚀，月也会缺，难道高照来的心从来没伤过？

老婆跟人跑了后，他肯定十分自责，暗自神伤过，可那些活得滋滋润润的人，怎会关心和理解一个卑苦者的内心呢？高照来啊，你可知道一个女孩曾在心里鼓起勇气，想去安慰你："没什么，高照来，坚强点，我们这样的女孩都愿意跟着你！"

等一切停当，人们会塞了些猪头牛尾、破肠烂肚，偶尔也拿一小块肉打发他走，好像人们生来就是吃肉的，唯高照来配吃杂碎。你可知道，有人真想从家里偷出几块肉，悄悄送给你。

后来我回查布执教，住在宿舍里。

校方给我配的小灶，比起学生的饭菜，多了点油腥。高照来偶尔也会给炒上一个菜。

因班级、作业等杂事，我常常熬到很晚才回。当高照来掀起有竹制笼屉的大锅的盖子，两碗喷香的米饭就会向我招手，这让我想起牧羊回家时，父亲一边掀起锅盖，一边关切地问"饿了吧，冻了吧，赶快吃饭"的情景。刚洗好锅碗的高照来，忙着去别人家帮忙，就匆匆嘱咐我："乌老师，您吃完就放着，千万别自己洗啊，我回来做，您走时把门锁了就行。"他生怕我自己洗碗，就再三强调。他的那份活儿要是让别人干了，他就好比负了一辈子也还不完的债。可他做了别人的那份儿，倒觉得天经地义。

我负责初三的毕业班。因学生和我差不了几岁，男生们有时会跟我开玩笑，叫我"姐姐老师"。在食堂里，那些男生见了我，会怯怯地喊一声乌老师，挠一下头溜掉。可是几个人聚到一起时，也会抛两句羡妒的话："乌老师一个人开小灶，真滋润啊。"在物资匮乏的那个年代，我深知这羡妒后面的无奈，身为人师，我常常觉得不是滋味。我曾对高照来透露过吃学生灶的想法，他使劲儿摇着脑袋："这是校长的意思，你放心吃。学校特意为你买了一头羊，你没占学生的便宜！"

入了冬，每次进食堂，一大屋子里总会充满雾气，谁也看不见谁。有一次我来得稍早了些，正碰上高照来在劝诫一个二十来岁的大男孩儿，见高照来舀了一勺带骨头的肉给他说："给你，这是乌老师的菜，分你点，你以后别说三道四伤老师的心，乌老师多好啊，你们要懂得感恩……"我赶紧退回去，顿了顿才进去。那时正值开饭的时间，谁也没注意到我。

人都有两指薄面，我不想让他俩都陷入无谓的尴尬，装着什么也没发生。

后来我想，要是人人都像高照来，心里装着别人，那这世道何愁不和谐，不美满呢？

这世上，有人时时刻刻秉着一颗善心去对人、对事；可就是有那么一撮人，在嫉恨里打发时光，仇视别人，也折磨自己。高照来心无杂质，脸上总带着幸福的霞光。老婆跟人跑了，他照样；破衣烂衫度日，他照样；几岁的小不点儿直呼其名，他照样。那张幸福的笑脸仿佛在说：给别人快乐的日子多么甜蜜！

高照来做的饭，我吃了一年多。掀起竹制笼屉的大盖时，升腾而起的温暖的气味，熏陶了我的那些日子。我吃着高照来做的饭，这个穷其所有，去关爱、帮助别人，心儿清澈明亮的人做的饭，有个想法与日俱增：我也要做一个心儿像十五的月亮一样圆圆满满、清清澈澈的人。追逐那么多累人的东西有何用呢？哪儿比得上用一颗善心去爱人，爱这世界呢？这个想法，此后就像沙泉边阳光中抖擞着青叶的白杨一样蓬蓬勃勃茁壮地长在我心里。

人是人的镜子。虽说我在学校里当老师，培育学生，但实际上，我是跟着从来也没穿上过新衣服的高照来，学习着怎样做人。

高照来冬天穿一件棉袄，担心脏了，就再套一层深蓝色的中山服。从褪了色、起了毛的中山服的下摆处，露出已经发黑的旧棉絮。我看到他那开了口的下摆总觉得难受。想给他缝上吧，又不好意思开口。他不分冬夏，脚上总是穿着一双黑色天鹅绒布鞋。就是这双旧布鞋，整天忙碌在查布谷地的每个角落，为这方水土，这群人，做着做不完的活计，把足迹深深印在这片大地上。被他烙过足印的那片土地，高兴得恨不得要捧出千千万万株美丽的花草来。到后来，连同那几亩庄稼，那片谷地，都长满了各式各样的奇花异草，在蓝天下幸福地伸展着腰身。

那片花草仰起可爱的笑脸，好像使这片土地上的天更晴朗了，空气更纯净了，人们更善良了。这使我久久不能忘怀查布，时不时梦见它。梦见谷地里的那些植物，梦见高照来老式纳底儿鞋踩过的土地。这样，我就越发相信，即使一线光明也有照亮无边黑暗的时候。这么一想，心里倒是踏实许多，总觉得，是高照来的精神和光芒，感染着我，护佑着我。

我带的班级那一年考得不错，加上学校状况也有了起色，校长大人心血来潮，要带领全体员工去水边野游，顺便去旗里转转。我们兴奋得很，个个忙着收拾行囊，只有高照来不愿走，他说：“你们去吧，我就免了。这几亩地、这校舍，丢给谁呢？我留下照看着，你们放心去吧，回来时给个信儿。”

好似他一走，这方水土就让人扛走了，不守着这谷地和这方山川，好似它们就无法呼吸。校长想说服他，多说了几句，他急得眼里差点转出泪，道："不行，不行。我连车都坐不惯，头昏脑涨的，还是算了吧！"那副如临大敌的脸色让校长只好放弃努力。

等我们玩了两天，欢天喜地把家还，高照来的样子好像被我们撇了多少个日夜一样，一脸孤苦，满肚相思，跑到我们车旁说："啊呀，终于回来了，好啊，快去吃饭吧，我都做好了，就等你们呢。"他一边跟人们抢着拎行李，一边快步地领着大伙儿往食堂赶。

高照来用自己种的蔬菜，拼了点花花绿绿的菜肴，端到黑乎乎的大板桌上，忙得不可开交。女员工们稍有添把手的意思，他就会不自在地笑一笑，说："别了，别了。你们坐车累了，快吃吧，我来就行！"那一天，他脸上洋溢着难以抑制的兴奋和喜悦。

高照来就是这么一个人。自己一步也走不出这沟谷，可是这里的人成群结队出远门时，他却惦念得三天也等不了。

"要是给你在旗里安排工作咋办？"有一次我不经意地问。那个时代，铁饭碗、领工资可是每个人梦寐以求的美事，我扔给他的就是这么个极具诱惑力的选择。

"让我去北京当毛主席，我也不去。我这条命是这片水土给的，在我四处逃荒眼看要饿死的时候，是这里的人，给了我一碗热汤喝，给了我一碗热面吃，从阎王那儿生生把我这个流浪儿给拽回来的。这土地上的善良的人给了我一条命。我活着，这口气是这片乡土的，我死了，我的骨血也会一股脑儿洒在这儿。"说到这儿，高照来有些明显的哽咽。此后，我便更深刻地理解了他。

任人吆喝、任人指使的这么一个人，有谁会疼他？被谁理解过呢？这么想着，我感到万分惆怅。他那四季常戴的绿军帽的帽檐已经被经年的汗渍浸泡得结了碱疙瘩，每次看到我就心疼。好几次想着给他换了或洗了，但始终没敢说出来。我知道他的脾气，就算砍了他的头，也不会答应让我洗、让我缝的。在他心里，我仿佛是做皇后的，实际上，在他眼里所有人都是皇帝太后，只有他一个人是奴仆。他觉得别人给他哪怕一丁点的恩惠，都是他不可饶恕的罪过，而他要是误了别人零星毫厘的事儿，就是万劫不复的过错。

有时我会忍不住想，给这样一个佛祖心肠的人当老婆，让他高兴一辈子，不是很好的事儿吗？

同龄的同事们说笑或拌嘴，经常打这样的比方："我再差也比高照来强吧？"我听了觉得特别刺耳。

长得高大挺拔的、漂亮的体育老师，向我求婚遭拒后，恼羞成怒道："看你那心比天高的样儿，迟早有一天，连那个牵破骡子车的高照来也不要你。"

"我宁愿跟高照来过，也不跟你！"

"高照来是我擦完屁股扔的脏纸，你也就配跟他过！"我差一点气炸了。不为他把我和高照来做比较，而是为这样一个华而不实、自不量力的人，竟敢污蔑高照来是厕所里的手纸。这让我忍无可忍：

"高照来拉车的骡子都比你有涵养！"

……

到了这儿，心里仍然不是滋味，为着高照来。

那时候，人们训斥孩子，就说："不好好学呀你，迟早成高照来！"久了，孩子自然就认为高照来是个不光彩的人，随便欺负他，叫唤他。

那一晚，我心里一直想着高照来。他的骡子车，他掉了根儿的布鞋，他结了碱的绿军帽，他掉了絮的棉袄。

他那一身有时粘了糨子粉面，有时浸了宰牲的污渍，有时挂了蔬枝菜叶的破旧装束，也清晰可见。

"女孩子家，别太受凉了，会落下病根的。"他拎来一桶已砸好的煤，说，"晚上睡觉把门插好喽，别让人吓着你……"他低着眼，边说边退出去的身影也清晰可见。

每当我吃完要走时，他总是端了碗热汤递过来：“喝点热汤，暖暖胃。”说着收拾了碗筷，回身从柜子里掏出装了小把糖块、瓜子、枇杷等食物的袋子塞给我，“拿着，办喜事那家人给的，你们女孩家喜欢吃这些，带回宿舍吃吧！”这情景似于昨日发生，仍历历在目。

多年后，我们因同学聚会、校庆、苏木（乡）那达慕等机会回去时，高照来依旧一身沾满粉面的老样儿。“呵呵，都来了啊，好啊。”他说着时只是咧嘴憨笑，却从来没学会跟人家握手打招呼那一套。只顾左右忙乎的他，也许认为他根本没有资格跟别人握手。

我们这些“功成名就”的校友们，在台上接受着各种荣誉时，我看见高照来这个已驼了背的小老头，穿着那身旧装，站在最后一排不停地鼓掌。那一刻我真想哭。

我想，我们所有人的荣誉加到一起，也配不上他的好。

我每次回乡都路过查布。

乳峰一样的两座山闪过后，就能看见那些依山而下的沟沟谷谷。看着沟沟谷谷里笑脸相迎的各种植物，我就会想起高照来。也许是它们笑眯眯的样子跟高照来有几分神似。

查布公社已面目全非。仅有的几行砖房或瓦房，如今摇身变成高楼，学校也销声匿迹了。唉，我们可怜的高照来不知怎样接受了如此变故，想必内心和那几间教室、食堂一样坍塌了吧。

既然学校不在了，那么高照来和他的骡子车去了哪儿，在做什么呢？

我掏出手机联系上同学，寒暄几句后问：“喂，我们学校有个叫高照来的，记得吗？他现在在那里干什么呢？”同学笑我：“咋，大都市里待了几年，就想念你的高照来啦？我带你去吧！”

“好呀。”

掀起冒着热气的锅盖让我饱餐的高照来啊，去见你，就如同在新落的白雪上步行，心里会升起乳色的晨曦，耳边会响起爱的福音。

过了那两座山，就能瞥见一片高高隆起的丘陵。在丘陵阳坡一间被遗弃的旧居里住着高照来。

“我们嘎查（村）的人都搬了。唯有高照来，不知是没地方去呀，还是咋啦，搬到富户布仁吉日嘎拉家遗弃的旧房子里度日，他是我们查干布拉格嘎查最后一个，也是唯一一家人了。”同学向我汇报。

在高高隆起的丘陵的向阳坡上，坍塌的院舍一片狼藉。院舍一角的一间破房子被石块砖块撑着，盖了顶，勉强算个窝。“那就是。”同学用下巴指了指。那间矮房子的烟囱冒着烟。昨天刚下了场雨，青烟时而飘向地面，时而飞向后边的山丘，好似要爱抚刚冒头的草芽儿，也要照顾汗主一样的丘陵一般。

等我们走近，从那屋里跑出几个穿短衫的小孩儿，个个胳膊、小腿儿晒得黢黑，边喊“爸，爸，来了开车的人”边嘻嘻哈哈闹个不停。在土灶前蜷起单腿盘坐着生火的高照来，忙用前襟儿擦了把手，迎出来，说了句：“哎呀，是乌老师呀……”然后就不知如何是好地抬手摘了一下破旧的蓝帽子，又放下了。看着他满脸的灰，估摸着他那土灶是该拾掇拾掇了。

地面刚洒水清扫过，一进屋，一股奶味、土味加小孩儿的乳臭味儿扑面而来。一刹那，我仿佛跟着那些味儿一同飘散了，暗暗有一种要抱起小屋里的所有物件亲一下、吻一下的冲动。见炕上铺了件用破毡子拼起来的褥子，地上平摆着几个褪了色、掉了漆的木箱子，让我一下子想到了童年。

高照来有点手足无措，冲着大一点的孩子说：“大额尔德尼（大宝），你赶紧去井上，把牛奶拿过来，给这阿姨熬奶茶，小心，别掉进井里。”他对另一个小孩说：“二额尔德尼（二宝），你到西屋把放在墙角里的炒米舀一碗过来……”

“乌老师现在在哪儿呢？还是老样儿，没变。家里肯定都好的吧？”他边说边用前襟儿不停地擦手。想必是当了一辈子厨师，跟锅碗瓢盆打交道养成的习惯。

我问他咋就养了这么多孩子，他说都是他的。

“哎，乌老师，您知道的，人这东西还挺怪的。明明是自己生的，却要撇下扔了。我的大额尔德尼吧，嘴唇上有个豁子，二额尔德尼肚脐有毛病，三额尔德尼下身有些不对劲儿（畸形）。因为这，他们的父母就把孩子们塞进纸箱，扔了。扎，扎，你们寻好的去吧，我养你们不要的，守着这乡土。亲生的崽儿都不要了，真不知这些有钱有文化的人，到底咋想的？”

“那您给这些孩子看病，花了不少钱吧？”我赶紧问。

“医生可给我推荐了不少办法，什么手术呀，整形啊之类的。但我觉得孩子这么小，咋忍心动刀动枪的？我没啥吧，有满心的爱不是？有这份心啥毛病不能治？我跟着我失了明的爷爷来这儿时结巴得不会说话，可喝着老额吉的奶茶、骨头汤，不知不觉地就会说了，说的第一句就是额吉！时至今日我说的还少吗？急了还能唱呢。可就是没说过一句骂人、咒人的话。我不相信这方充满爱的水土治不了他们的毛病。乌老师您瞧，我这大额尔德尼嘴唇上的豁子还明显不？就算缺吧，心完整不就行了？看着吧。”说着他抱起三额尔德尼，用粗糙得裂了口子的手抓起孩子的小脚，又亲又吻，恨不得放到嘴里去。这样一来，那俩孩子也跑过来抢父亲，一个从后边抱住父亲的脖子，一个缠着父亲的手臂。这几个小毛头啊，真是找对了撒娇的人，如此想时，我真恨不得将他们父子一起搂过来。“乌老师，今儿个真高兴，没想到您能来我这儿……”说到这儿他嗓子有点哽咽，回身从箱子里掏出一个红绸袋子，从里头取出蓝、绿、黄三色小包说：“乌老师，这是我三个额尔德尼的胎毛，是他们周岁那天我自个儿剪的，分别装起来的。听说如果用他们母亲的乳汁搅揉成团儿，就能佑护他们一生平平安安，顺顺利利的，就求您了，乌老师……”高照来的样子虔诚得几乎要跪下了。

好像从来没见过女人似的，那几个孩子鼓着大眼珠子，用好奇的、天真的、纳闷儿的眼神瞅着我。

我们离开时，高照来脖子上架了一个，两手各拽着一个，远远地望着我们离去。

被遗弃的故土、被遗弃的院落、被遗弃的儿童……但凡人家不要的，高照来统统照收。他、他的额尔德尼们和那间低矮破旧的土屋在我们身后，渐行渐远。

（海日寒 译）

白色摇篮曲

相知是美丽的。

我和希瑞哥的相识，是二十世纪末的事儿。在我下乡采风的那段日子里，希瑞哥作为当地的负责人，经常穿梭往返于城乡之间，为我安排行程、食宿等，每每忙乎得黑黑的脸上爬满了汗珠。

转眼间一周过去，我要返程。他们用小车送我到呼和浩特。

旗长坐在副驾驶的位置，我和希瑞哥并排坐在后边。

俗话说，再美的人也有三点小瑕疵，像我这样的普通女人，恐怕六七点也打不住吧。奇怪的是，希瑞哥喜欢的，正是我最大的毛病。

我有双大脚。小时候，我妈妈和姐妹们都对我“评头论足”，“看这双大脚，以后只能到工地和泥去了。”“脚长成这样，哪个男的会要你呢，裹成小脚算了。”她们的数落总让我怒从中来。

后来长大，到了谈情说爱的年龄，我依然没有福气和别的少女一样，足蹬高跟鞋招摇过市，总是一双男式平底鞋在足，像男人一样大摇大摆地走路，没一点淑女的样儿。后来，我们那儿终于有了大号的高跟鞋，我那个高兴啊，恨不得一下子买个四五双存着。一想到我也能混入淑女行列，一路摇摇摆摆，不禁心花怒放。那一年，去希瑞哥举办的进修班学习时，我可是拼命捯饬了一番。一袭招展长裙，足蹬高跟绣花鞋，横下心要释放一下我憋足了的女人气——

我娇花媚叶的本色。

只可惜，本性难改。

高跟鞋虽说让女人妩媚妖娆，但窝脚、累人也好生了得。我斜躺在旗长的车上，索性把高跟鞋踢开，光着脚，倚窗而坐，贪婪地欣赏着路过的各色山川湖泊，草木飞禽，不知不觉就进入了梦乡。

人，总是在最不经意间，暴露了自己的最美或最丑。我那双亲生母亲也不喜欢的大脚，竟然在希瑞哥面前统统曝光。人已睡，那双脚，只能任人观赏了。

晚上，希瑞哥因为送水等杂事到我房里，说了些“明天要分手了，这些天照顾不周”等客气话，我也随口答“让您费心了”此类话语。说着，希瑞哥突然来了句：“我喜欢死你了！”我也没往心里去，跟着和他打趣：“喜欢就喜欢了呗，说着笑着分手的命……”他却越发认真起来，说：“我真喜欢上你了，而且……也爱上你了。你从里到外都让我心动。这几天每每坐在你身旁，总觉得你丰满的手臂散发着神奇的魔力，特别是今天看见你的脚，啊呀，美得让我心醉。你呀，以为坐在自家炕上呢，踢了鞋，两只大脚摊开，尽管呼呼睡，估计是做梦回家了。你透明丝袜大脚趾那儿破了洞，露出里面玫瑰红的趾甲。这一路上，我尽瞅着你的脚了，总想上去抓一把，虽说应付着和旗长唠嗑儿，眼里却全是你的一双大脚。”

他一提我那双唯恐人知的丑陋大脚，我简直有些无地自容。过去倒是听过不少这类讨好女人的“爱呀，恋呀”的恭维话，但这大脚之恋，却生平头一次听一个大男人说，恋上我那连亲生母亲都不太待见的大脚，真是天方夜谭。

喜欢就喜欢了呗，说着笑着分手的命。

从那以后，我们也偶尔联系一下。

几年后，希瑞哥从几千里之外，风尘仆仆赶到家乡看望我。我、我丈夫、孩子，还有一些亲朋陪他参观了家乡的旧貌新颜。夜里，大家送他回旅店休息，他拦住大伙儿说："大家都回去休息吧，天不早了。"说着跟我丈夫握了手，亲了我闺女，又仔细瞧了一眼我的大脚，反身回了旅店。那时我们这些普通人还没手机，更没有发短信那类的事儿，我和家人默默地返回了家里。次日早上，我去旅店准备请他喝茶，却从服务员手中接过他转给我的厚厚的一封信。

希瑞哥就是希瑞哥，看了，完了，就回了。

那封信是我在酒店大厅里站着读了一会儿，后来坐在沙发上读，才读完的。那是我们旗里最高档的酒店，尽管生人、熟人络绎不绝，我却窝在那儿泪眼婆娑，泪水掉在信纸上，洇湿成一片片蓝色。

回了家，还是强烈地想着他。为何？自己也说不清，跟丈夫和孩子们说了，他们反倒嘲笑我："那就追回来呗。"别说，当时还真有那个想法。

从那以后，十来年没有见他。听说他升官了、调动了，后来又听说他病了。我总给他打气，鼓励他，安慰他。每年初一互发一些祝福的话。

我搬到呼和浩特两年后的一天，突然接到希瑞哥的短信："你好吗？我想你。"那天正值我在商店里买东西，没能马上回复。第二天又来了一条："妹儿啊，哥哥我已经没时间见你了。我曾真心爱过你，现在这份爱只有留给你做个纪念。"瞬间，我心里全是希瑞哥，连最心爱的人都无暇顾及了。短信里流露出的生命倒计时的信息，让我悔恨交加，责怪自己怎么就这么迟钝，当即决定要帮他实现全部心愿。

"癌细胞已经扩散到全身，我现在不能说话了。这么多年默默爱恋的老妹呀，如果闭眼前能看上你一眼，是多大的幸福。妹呀，告诉我，我在你心中究竟有没有位置……"频频发来的短信，伴随着一阵又一阵急切的手机铃声。

我的脑子一片空白。心里想着怎样才能让这可怜的兄长心满意足、没有遗憾地离开。“哥呀，我爱你，情深似海，你一定要顶住，我现在就去看你。”我一边找人托付孩子和家，一边发安慰他的信息，还在找车准备出发。出发前心想：“别是昨晚就走了吧，等着我呀，你想听的我都说给你。”设想着会面时的情景，一时又不知怎样面对他，于是就约了别的朋友陪我一起去。

这一约倒好，竟惊悉这一切不过是一场闹剧。

天啊，这算什么呀？真是恨死我了。好一个希瑞，就算你现在死了，我也不理你，这辈子甭想跟我说话。我做好了彻底翻脸的准备。

事情过去两年了，从那以后我再没理过他。没想过要原谅他，也没想不原谅他。今年春，我在病痛中煎熬时，远在他乡的希瑞却一直在关心我，为我请医送药。我自然感激有加，早已忘却了那场闹剧。彻底翻脸的决心，也成了小女孩赌气的傻话。

又过了半年。人生中难免碰到一些过不去的坎儿。二〇一二年呼和浩特初雪的那天，我自己又去医院，那位医师和我谈了半小时，一句话：病情堪忧。从他办公室出来后，我在医院的走廊上茫然无措，感觉头重脚轻，眼看就要晕倒。

那个瞬间，我眼前仿佛到处都潜伏着厉鬼，肆意叫喊，我恨不得一溜烟跑出去给谁打个电话。祖先打猎时碰见拖家带仔的会手下留情，佛祖啊，看在我可怜的小儿女的份上，帮我躲过这一劫吧。

从医院出来，那年的第一场雪带着雨滴肆意挥洒着。是秋冬两季难舍难分、藕断丝连，还是冷热两股力量不分上下、誓死搏斗呢？不管怎样，我那颗发誓要为所爱的一切奉献百年的心，已随着雪花纷纷扬扬离去，在将落未落时化为虚无。骑车走在人流中，感觉腿软得没有一点力气。像那天的雨冰冷成了雪花，我滚落的热泪也转眼间凝成冰霜，刺痛脸颊。

突然想到了希瑞哥。他在呼和浩特有很多熟人，也许可以为我介绍一个济世良医。想到这里，我给他发了个短信。纷纷扬扬的雪花掉在手机屏幕上即刻融化成水。

晚上，雪越下越大。

像从天而降的白色精灵，我在飞雪中收到希瑞哥的“今晚到呼和浩特”的短信，在我心里，他的短信像这瑞雪一样，给我带来了莫大的安慰。

这迎着脸颊飞舞的雪片，是否是上天送给我的最慈祥的能量呢？想到此，感恩的热流涌上心头，就如我作古已经四十几年的父亲慈爱呵护的灵音在时空中长长回响一般。

呼和浩特远近高低的建筑被大雪覆盖得如同挤睡在羊圈的庞大羊群的时候，我收到希瑞哥的短信：“我们从大青山上下来了。”因为山路已封，他们找了好半天路，才到山下。当我赶到巴彦塔拉饭店时，他们还没有到。在等待的过程中，我反复想象着十几年没见的希瑞哥，他到底变成了什么模样？我始终无法在脑海中清晰地描摹他的样子。

终于，在棉絮般纯白绵软的飞雪中，在来往的人流中，我第一眼就认出了身材魁梧的他。肩上落满雪花的希瑞哥和他的朋友迎面向我走来，我虽然担心滑倒，但还是小跑着迎了上去。我能感觉到他身上放射出的人情的温热与爱心的光芒。我上前以传统礼仪问好时，希瑞哥还是坚持要与我握手。手握在一起的那一瞬，我俩同时在冰上滑了一下，险些双双摔倒。“下雪天见面很不错，跳着蹦迪问候啊。”朋友在一旁笑着，对我说：“你应该给我行礼才对，你这希瑞哥是我从雪上拖回来的。”听得出来，他们确是克服了一番艰险才回到了市里。希瑞哥用另一只手弹落我肩上的雪花，仔细端详了一下我的脸，说：“我的大脚妹，还是风采依旧啊。”

不知自己是否依旧，但他确实瘦得更厉害了。我估计他身上三四十斤肉已经不翼而飞了。是结成雪飞了？是化成雨落了？还是酿成爱燕发了呢？比起那年去家乡看我时，希瑞哥有了明显的老相，青春健硕已不再。看得出，他病得不轻。可那依旧伟岸的身材好像还在说：“病了、老了又怎样？天塌下来，有我来顶着。”一直走到饭店，我们始终握着手。怕摔倒是借口，彼此勉励才是真意。

那帮兄弟拿我们寻开心，说什么“滴酒不进的一对啦，万事皆抛的两个啦，急着开房的兄妹啦”。说笑是说笑，但我心里确实万分焦急。

“我俩先走了。”和那帮笑闹的朋友暂别，我俩在饭店大厅里坐了下来。十来年的生活轨迹，今日五雷轰顶般的遭际等等，希瑞哥静静地听了一会儿，开始拨打电话，为我安排明天的检查。这时，那些恐惧和无措像窗外飞舞的雪片，一片片融化、消失，心中飘起一缕希望的白色福音。

我一直望着希瑞哥。

四处联络的他，从方格图案衣服的领口，露出有了深纹的脖颈，粗大的喉结有力地鼓动着，传达着男子汉坚定的语气。病得比我严重的人，为我这样拼命，我有些不忍，暗暗恨自己自私。

我无声地望着他……

此时他就是我的奇迹，我赖以依靠的擎天柱。

夜深了，那帮朋友的聚会散了。“看这俩，不回房间亲热，在这受什么罪呢？”

飘雪的夜，比白天更明媚。

去巴彦塔拉饭店的路上正好路过新华广场。酒醉的、未醉的我们几个手拉着手，在雪夜里引吭高歌起蒙古长调，活像一帮小学生。我忽然觉得这白皑皑的世界美得让人心碎。眼见一位“扑通”一声滑倒，引得人们大笑不止时，又一位重蹈覆辙，更添笑料，“倒在这初雪上也算走了桃花运”，他们虽说都比我年长，但今夜都像我的孩子那般可爱。是啊，在这美丽的世界，就像爱自己的孩子一样去爱每一个人，不行吗？今夜的空气，连着它的天空，连着那熟悉的、不熟悉的兄弟们，都是来关爱我的呀。这世上哪儿有丑陋呢？哪儿有不可宽容的罪恶呢？真想把我的每一气息都献给这美好的世界。

“你的兄弟们，怎么就这样好呢？”我忍不住反复几次这样问他。有朝一日，等我痊愈，我一定要把这些人一个不落地请到白毡铺地的家里，用天地间最美好的宴席款待他们，我将展现出鄂尔多斯民歌的美让他们陶醉，我暗暗想。

“满月的夜晚比白日明亮，好人的儿女比泉水清纯，这是我作家老妹赞美你们的诗句啊。”希瑞哥也在一旁助兴。上午白衣大夫传达给我的恐惧，好像被这纯净的一切涤荡得渺无踪迹。瑞雪还在飘洒，悄悄落在我们头上肩膀上。我们在此时此刻，变得一个比一个可爱。

留了孩子们在家里，但此刻我决意整夜不回了。我给孩子们打了声招呼。

说实在的，我怕回去。见到孩子们，我会更加脆弱。决不能让孩子们看到我恐惧的神情，何况老天爷用厚厚的雪封着我的路呢。而最根本的原因在于，我的恐惧不允许我离开希瑞哥半分半秒。

好像一撒手，有什么就会轰然崩塌。

进了房间，脱了外套的希瑞哥说着“可怜的大脚妹啊”一把把我搂进怀里。我勉强支撑着的头沉沉地落在他胸前。此刻，我不再无依无靠。从希瑞哥的棉衣上散发出的遥远乡土的阳光和尘土味、皂粉味，还有他独特的味道，向我袭来。没向孩子抛洒的热泪，此刻一股脑儿向希瑞哥的衣领和刻下深褶的脖颈流去。无声的哽咽，变成了深深的抽泣。从开阔的蒙古山脉飘来的苍凉的气味，把我心中的恐惧一点点从毛孔逐出。哭了一会儿，感觉轻松多了。

“俗话说脚大稳当。你不是那种随便就会倒下的人。大不了哭一场，就啥事儿都没了。我听出来了，你不会有事的，心跳那么有劲儿，泪水那么炽热。恶病缠身的人，哪儿有这清热的泪，没事没事。”他一边安慰，一边亲吻着我的额头。

虽说这一辈子没见过几次面，但希瑞哥给我的感觉像是三四十年的伴侣或两小无猜的兄弟。面对他，我竟然没有丝毫的羞赧、尴尬，甚至没意识到自己是在和一个有家室的男人单独待在一起。

为了第二天一早的检查，我得赶紧睡。

钻进被窝静静躺着的我，还是想起了那白衣大夫“可惜啊，可惜”的眼神，想起了比白雪还要纯洁的孩子们“一天也离不开妈妈”的话。

管他呢，睡！我翻身逼迫自己。双脚伸出了被子，这是怕热的我从小养成的习惯。在旁边床上看电视的希瑞哥起身吃了药，关了电视，上床前，抓起我的脚，嘟哝了一句“大脚……”轻轻一吻，窝上被子，上床去了。

我虽装出早已熟睡的样子，但心中百味杂陈，这一点希瑞哥并没察觉。唉，这世上有几个人吻过我的脚呢？希瑞哥呀，在如此艰难的时刻，你的这一吻胜过万两黄金！

围着我的有千万人，嘴上挂着“最亲密”的朋友也不少；我奉献过真爱的人也在；每天发送诸如“爱死你了，恋死你了”等甜言蜜语的也大有人在；可在这最黑暗、最无助的时刻，他们在哪里，做着什么呢？

人的爱以千万种方式存在，我们年少时并没有察觉这些。说过爱你的人，你一定要珍惜，不知哪一天他会出现在你的生命中，成为你的明灯。这一点我要告诉孩子们。

不久，希瑞哥打起强有力的呼噜。我在被窝里隐隐作痛的心，被这呼噜声给安抚住了，感觉再厉害的病魔鬼怪也会被这呼噜声赶跑或哄开。

多年相爱的两人，同住一屋，按常理，必有一场惊天云雨或情歌恋语发生在枕席间。但是，对我们这两个可怜到家的难兄难妹来说，如此的缘分也不曾有。“唉，可怜的男人啊。这罕山一样威武、杭盖一样宽广的男人啊。祈愿苍天佛祖给他最最纯洁的空气，疗却他浑身的病痛，赐给他妻儿们天大的快乐吧。”我在心里默默祈祷。随意挥洒的瑞雪啊，请你带去我的心愿，祈求大地满足我虔诚的祈愿。希瑞哥虽说打着呼噜，但间歇地停一会儿，估计是睡不踏实，心里想着怎么治愈这个大脚老妹吧。也许，他也在向瑞雪祷告赐我健康和幸福呢。我已决意不哭，却发现有一股温热的东西顺着耳后根爬着，把酒店的枕褥浸湿了。在希瑞哥的呼噜声间歇中，我赶紧装出熟睡的样子，打起呼噜。黎明时分我终于睡着了。在湿漉漉的枕席上，也许还真打了呼噜呢。醒来时，希瑞哥已穿戴好，坐在我面前，瞅着我笑。

“看来，你是绝不吝惜你那双雪白的大脚啊，时不时抛出来晾着。其余部分倒是裹得严严实实的。想抓你的脚吧，又怕弄醒你，没敢……”我顿时想起十几年前，我边上的那张脸。是啊，像博尔汗山一样安详的脸，这安详让我有了深深的睡意。可是住在隔壁的那几个一窝蜂闯了进来：

“喂，你看这两人啊，一个睡着，一个坐着，哪有过日子的样儿，看来你俩是真不懂生活啊。”

他们比谁都清楚，我俩都是吞着泪水过夜的，但为了让我们开心，驱散我们心头的恐惧，故意在打趣。这玩笑是另一种摇篮曲，安抚心灵的。让他们这些好心人获得尘世的幸福吧，我暗自祈祷。起了身，望着窗外的新华广场。好一个白天！一如我的孩子降生之日。我不由得想起我紧抱着给孩子喂奶时隐隐作痛的幸福。阳光努力从云影背后露出，照彻那张可爱的脸！

“抓紧吧，咱们空腹去医院！”催促我的希瑞哥的那张脸上，闪耀着灿烂的阳光。那是大丈夫圣爱的白色摇篮曲！人间纯白的挚爱，若都像昨夜的白雪，飘满所有的日子，这世界将是怎样的美好！

希瑞哥啊，现今，你再没有必要用死来吓唬我，用病来威胁我了。不管你是健健康康，还是病魔缠身，管你怎样吧——我都爱你！也深爱生养你的母亲！更爱哺育你的这辽阔国土！爱那比白天还要明亮的昨晚的雪夜！我要尽全力吟唱那纯白世界播撒的白色摇篮曲，用这一双大脚，踏着雪白的世界，每踏一步都要给世界一个充满爱意的吻，直到永远！

（海日寒 译）

我的藏族朋友扎西

对于男性的欣赏，我独独偏爱于上苍赐给他们的、隐匿在他们内心深处的神秘圣洁的品质。这一切都与民族、身份和年龄没有关系。令我惊异的倒是在思慕有些人的底蕴的时候，他们的影像却在不知不觉中在我的心底烙下印记。就这样，他们的形象可以长久地、难以忘却甚至能永远地凝结在我的心底。

大自然母亲恩赐的千百种高尚情结透过他雄性十足的眼神、谈吐、行为……一如那滋润大地的丝丝细雨浸透着的百草千树，在无声无息中渗入我的肌体内。

二○○二年九月九日，我与扎西在首都人民大会堂相见相识。“扎西”一词在藏语里是吉祥如意的万语之源。

在获得全国少数民族文学“骏马奖”颁奖典礼上，当众人争抢着与达官贵人合影留念时，有个男人却对周围的人们说：“我只想与这位蒙古族妇女合影，不希望他人参与……”说着，他就像老鹰抓小鸡似的将我的双肩搂过来，拍下了我们的合影。就在那前后不过数秒钟的刹那间，他以那自信而强有力的动作给我留下了深刻的印象，于是我们成了朋友。不过他没来得及告诉我他的名字。

我们没有再联系。

二○○五年，单位组织去西藏参观学习。于是我翻看了那一次获奖者的名单，找到了他的电话，并给他发了短信。

我们到达拉萨的当天晚上，就有人轻轻敲我房间的门。当我推开门时发现，原来是扎西偕夫人来访，他按照当地民族风俗，双手展开洁白的哈达，表示热情迎接我们来到他家乡访问。

我一直坚信一个信条，那就是：天下之大，难比人心；莲花之洁，可喻我德。但是当我第一次看见青藏高原时心中便暗忖：她的存在应该比人的心胸更为广阔，更加神秘圣洁……于是暗下决心，要通过热切的专注，以那里的一切生命，包括那里的人以及大自然，丰富自己的心灵。利用计划旅行外的闲暇时间，我在扎西的带领下参观布达拉宫和拉萨的大街小巷，观看善男信女参拜礼佛转动经轮，然后到他家去拜访。届时我对他们一步一叩首参拜佛祖不以为然，并对扎西说，那么多身强力壮的男人女人，如果把那些宝贵时间用来做事，能做多少事情啊。

我回来后，我们没再见面。不过只要有亲朋好友身染疾病需要从布达拉宫诊病求药需要扎西的帮忙，他总会及时帮助我。后来，随着我求他办的事情日趋减少，我们之间的联系几乎断绝，只是逢年过节互致短信问候一下。

今年秋天，我突然收到了他的短信。在谈及近几年来的创作情况时，我对他说起自己最近几年创作出版了的三本书。他说，真的很希望能够来呼和浩特亲自向我道贺。我立即预感到，他一定是来到了附近什么地方，所以才会联系我。果真，他已到北京，在中央党校学习。他给我发来短信的那一天是二〇一三年九月九日，这个日子，正是我和他在人民大会堂合影之日后的第十一个年头。提起那个时刻，我能够回忆起的只是揽住我双肩的他那健壮的手臂。他解释道："那天的你头戴蒙古族头饰，显得格外漂亮美丽。我甚至觉得即使是那些达官贵人们跟你合影也不配。因为心中有了一些不舍，所以不管不顾地揽住了你的双肩，这些，你还记得吗？回想起来，人有时真的幼稚可笑，你说是不是？我想看看内蒙古大草原，还想了解一下我的朋友乌仁高娃是如何生活的！”

他果真说到做到，不久后就来到了呼和浩特。

也许是因为喜欢听占钦诺日布那带着些许惆怅的空旷歌曲吧，我的心中总是浮现丝丝缕缕的忧伤和莫名的失落，我真的希望自己能用这些心绪去触摸世界的每一个角落，希望那些音符能够纾解内心的孤独和落寞。在送儿子上学的途中，马路两旁纷纷坠落的树叶似在以那干枯无力的声音倾诉自己的悲苦：真的好冷啊，赶紧回归大地母亲的怀抱吧……然而成千上万的路人，却像是要与落叶坠地竞速似的，以无数的车轮和双脚碾过树叶，仿佛是在以这种残酷的方式为它们送葬……

上学期我送孩子上学时，这些树叶刚刚吐出嫩芽，它们随着泛青的丫杈一起伸向阳光和蓝天，好像是在说：有太阳和光明的世界多么美丽呀，我会和她们永远在一起，永不背叛誓约！我突然忆起，在儿子呱呱坠地时，自己不也是犹如刚刚认识世界的存在一样，明快地呼吸，畅然享受的吗？是由于天高地阔还是因为城市的喧嚣，那千片万片树叶坠地时发出的轻若鸟语的声音，又有谁人能用心倾听！当我小心翼翼地躲闪着那些落叶回到家里时，满头卷发顶着数片枯叶的扎西正在门前那棵大树底下等候着。被人们蹂躏践踏在脚下的落叶居然能在另外一些人的头顶栖息。这使我联想到生命的关联和角色的互换，应是一种自然的永恒。在跟他握手互相问候时，我专注地看着他披着枯叶的浓密卷发和秋水般清澈而宁静的眸子。那神情让我有了再次与雪域高原那高耸的贡嘎雪山和玛旁雍错圣湖邂逅的错觉。我还发现，他的双颊上有两个动人的酒窝，从高楼间隙斜射进来的阳光照射在那酒窝上，更为他增添了一分聪慧盈盈之意。这些都使我联想到，那些只有微风嬉戏其间的坦荡荡的美丽雪原才有的景色……

我把那位暗自称之为雪山圣水的贵客请进屋里，按照蒙古民族的礼节将奶酪放在蓝色哈达上奉上。尽管语言不同，但是由于同属游牧民族，就有可能可以让自然母亲和那些栖息在她怀抱中的各种温暖生命的隐秘链条在无形中将我们的心连接起来，让我们在不知觉间心心相通认知彼此。人与人之间不通过任何工具便可以用直觉达到知会，这会带来一种超越自然的快意。我们虽然一同领奖，可是因为我和他都是用自己的民族语言进行创作，所以并没有阅读过彼此的作品。而且我居住在呼和浩特，他家在拉萨，我们也只见过两次面。人生一世，彼此匆匆见过几面的人何止千万！还会有谁会把偶遇当回事？

以往即使是再好的朋友，我也不会留他在家住宿。今天我却破了例，邀请他在家里住了下来。就像是接待娘家亲人似的，我为他准备好了铺盖、睡衣，甚至拖鞋。他似乎也没把我当外人，喃喃自语道：“太好啦，就像回到了家里一样……”虽然我们男女有别，但我根本没有想过他会对我产生非分之想。我始终认为自己是一个感性的人，我也问过自己，为什么会如此相信这个十一年里只见过两次面的人？可是心里却有反抗的声音传过来：只因为他一定是一个尊重我的人！

他赠送我的礼物是一条墨绿色的绸缎上带有金丝和绣着细碎桃花的围巾。这颜色跟他与我握手相见时在他发际上落下的带有绿色残迹的树叶多么相像啊。就在接过丝巾的瞬间，我觉得那礼物不是丝巾，而是那片扎西用温暖的肩膀和头发承接的悬空飘落的落叶……

“哎呀，这正是那秋天的颜色呀，当然也是成熟女人的颜色，你是如何看穿我的隐秘心思的？”我欣喜地接过丝巾。所有的失落，都被眼前这位藏族朋友扎西在无意间捡拾起来啦。于是那向他伸过去的双手也就多了一份郑重。那一瞬，就有一种异样的感觉飞进我的心底——我已将刚才落在扎西头发上的落叶送回它的故乡；我甚至看见那落叶静静地躺卧在那里，静静地等候在那里，等候着春天再次降临大地之时，让生命重新回到世间……

他只有两天的假期，我首先带他参观博物馆。

“内蒙古草原上的一切都展现在博物馆里。”我真诚地向他介绍。扬名世界的内蒙古大草原所有文化的缩影，我的朋友大抵都在这里看见了。

作为一位来自雪山圣地的客人，当然怀揣着一个拜访寺庙的愿望，于是我们一同前往呼和浩特大昭寺。

五年前，我也曾经希望一睹这座古刹，也曾幻想倾听着晨钟暮鼓度过一个新年。可这个愿望因种种原因没能实现。搬迁到呼和浩特已近四年半了，曾经数次经过寺庙大门但并未入内，始终觉得应该寻些闲暇时间，不慌不忙心情舒畅地漫步在伽蓝之地……原来我所等待的那个闲暇之日就是今日。四本著作的手稿都已交付出版社，儿子的重感冒也已痊愈，所以心情舒畅当然是不言而喻的！诚心诚意地会见友人，真心真意地叩礼拜佛，唯有为自己爱的人们祈福祷告而已。

刚走进大殿，便有阵阵香烟迎面袭来，那香烟似在净化四周凡人俗子的心灵。我亦是口诵六字真经亦步亦趋，祈望超脱心中的阴霾洗心革面。在寺庙时，脑海中满是那些令人忧伤的落叶和好似在颔首祈祷的树木，耳畔总是响起那些幼嫩的叶片挣扎呐喊的声音。走在大殿上，试图在回忆中寻找那些我平日里敬重热爱的人们，尤其是身染重疴的姐姐，似乎在我的祷告声中慢慢挣脱病魔缧绁……也许这就是祈祷？我甚至在想，这一切都是那位从雪域神山和布达拉宫脚下来的扎西带给我的礼物。

扎西对我讲起了佛事以及在礼佛时应该心存善念、如何行叩拜之礼以及有关的禁忌等等。我们慢步游走在佛像之间，低声交谈。

回到家之后，我们继续谈论有关民族风俗、宗教、文学、二十一世纪蒙古民族和藏民族的生活和自然环境等话题。言谈之间，我的故事竟若山间的溪流汩汩而出。虽然我们没有使用自己的母语，而且两人的汉语都不流利，却没有遇到任何障碍。好像扎西就是为了倾听我而来的。谁都知道，在现今时代，若生活在城市里，须谨言慎行小心应对。然而面对他，我却毫无遮拦地一吐为快。其实，我只是将自己内心深处的话语，向着只存在于西藏的那些雪域众神诉说，是对着因担心那些坠落的残叶落地时会疼痛而用头发接住的扎西诉说的。倾诉真正的心语有时是清丽的！不过倾诉的对象必须是与自己心心相印的朋友。

他的双眸中闪烁着的光芒，一如那从楼房缝隙中倾泻而下的阳光。那目光落在我的身上时，我已经融化其中了。为了躲避他那明亮的目光，我不得不打住话头，顾左右而言他，实在不行，就只好打开手机装作是给别人发短信。随着那逼近的目光，我能感觉到，此时此刻的他，正在克制自己伸出双手将我的手紧紧握住的想法，我的内心不免为此而震颤。即便如此，我们彼此都明白，此刻应克制自己。

当他将目光投注到我从十六岁就开始一直写到现在的日记，以及放置在旁边的家乡的山水（分别装在两个玻璃瓶内的土壤和水）的时候，他说："我就是想看一眼你的第一篇日记，虽然我看不懂……"因为日记本放置在书柜的最上方，于是我登着梯子上去，将第一本日记取给他。当看到"一九八三年十二月十六日……"孩童般稚嫩的字体时，他用粗大的手指抚摸着那些字迹说："这些文字真的让人感觉很温暖……”我仿佛看见了在他那移动的手指尖上激荡着的不羁的激情。我把他递过来的日记本放归原处，走下梯子。这时，只要稍不小心，他就会像俯冲猎物的雄鹰般把失去平衡的我搂在怀里。我当然明白，只要落入他的怀抱，就无法再逃逸出去。慌忙中我随口一说：“这是我家乡的山水……”我说着装作抚摸玻璃瓶的样子，以便拖延时间。他却奇怪地问道：“瓶中的水为什么这么多年了还不蒸发？”这给了我表达的机会：“不见得所有的东西都会随心所欲地化作空气的！有些东西不是已经化作了博物馆里的化石了吗？那些化石不是也很美吗？我真的希望自己内心的很多东西变成化石，而一小部分则变成空气，最后剩下的部分要变作文字……”趁着说话的当儿，我下了梯子。

他只是帮我扶住了梯子，没有触碰我。

傍晚时分，我接回儿子，两人见面后，一个叩首相见，一个则俯身拥抱，看上去确乎是两个男人之间真诚相见的景象。自儿子回来后，扎西不再理我，而跟儿子戏耍个不停。

我在做包子，他俩则忙碌着组装新买的玩具汽车，不时发出欢声笑语。我虽然在厨房里，但也能断断续续地听见他们在谈论喜马拉雅雪山、藏獒、中华大地上的几大峡谷、几大盆地……他还对我的儿子讲述着如何成长为人，如何锻炼意志以及世界上各种奇闻轶事……就如同一个父亲在细心教育自己的儿子。在我看来，那是世界上最温馨美好的一刻……

扎西口中从来没有“你的、我的”或“你、我”等词语，也从未说过“你的儿子”，他只会说“孩子如何、孩子很聪明或孩子很懂事……”他不时提醒我一个母亲教育孩子时应该注意的事项。这说明，在他的内心中没有“我”。居住在世界屋脊的藏民族，似乎不是生存于地球之上，而是地球存在于他们胸中……

吃饭时，我按照习惯让儿子坐在下座，可是他坚持让他与自己并排而坐，并说："我们都是男人，你是一家之主，所以你应该坐在主人的位置，而且胸中要想着一个男人应该负起的责任和应该做的事情。"他们二人谈论着不同的话题，而我只是扮演一个服务员的角色，端茶倒水，来回呼应。

翌日早晨，为了让从未见过沙漠景色的他一睹为快，我们跟随旅游团前往库布齐沙漠。

扎西和儿子并肩坐在前排，谈论着路途上见到的自然景色和扎西童年时代的故事。儿子仿佛瞬间就长成大人似的，也许是扎西带来的佛光照耀到他的身上了？

那天，我的儿子好像对我很陌生，不再依赖我。而这次的旅游更像是扎西带着儿子旅游，我反而是一个随便跟随的阿姨似的。他们一同骑骆驼、滑响沙、一起玩游戏。

在整日的旅行中，扎西总是先照顾儿子，然后才是我。当一个男人在照顾儿童和女人时，为什么使人感到那么亲切美好？只要我提及这个事情，他就惊诧地说："连动物野兽都懂得保护弱小，我怎么也算是一个男人吧？"说完他又呵呵地笑了起来。

初次踏上沙漠的他惊异地说："哎呀，大地原来是这样的柔软啊……像棉花，我能狠狠地踏上去吗？"他伸出脚谨慎地试着。

只是一瞬间，我想起了昨天早晨他那披满阳光的头发和宽阔肩膀上的树叶。那些飞落在他的肩膀上的每一片树叶好似都隐含着一个神秘故事。

旅游团野外活动的内容中，有一项是滑沙，人坐在滑板上从沙丘高处滑向低处，以博得一时之快。从来没有玩过滑沙的扎西，只滑了一次就退却了，他说，从高处往下滑倒是很爽，不过背着滑板攀登返回可是力气活儿，双脚插进沙子里再拔出来很吃力……尽管如此，他却对儿子说："孩子，你想滑多久就滑多久，一定要玩尽兴！叔叔帮你把滑板背上去，你只管尽情地滑，别的事情你就不要管啦。"我竭力掩饰着自己的情绪，那情绪中包含着感谢、心疼和激动……在他淌满汗水的脸上明明写着：我没关系，而"我们"才是重要的。自然的慈悲心怀，透过人的一颦一笑流露出来，如花般美好。但凡能够感悟到这一切的人，无不感同身受。我愿在那一刻，与故乡的浩瀚沙漠一起遥望那雪山佛国，遥寄深情叩拜祈祷。但愿我能够创作出比占钦诺日布更加美丽动情的歌曲，将一首心曲奉献在伽蓝台下。

归途中，儿子也许是因为太累了，也许是因为心意已尽，精神放松，从来不会在车上睡觉的他，此刻却依靠在扎西的肩膀上睡着了。扎西伸出强壮的手臂让儿子枕着，然后爱惜地为他拢了拢衣襟。儿子此刻的梦境中，也许看见了那天堂胜景。坐在后面的我，不知该唱什么歌曲，只是不停地哼着不知名的曲调。我真心希望那归去的道路可以无限延长……一个年龄尚不足十岁的孩童，头枕着山一般的男人的肩膀安然而睡，如此动人的画面，分明是在演奏着一曲人间温暖的交响乐。

那天晚上，我准备了家乡风味的饭菜。扎西提出要帮厨，可实在是没有什么可帮的，于是他与儿子谈起一起骑骆驼的趣事："那匹可怜的骆驼，让我们骑完以后是不是能得到吃的……它们肯定累坏了吧？"言语之中，满含怜惜之情。

由于第二天就要上路，扎西嘱咐给我和儿子很多事情，就像是一个即将奔赴沙场的丈夫安排妻儿的事宜一样。

倘若看到喝了些许红酒的我俩，很难辨清是红酒浸入了我们的身体内，还是我们二人沉浸在由红酒激起的情感波浪之中："真美啊，我们将如何把生活布置得更加有意义些？看起来你的生活负担很重，不过既然我不能对你有所帮助，空话也就没有必要说了。我只想反复地叮嘱你，一定要珍重。少吃荤腥，我知道你不喜欢‘吃草’，但也应该心胸开阔，多食土地培育出来的蔬菜瓜果。还有就是要锻炼身体，这是不可忽视的，我就坚持每天锻炼身体，而且每天早晚都转经筒，叩拜礼佛。这样做当然不是有所求，无论你是否祈求，苍天早已将一切机缘赐予我们了。苍天在宇宙深处注视着我们是否珍视他所赐予的一切。不过面朝洁净的大自然、面朝佛祖礼拜，是一种全身心的活动——所有的器官都在运动，更重要的是精神的历练，意念和灵魂通过这些历练得到健康和升华。而生活在城市中的人们，却在大院里架起各种铁架子，做成所谓的体育器材，并称之为锻炼身体。其实呀，那是铁而不是肉体在锻炼。”说着他情不自禁地笑了起来。听到此语，我想起了那一年自己说过的话：“你们藏族人与其那样跌倒滚爬地叩拜，还不如用那些时间创业立家……”心中思忖，就是扎西家乡的山山水水倘若知道我的想法，也会嗤之以鼻的。

为什么在什么也不懂的情况下，人们会胡言乱语呢？人在大多情况下连自己的命运都不能操纵，怎能妄言评论他人的行动呢？如今，我们当然忙碌得没有时间叩拜礼佛，可是我们又做成了什么了不起的大事业？把山里的东西挖掘出来，然后堆砌在山上，可是除了病态地与大自然进行徒劳的争斗以外，我们又得到了什么？

我们在矫情做作中写出几首所谓的诗歌文章，并说没有时间颔首礼佛，可是直到如今也没有写出与大自然精神媲美的作品。我暗自发誓，从今往后，在还未对事物有确切的理解之前，切不可妄加结论。

在我洗涮收拾时，扎西和儿子躲在另一房间内交谈着：“要听妈妈的话，你的妈妈身上具有令人信服的胆识和意志，而且非常热爱生活。作为男子汉，我俩如果没有妈妈那样坚强的意志，那可太丢脸啦。叔叔相信你，你会成为一个出色的男子汉的……”儿子连声答应着。尽管二人的声音非常低，在另一房间叠衣服的我却都听得清清楚楚。

第二天一早客人要登机，于是我们互道晚安，早些休息了。

虽然躺下了，但是睡意全无。儿子枕着我的胳膊说：“我想叔叔！”还说，“明天我们一起去看电影吧……”我回答：“叔叔明天就要走啦！”儿子说：“怎么这么快？回去做什么？就别让他走啦……”

虽然熄了灯，但是因为没有拉上窗帘，隔壁的灯光照射在墙壁上，恍若是从另一个星球射入的光亮……扎西和我都关上了各自房屋的门，不过心灵的门却没有对彼此关闭呀！在那边已经入睡或正准备要睡觉的他的身影是任何门、任何墙壁都遮挡不住的。一觉醒来便是明天，而他已经到了归去的时刻。一旦别离，今生今世还能否再见面，也只有苍天知晓吧。也许再次相见之时，我们已经是手拄拐棍的耄耋老人。

我真希望把扎西紧搂在怀，将灼热的嘴唇紧贴在他明亮的眸子上，抚摸亲吻他那卷曲的头发，也不见得不可以……依靠在他那强有力的臂弯里，让他像一只雄鹰一样将我腾空悬起吧……热烈的愿望犹如海浪一样阵阵袭来。然而天赐良驹，非兽栏之物；野花芬芳，亦非卧榻之伴。此时此刻应是顾影自怜、茕茕孑立的时刻。

正当我睡意蒙眬之时，手机彩铃鸟鸣音响了起来。什么人会在凌晨唤起我呢？我打开手机，却发现是扎西的短信。原以为只有我会辗转反侧难以入眠呢，想不到他也会在此刻……我怀揣着彷徨与惊慌犹豫了一会儿才打开手机，屏幕上显示：“此番相遇是美妙的，在短短两天的相处中，我钦慕直至深深地爱上了你”等等。我没有寻找到合适的应答话语，只是保证从今往后一定做他的好朋友，并说："如果睡不着，可以过来坐在我身边，互通心语直到天明……"

他的存在，令我再次望见了那一年看过的天堂佛国、高耸雪山、直泻而下的瀑布、蔚蓝色圣湖无声的涟漪……那一切都在今夜漫进我的卧室……

我真的没有勇气在世间唯一的美丽的雪莲花园里带走一片叶子，饶恕我吧，我的神灵……

我真的没有勇气在你那堪比雪莲花的纯洁的心灵之园里，偷走一颗熟透的果子，饶恕我吧，亲爱的扎西……

"我们还是'各守家园'吧，我们之间的距离，不是一墙之隔，而是呼和浩特和拉萨的距离呢。地理上的距离实在遥远，于是，当心灵的距离过于紧密之时，我们不一定能够承受那些相思之苦。"我回答道。

"是的，的确如此，这些天里，我是怎样无情地压制自己的心灵的。我理解一切，亲爱的乌仁高娃。为孩子盖好被子睡吧。明天早晨见，晚安……"

我清晨即起，开始熬茶，他也立刻起床来到我身后，他以男人才有的邀宠的笑脸迎着我，以一副将自己内心所有熟透的果实全部留下的慷慨表情走进了盥洗室。此时此刻，我所有的房间里，好像已经激荡着他心绪的波澜，而我就在这样的空间里呼吸着。在我内心的每一个角落，都放射着他的光芒，仿佛有无数鲜花的芬芳充斥在我的心胸里……

我曾用草原的奶酪迎接他，今天我也用奶酪为他送行。我问他："你的家乡如何迎接客人，怎样为客人送行？"他回答："为客人斟满奶茶。"我当然完全懂得他的意思，在他临出门时，我倒茶斟满了他的茶碗。

进入电梯，他用充满爱意又无奈的目光注视着我："我相信，也许在不久的将来，中国会出现一位研究乌仁高娃的专家，而那人有多么深厚和广大，你的日记和放在旁边的故乡的山水会作证……”

数分钟后告别时，我却寻找不到准确的表达话语，而另一种声音却在耳畔响起，我的整个身体就是送别的话语，于是我直挺挺伫立在原地一动不动。

原打算送他去机场，可当出租车驶来时，他反复劝我回去照顾孩子。我没跟他握手，而是紧紧地抱住了他，我用长久而坚实的拥抱告诉他，千言万语都在我的心中。外面阳光灿烂，仅剩的枯叶也反射着耀眼的光芒，身边人群熙熙攘攘车水马龙，人群中甚至不乏相识的熟人，而此刻汽车司机亦等候在身边，我却没有感觉到丝毫的羞耻和恐惧。不可以在黑暗中偷偷摸摸拥吻纯洁磊落的人，一切都应在娇艳明亮的阳光下进行。被我拥在怀里的扎西是什么，是整个世界！那承接落叶的头发里散发着醉人的清香，我猜想，那应是来自高原雪莲花散发出来的馨香。

回到家里后，我做的第一件事情就是，为他的茶碗添茶，尽管碗里的茶已经溢满。但愿他在登上飞机时，心意盈盈情怀满满。愿这位充满宽厚仁义的人心想事成万事遂顺！

所有的房间内都飘浮着扎西留下的气息，他坐着喝茶的沙发、穿过的拖鞋、睡衣，还有落在枕头上的几缕卷曲的头发和不知从哪个衣服兜里撒落的库布齐沙砾，无不增添我心中的落寞和寂寥……

回到北京的扎西发来短信：“我猜，你刚刚接回儿子吧？孩子的情绪怎么样？我真的很怀念那个温暖的家……”或说：“北京烤鸭不可以放置得太久，你和孩子明天前就把它吃掉吧。”他还告诉我应该怎么加热烤鸭。只要时针指向夜里十一点，他的短信就会准时发来：“好啦，现在睡觉，明天再写吧，现在你必须睡觉！”他所强调的总是我的健康，每日里为我操心，大晚上却还要提醒我注意身体的人，天下不知还有几个？

这几天，我眼前总是浮现那青海湖翻滚不息的波浪。我能听见那翻腾的波浪带来的大自然的气息……我能读懂那气息中的脉动。不过比湖海更多次重复闪现的，是与我共同生活两个昼夜的扎西的音容笑貌，和他那积淀着欢乐的浅浅的酒窝，还有那象征着男人气概的漆黑的短髭，当然还有慷慨接住不知身藏何处飘零而落的叶子的头发和肩膀。

“如果遇到迈不过的门槛，就告诉我，不要总是勉强撑着，我好歹也算是一个男人嘛……”我似乎看见了他在说话时朗声大笑的样子。那个动人的场景总是使我感怀不已，扎西推着我们说：“你们娘俩先进银行的大厅里等着，外边太冷，我来等车。”在情不自禁的下意识的寻找过程中，呼和浩特所有的街道依然充满了扎西的身影，我的心却像在高山缝隙间倾泻而下的阳光下盛开的雪莲花般舒展而丰沛起来……

（海泉 译）

大地暗语

当树叶凋零·巴特尔的故事

我居住的小镇上有几个疯子。

一个是常喊着“爹啊，娘啊，爱情啊”，不时呵呵傻笑的花脸男子。

据说，他所爱的女人跟别人跑了，感情遭受出卖，他就疯了。很多人哼哼着鼻子挖苦他说：“为了一个臭女人发疯，至于毁了自己的一生吗？还算是个爷们儿吗？”语气里或多或少有一些恨铁不成钢的意思。我能够理解，爱这个东西，真是太娇贵、敏感、脆弱而纯洁。当它夭折，男儿心亦伤，男人的意志也会受挫。若细看，不难看出那个多年没好好梳洗过的满脸胡子拉碴的人当年的英俊。生命脆弱，爱情有时比生命还要脆弱。

另一个，是拎着小提包的中年女子。在某机关当过会计，当过其领导的情人。上面忽然派人来审计账务时，领导金蝉脱壳，把自己贪污挪用的账务全部赖到她身上，自己逃了个干净。见自己深爱的男人如此出卖自己，她疯了。一些女人骂她：“活该，这是她爱上别人老公的报应。”我常想，不能从表面上论断一个人、一件事吧？世间的事，旁人都是不好说的。那个疯女子也许比你们尊贵几倍、纯洁几倍。都是一样的女人，对方遭霉运，你怎么就有了如此的快感呢？我这样的想法，也许是庇护疯子的疯言疯语吧？谁知道呢。她经常站在政府大楼面前大喊：“领导啊，老天啊，大家听听，你们是不知道啊，不信的话瞧瞧吧，旗长大人啊，您出来一下，我全都告诉您……”她这样一站就是一整天。我上班时瞧见她站在那里，下班时看到她依然站在那里。

鲜花和绿茵点缀的党政大楼前的小花园里，那个女子像是丝绸缎面上的一粒尘埃。虽然说了百遍，也无人细听她说什么，但她还是坚信有一天旗长大人会听一听她的话，了解事情的原委。她不停地说着。门卫轰她、吓唬她时，她依然喊着：“领导啊，我有一句话要说！”接着，再重复那些话。这个世界有时候那么喧闹，有时却像死山一样沉静。她说的那些话，连天地和花草都听得能够倒背如流了，仿佛在跟她说：“你现在别说了，我们替你说吧。”百花争艳，各色的汽车鸣笛着，喇叭里不时传来“建设文明城镇”的口号。

还有一个，是抱着布娃娃、将头发染成五颜六色的疯女人。她未婚生子，孩子的父亲却在月子里抢走了孩子，赶走了她，就这样活活拆散了哺乳期的母子。失去孩子的母亲抑郁成疯。我不由得想，随着生活的富足，人们变得甚是文明，然而这“过度”的文明又会让人疯掉。如此一来，倒不如过得贫穷一些，平常一些。我也暗自诅咒那个有钱的男人，诅咒他将死时每一根神经都会奇痛无比，饱受人间所有的苦痛。皇帝不急太监急，我也是一个什么都操心的疯子。

建设文明城镇庆典期间，这些疯子不知道被送往哪里了，一时间一个也不见了。

然而，他们漏掉了巴特尔这不仔细观察的话看不出端倪的一个。

我比较可怜巴特尔。他不给任何人添麻烦，人们使唤他的时候，他会无声帮忙，微微一笑，然后该干吗就干吗。做完了会问你：“这下可以了吗？”

不管春夏秋冬，他总穿着一身蓝色中山服，头顶一顶蓝色前进帽。衣服和帽子都褪了颜色，泛黄了。仿佛他在说：“原先是蓝色的，怎么地？”又或是：“衣服在光与风中褪色是自然的，只要我的心在任何光和风中不褪色就是。”他就穿着那身褪色的蓝色衣裤穿梭在路边的林子里。

他总是发出“哼”的声音，偶尔会向擦肩而过的人们发问：“去哪儿？干吗去？”反感的一个会回答说：

“找你爹去！”

“干你娘去！”

“干吗去，关你什么事？”有的也生气。

“呵呵，臭疯子也问人话，闪开！”也有人逗他。

说实在的，人们回答不了这个问题。也可能想着没必要给一个疯子回答这个问题吧。我一直悄悄地拍摄那几个疯子，想对生命进行更深一步的探究。但是，这个比较艰难。

巴特尔好像住在我刚搬来的楼房前排的破旧平房里。那个院子里有很多树，还有几间机关存车或者搁置破烂的空房。常见巴特尔进出那个院子，我就趁着早晚时分，透过窗户拍他的状态。

不久后，我发现了一个秘密。巴特尔一到夜晚就站在那儿跟树木说话。

我住的楼房前院里高高的白杨和飘逸的柳树竞相绽绿。每当我上下班时看见那些娇嫩欲滴的绿叶，心里就不由得赞叹，水土丰润了，连植物都会泛出如此幸福的光芒。更奇妙的是，从那里散发着一种不可理解的芳香气息。我知道自己是那么向往和需要那样的味道。我暗暗认定那是大地和植物的混合气味。

我那间简陋的书房窗户正朝着那棵树。我有时在书房工作到清晨。沉睡中的夏夜，清新的绿色空气飘进窗户，抚慰着我的脸颊，那感觉像是在水中游泳一般美妙，像是空气、植物和我背着谁在偷情一样，以心灵最敏感的神经融进彼此。我常常在那间简陋的书房里来回踱步，心想：生命中还有比空气更珍贵的东西吗？

夜深时，让带有树木气息的空气拂面，我正悠然而忙碌地工作着。忽听到一人歇斯底里的哭喊声。在这样不该有悲伤的美妙空气中，是谁在哭泣？惊恐的我倚窗而望，静静倾听，原来是那个可怜的巴特尔。因为正是静悄悄的黎明时分，所以，那些话，我听得真切。

“我的树啊，我的佛，我是懂的！我懂你们！现在可怎么办啊，风啊，你听到了吗？快去告诉一下老天爷，快让他给我想想法子！东边又有一片林子被砍了。我一棵都救不了啊！无能为力啊！风啊，风！快点！请你传话给长生天，这些人每天与绿色为敌……完了，完了！我的树啊！快点逃离这儿吧，不然明天可能要砍你们了啊！呜呜呜……”他哭得很伤心。刚刚吹拂并亲吻我的那些带着植物气息的清新空气仿佛也和我一样，随他哭了。不知为何心痛，不知在怜惜什么，我的心像要融化了一般，又似被撕烂了一般。想走下楼去抱着巴特尔安慰他。想拥抱巴特尔，连同那棵树，将所有的话说给彼此听，想拥抱在一起痛哭一场。

曾经，我有那么几次见巴特尔每当天色将晚时站在树下，仿佛在说着什么祈祷着什么。那时想摄录下，一直没有机会。想偷听他的话，也因万众的喧哗而无法听到。每每走到他身旁，他都会猛然躲开，话也不说了，然后是一脸的不快，好像谁破坏了他的美梦，恨恨的，嘴里嘟囔着什么，向别处走去，又开始那句问话：“去哪儿啊？”

他好像发过誓，对树说的话，绝不对人说；有那么一股劲儿，意思是我和树的话，只有我俩懂，你们懂什么；又像是在说，你们是聪明的正常人，想着做着聪明智慧的事，怎么会懂得我和树呢？然而，我还是偷偷观察他，从远处拍录着他。但他的心里话，我是听不到的。

只要有缘，你所追求的事物会在某一天径自来到你的面前。自从在那个清晨听到疯子巴特尔的心声后，我越发想了解精神病患者们的世界。

天快亮了，我本想睡一会儿，但听到巴特尔那凄惨的哭声后再无睡意，开始胡思乱想起来。

这会儿全镇没睡的人，也许只有疯子巴特尔和我吧；这会儿，为了草木的生命而哭泣的人，全世界上也只有疯子巴特尔和我吧。

“哎呀，树啊树，我真是个没用的巴特尔！”他使劲用脑袋撞着树，边哭边说。散发着植物清新味道的空气，将他的哭声断断续续带进我的窗口……与其说那是每天被人们谩骂、被使唤着才能糊口吃饭的巴特尔的声音，不如说那是天地之声、滋养人类的空气之声。我仿佛听到了地球的哭泣声，又像听到儿时有着羊群咩咩叫声的草甸子消失时谁的哭泣声。

想想，世间万物都有着各自的语言和意蕴，有着各自的眼泪。也许比我这个女人还要敏感。只是我们没有用心倾听而已。我忽然反省自己，这么多年净做什么想什么了，比疯子巴特尔强到哪儿？或者还不如他呢。他比我有思想有感情，比起我们，他更了解我们生存的大地，他何其伟大、高贵。

再细想，这些疯子都各自有着纯洁高贵的追求，为其追求以疯人的形式存在于这个世界。经常站在政府大楼前，手拎着装满账目小包的中年妇女；抱着布娃娃满街乱跑的年轻女子；面目英俊却疯癫着喊“爹啊娘啊，爱情啊”的花脸男人；还有这个巴特尔……我总是想，灵魂当中最圣洁最清澈的东西都藏在这发疯的背后。如水清澈的生命是这般脆弱，易受浊，易受挫。

天马上就要亮了。我想睡一会儿，但是脑子都是巴特尔的样子。之前，我们单位那位英俊的领导批评我说："一个女人家，不在办公室老实待着，精神有毛病一样到处跑，拍什么东西，写什么文章嘛。大家要是都像你这样不好好上班，我还怎么管理这个单位？这个单位会成什么样？"被领导训斥后，我很是郁闷。这个世界上，有谁能理解我们呢？我闷闷不乐地回家，路上不小心撞了树，车筐里的水果撒了满地。

已经撒了满地的东西，感觉没法要了。但又怕遭人骂，想快快一走了之。却不知疯子巴特尔从哪儿冒出来的，弯腰帮我捡起了满地的苹果和梨。可怜的，算是他的口福吧，让他捡去吃好了。我继续往前走。"大姐，你的东西！"他用褪色的中山服衣襟兜住了那些水果，赶上我，还知道叫一声大姐呢。

"好好看路啊，怎么骑车的啊，自己的东西都管不好！"他像是在批评我，模样煞是可爱。那次，我近距离看了巴特尔。双眼皮，脸盘儿大得让人觉得这个人要是没患精神病，还真有点佛相。难道这个巴特尔原本是一个圣洁的转世活佛，但遭到玷污了吗？我一时乱想。他不犯病的时候，还能说出几句诗词，还能说正常的话呢。

路过的人看见我俩在一起，有的一笑而过，有的频频回首看我们。我有点不好意思，想赶快逃离。他却说："多可惜的东西啊，它们是长在树上的。你看，还青着呢，怎能扔在街上呢？"他一边用褪色的中山服擦拭着水果，一边批评我。

我想知道他知不知道这些水果的名字，拿起一个水果问他：

"这个叫什么？"

他好像有点生气："不知道，不知道，是树的孩子，是叶的孩子！哼！"接着语气软了下来说，"大姐，您去哪儿？"

"回家!"

"好吗?"

我不知道他在问什么，蒙了。

"有树吗?有牲畜吗?"

"哪个也没有!"

他把水果全部放进我的车筐:"那干什么去啊?哼……"他的样子真是可爱。被巴特尔训斥后，我心里的忧伤反而消散了很多。望着他生气了似的走进路边树木间的背影，我不禁叫了一声:"巴特尔!"我不知道自己叫他要干吗，只是觉得好像有很多话要对他说。

巴特尔好像在表示他的名字不叫巴特尔一样，嘴里发出"哼哼"的声音毫不理会地向前走去。

现在再想起来，也许他当时在责备我:"哼，你们这些精神好的人们真是一群饭桶!连自己为何来到这个世界都不晓得!"

后来再看巴特尔，只要附近的树木被砍伐，他就会犯病。

每次我在书房工作到深夜，当我最需要的那种带着草木芬芳的清新空气一阵阵从窗口飘入的时候，我会更加坚定一个信念:我们必须热爱我们赖以生存的大地。想一想，这也许是绿色的气息让我有了无尽的向往——或许是疯人巴特尔无声传递给我的信息，又或许是那棵树发给我的简讯;也可以说是一个生命靠近另一个生命的预兆和信号。因了尘世上的生命彼此融入彼此相知，给予彼此无尽的力量，所以，我的这个信念不会被批评吧?即便我在我的书房熬到深夜，一事无成，然而我获得了这个信念，也是大的成就吧。之前，我将那气息暗自命名为植物和大地混合的气息;自从听到巴特尔哭诉的那个夜晚起，我知道了那是植物、大地和人的混合气息。自此，一听到传进书房里的忧伤哭泣声，我就知道是巴特尔在哭。后来，几乎夜夜有那样的哭泣声，我就知道几乎每天都有树木在倒下。所以，我就想，要是那片林子倒了，巴特尔会发疯致死的。即便是一个疯子，也不要伤了他的心啊！不能！

再后来，一到天黑巴特尔就会大哭大叫。我纳闷儿，一般到深夜才哭诉的巴特尔，怎么这么早就开始哭喊了呢？第二天上班时我才知道缘由。那个院子里的树木和巴特尔住的破房子，都不见了。只见为西部大开发工作的拖拉机、推土机尘土飞扬地忙碌着。

夜夜从我的书房窗口送进的那新雅的气息，那树叶滴水般的娇嫩……我不由得寻找那些树。被拆的破砖烂瓦间，我终于看到那棵树——巴特尔夜夜站在其前用脑袋重重撞着说话的树；那棵高高的白杨，树干上搭着蓝色的哈达，树枝上还挂着巴特尔的褪色的前进帽。可怜的，我忍不住泪水……仿佛听见巴特尔说："我这个巴特尔真没用，不能救你们，一个也救不了！"

我站在那里出神。

飞扬的尘土向我袭来。我围起围巾，不由碎碎念："巴特尔，别走远了，剩下的树木还要你陪伴呢……"

（哈森 译）

当山石崩裂·道伦劲的故事

在我写疯人巴特尔的故事时，还有一个人闪现在我的脑海。他叫道伦劲。

第一次见道伦劲，是在一个牧户家，那家的主妇是道伦劲的姨妈。当时我正在做关于穿越鄂尔多斯的田野调查，借住在她家。牧户家五畜俱全。正巧那天要骟骆驼，叫了几个人来帮忙。道伦劲看起来已过而立之年，但即便是同龄人都会随便使唤他。

“嗨，道伦劲，帮我拿这个。”“呼咿，道伦劲，给我递一下那个。”“哎呀，道伦劲，把那头牛往那边赶一赶……”好像道伦劲是一颗随意滚动的球，谁使唤都好使，从来不说“不”字。

这个男人满脸黄毛，看似多日没洗漱过；衣衫褴褛，裤子没系腰带，拿绳子扎了个紧，冷丁一看，像个猴子，却又笨笨的。但他的双眼似钻石一般闪着光亮，只是那钻石看起来，又似蒙了一层雾霭。我和他姨妈一边拾掇羊杂一边聊天，谈到了他。原来，道伦劲也不是天生就这样。

“……说是风水不好引起的，但也说不好，反正不知有什么说道儿。听说他已妻离子散。现在就这么流浪着，今年这是第一次来我家呢，我还没来得及细问。但说起来，干活儿是一把好手，一个人能干两个人的活儿呢。但他无论在谁家也不会长住，待两天就没影儿了，转眼便去了另一家。乡亲们也喜欢他到自己家。在他眼里谁家都跟自个儿家一样，进门后放下背包就立马出去干活儿，不收分文。尤其喜欢在野外放羊什么的。一想也怪可怜的。‘别串来串去的，就在我家老实待着好了。’我跟他说过无数遍。但他总说：‘姨妈，这样挺好的。’就这么一个回答。他对生活没有丝毫的要求，拼命帮人们干活儿。只要可以在野外放牧，在山坡上放风，唱着歌自由自在的，就能满足……”姨妈正说着他，道伦劲担着水就进来了。“怎么了，听说你离婚了？”“嗯！”“你要了啥？”“我什么都没要，背着这个包就出来了！”

“啊？房子、牛羊、草地都给她了？没给你半毛钱？真是太过分了！”

“我要那破钱做什么！”他好像嫌姨妈问了没用的事，径自走了出去。

姨妈又继续刚才的话：“道伦劲出生时刚好七斤，那个饥肠辘辘的年代生一个七斤重的孩子，算是大个儿的婴儿了。所以给他取名叫道伦劲（蒙古语，意为七斤）。也有人认为，‘七’是一个完美的数字，这样完美的数字，不是平常的人可能带来的。‘天上有北斗七佛星，这个孩子携带着七个佛星的功德而来。然而七这个数字也是凶煞数，这个孩子可是有福之人，只要好好的，定会成为大人物。’乡里的老人们这么说过，算命的先生也这么说过，都说他是一个吉星。

“道伦劲，由此取了叫道伦劲的名儿，来到了人间。

“道伦劲，自小喜欢野外，好饲弄牛羊。喝着牛奶羊奶，跟牛犊羊羔一起戏耍，跌跌撞撞地慢慢长大。他总跟牛羊们念念有词，给它们起一些比自己的名字都优美的名儿，五花八门。自从道伦劲懂事后，他家再也不用数羊，他一看羊群，就以其相辨认出少了哪些：‘黑岩、鹅卵石、斑土仨没在！’他认得如此准确，我们这些大人都唏嘘不已。自从道伦劲出生后，他家牛羊成群，真可谓满了草甸漫了山坡，有很多匹方圆百里都挑不出更好的马。我那姐姐姐夫也是风光的一对儿，乡里乡亲的婚礼或摆宴上，一个当司仪一个当‘勃日根’，唱歌、主持节目……也是做尽了善事的两个人。听说一切跟那块岩石有关。道伦劲长到十几岁时出落成电影明星一样的帅小伙，而且去势、阉割、骟蛋……牧人的活计样样精通。你们可不知道，这个道伦劲唱歌也唱得好着呢。据说十里之外都能听到他的歌声。那个时候几乎每家都会说：‘要是道伦劲能做我家的女婿该多好！’他家旁边有一座叫黑骏梁的山。老人们说那是一个风水宝地，应该做祭祀。那座山的阳坡上长了一块褐色的巨石。道伦劲从小就在那个山坡上唱着歌、围着那块巨石玩耍着长大。我有一年去他家拜年，见那块石头好像也大了不少。真是令人惊叹呢，那块石头也像一个孩子一样，一年比一年高大。道伦劲也那么成长着。黑骏梁对面还有一座山峰，叫白马峰，峰巅上有查干敖包，这个敖包是一直受祭祀的。老人们说它们是情侣峰。白马峰的脚下右侧还有一个查干布拉格，又称查干苏布拉格（白马乳汁泉）。

“谁会料到呢？‘文化大革命’开始，查干敖包的祭祀就停了些年。有一天，我姐姐、姐夫家的七匹白马不见了，找了许多天都没找到。去找了卦师，卦师说：‘快点恢复查干敖包的祭祀吧，这个地方可是龙王盘踞的好地方，要好好祭祀供养，可不能触犯了！’姐姐姐夫回了家之后，照卦师的话，急忙恢复了查干敖包的祭祀。恢复敖包祭祀的时候，我们也到了场，真是一个好地方呢！从白马峰上俯瞰那片土地，水草丰美，查干布拉格像是一片云朵，白花花地镶嵌在绿草地上。

“据说，姐姐和姐夫恢复敖包祭祀后没两天，一天午睡时梦见七匹白马奔跑在山岗上。正在这时，道伦劲喊着：‘阿爸！额吉！白马们回来了！’他俩睁眼一看，果真，房屋前的芦苇坡上七匹白马嘶鸣着，嬉戏着，真的回来了。之后，他们一家的日子过得和和美美的。

“人这个东西，是不能玩弄上天所赐予的福分的。有一天，姓刘的嘎查达要去他家，路上看见离那块巨石不远处，有一条蛇缠住了一只兔子。据说，蛇缠兔的地方是风水极佳的地方，看到这个场景的人，要赶紧挖个坑，把它们活埋掉，在那上面盖房建灶，就会顺风顺水，一切吉祥。传说历朝的皇家宫殿都会选这样的地方社稷，从而掌控天下，所向无敌。平常人是遇不到这般情景的。

“刘领导知道那个道理，他不能不对那份天之恩赐垂涎三尺。他想尽了一切办法，终于把那块地搞到了手，准备在那里盖房子。他嫌那块巨石碍事，推倒移至别处了。接着，事情不好了，道伦劲见那块巨石被移走，忽然间又哭又闹的，整整高烧一天一夜后，变成了现在的样子。父母带他走遍了好多医院，都无济于事。最后又找了卦师，卦师说：‘孩子的魂儿散了，他有着一个受不得玷污的圣洁灵魂，真是被伤得不轻。’再后来，他父母相继去世了。一个好好的家庭因为一块石头，变得如此凄惨，一个人人喜欢的好小伙也变成这般模样……”他的姨妈说着说着，长叹了一声，沉默了。

由此，我想起了一件事。

几年前，我采访过一个高龄老人，老人讲起乡间的一些禁忌，谈到关于巨石的一些话题：哪个地方要是长出巨石，那个地方就会出英雄好汉。所以，当地是绝对忌讳动那生长出的岩石的。那块石头长得越好，那个地方出现的英雄好汉会越发杰出。

“动了会怎样呢？”我好奇地问过老人。

“将会怎样，你想一想不就知道了？花朵要是摘了，它就会死掉。没两样啊，岩石也是地上生长的生命。英雄之魂都是圣洁而脆弱的，也许正是因为这样，岩石才来护佑的吧。你自己想啊！”老人好像对我的问题有点反感。

“刘嘎查达后来怎样了？盖上他的宫殿了么？”我问道伦劲的姨妈。

“盖什么盖？！动了不该动的东西，他也遭了殃，倒台了。地上长的东西，跟自己有缘的人享受了，才会得福；与其无关的人怎么可以觊觎呢？”

道伦劲提着一桶煤进来放在地上，又将我们拾掇出的羊肚里的粪便提出去倒掉。真是眼里有活儿的好小伙。骟完骆驼之后，大家围坐在一起喝酒吃肉红火起来。跟道伦劲同龄的那些小伙儿开始嚷嚷：

“嗨，道伦劲，给我倒碗茶！”“呼咿，道伦劲，从那边的房间把我手机拿过来！”“道伦劲，你好好跑腿儿，我们就给你起名叫奈曼劲（八斤），不好好干的话，给你改名筑日甘劲（六斤）！”他们逗他。因为他们知道道伦劲特别珍爱自己的名字，人们要是唤作他名，他会难过得要死。所以人们为了让他好好服务，故意要挟他。

只要不是换了姓名，跌了名分，多累多苦的活儿道伦劲都不怕。好像在说，六斤八斤都不可以，我就得是道伦劲（七斤）！

“道伦劲，你唱一个吧！”又有人拿倒茶送饭的他逗乐。

“不！”他摇头。

“你们看，他宁可在野外唱歌，也不在人前唱。道伦劲！你好好听话，我们给你找老婆，你老婆现在跟别人睡觉呢，你的孩子也成了别人的孩子，你要是听话呢，还是会找到老婆的，唱一个吧……”他们有点过分。道伦劲背过脸走了出去。我有点看不过去了，朝那些人说：“明知他精神不好，你们还这么刺激他，你们还有没有慈悲心？真是你们神经有问题吧？”说罢，我跟着道伦劲出了屋。进厨房一看，道伦劲坐在炉子前，一个劲儿地往炉子里填柴火，他眼睛都红了。

“呼咿，这孩子，饭都煮完了，还加什么柴火啊?”他姨妈进来说。道伦劲没说话，走了出去。我出去一看，见他的身影已渐渐消失在南边的小山坡。

“哦，我知道这孩子干吗去了。我家的一只骆驼产下了一只驼羔，这骆驼嫌弃驼羔，不给吃奶。我跟他说过的。道伦劲虽然不给那些人唱，但他会给骆驼唱个柔肠寸断。他那么唱几次，母驼就会认驼羔的。这个道伦劲，一听闻牛羊、山峰、岩石，就开心得不得了，立马唱着歌儿跑过去。跟人反而话少，好像在想：你们还不如畜生。会背过身跟他的牛羊和骆驼说说话。他不开心的时候，就会跑到山上去唱唱歌，或者跟岩石说说话，回来时气儿也就消了。今天又是没吃东西就跑了。要是那个母驼认了驼羔，他回来时肯定笑容满面的，你瞧着吧!”

我拿起相机，想偷偷拍他，朝他去的方向走去。我怕被道伦劲和骆驼发现，于是停在一个较远的山坡上，躺在一丛灌木后开始拍摄。骆驼跪卧在地上，道伦劲蹲坐在它面前，抚摸着骆驼的脑袋和脖子像是在说些什么，说着说着就哭了。距离有些远，我拉近相机的镜头，拍到了道伦劲的眼泪。不久后，骆驼竟也跟着他哭了。旁边的驼羔瞪着可爱的大眼睛望着他俩，可能是想知道正在发生的事吧。而后，道伦劲唱起歌儿来。我听不清歌词，只能听到阵阵韵律——那么温柔，那么伤感；声音又是只有好汉才会有的洪亮。他的声音真像是把天、地、植物、动物和自己融为一体了。这才是真正的诗歌吧。忽听母驼放声悲泣，道伦劲用左袖擦拭了自己的眼泪，用右袖擦拭了骆驼的眼泪。他俩像是在用一种奇特的语言沟通着，抑或是用眼泪感知着彼此——他俩的泪水源于同一个源头，涌向同一片海洋。那歌声，让人无法相信是出自一个众人使唤的劳力。那泪水，也让人无法置信，它流淌在满脸尘土细毛、像猿猴一样的男人脸上。更令人感叹的是，他的泪水在一刹那将人与动物、天与大地融为一体，让爱充斥在天地间。

骆驼好像真的懂了他所说的话，像是在示意着它会听他的，点着头慢慢起身，喂起了驼羔。跟我的幼儿一样可爱的那个驼羔吮吸着母亲的奶，洁白的乳汁溢出嘴角，看起来真是幸福无比。

扎，再不离开的话，会让道伦劲发现的。我能明白他不想让别人了解他的心情，赶紧离开了那里。我知道道伦劲走在我后面，于是我假装拍摄着什么，实则故意放慢脚步等他。

"干什么呢？"他赶上我，令人意外地问起话来。花脸儿上已经不见了方才的伤感，反而荡漾着丝丝微笑。我知道那是因为他劝服母驼认了驼羔。

"拍花朵，拍山川……"我说了谎。

"嗯，那座山多美啊，山里有很多岩石，山也是岩石组成的，知道不？"

"是吗？岩石好看吗？"

"不仅好看，还是好东西呢，它是大地的脑袋！不能砍了大地的脑袋，要不地球就成了没脑袋的地球！哎呀，多可怕呀！是吧？"

"你真是太聪明了。"

我想接着问，你见过地球的脑袋被砍吗？但是没敢。问了这么敏感的问题，他要是再犯病可怎么办。

"呵呵，我聪明？"他挠了挠头，有点难为情的样子。虽说精神失常后他的相貌也随之改变了很多，但若仔细端详，不难看出他其实依旧五官端正，有着浓眉大眼，头发乌黑，真是一个英雄好汉的模样。看他满足地笑，可想而知已经很久没有人夸他聪明了。

"是啊，岩石要是爆炸，就会有'嘣'一声巨响，'嘣'一声后天地就会昏暗。不知道人们为何总是‘嘣、嘣’，就不怕自己哪天被崩了么？你看那边的高架子，那边没日没夜地在‘嘣、嘣’。可能是在开山，那就是在让地球崩裂。开吧，开吧，把他们老爹的脑壳儿开个够，撑饱自己的肚子，撑饱自己的欲望！可恨的孽障们……”他忽然口若悬河地谩骂起来。

我赶紧转移话题：“你刚才到山头那边做什么去了？”

“没做什么，随便转一转。草原好不好？好吧？”他不称我为“你”，也不称为“您”，不叫“姐”，也不叫“妹”，直接说着自己的。

我打开相机给他看远山的照片：“看见什么了？”

他高兴得不得了，像个孩子似的挠着头：“呵呵，呼咿，可真好啊，那么远的山，连山石的缝隙都这么清晰。这个机子真好，贵吗？”

“是很贵，你买一个望远镜吧，比这个便宜。”

“呵呵，好的。但是，还是自己到跟前儿好。”

我又没话找话：“你去过旗里吗？”

“没有。没什么事干吗去？要是想去，我自己也能去。那个时候我在旗里的学校上过学。”我马上明白，他所说的“那个时候”，指的是他精神失常以前。原来，他还记得“那个时候”呢。

“你到了旗里，要是遇见我，能认出来吗？”

“呼咿，肯定认得，这样的美人儿怎会不认得呢，呵呵……”他又挠起了头。

我心想，他居然还会忽悠说我是美人呢，或者他真觉得好看了？他说了这么多话，可见我没给他留下坏印象。

“你在旗里生活？”他忽然问。

“是，我在旗里。”

“那儿有没有能粘住开裂的岩石的东西？”

“哦，我想想法子。世界上没有‘一定’，说不准会有呢！”

“哼，不能的，不能。什么都可以粘合，但崩裂的岩石是无法还原的。粘住崩裂的岩石？骗人做什么呢？真是可笑啊！”他看着我呵呵笑。那笑，像是在对我说：“你骗我做什么？”

我握住一把泥土，给他瞧了瞧，说：“你看，这是一把散土。”又使劲儿捏了捏，“再看，完整了吧？在人热热的掌心里，有些散了的东西也是可以还原为完整的！把这个晒在太阳下，就会变成有着我手掌纹路的球体！是吧？”

“呵呵，破土而已。粘得快，散得也快，随人怎么捏。要是有能耐，去捏一下那山坡上崩裂的岩石啊。要是有能耐，把碎了的玉捏回原样啊。说得跟孙悟空似的，呵呵。”他反驳我。

这可真是个有意思的疯子啊。要是可以，我真想跟他继续聊下去。

“呼咿，你看，沙葱，多好的沙葱啊！”他向前跑过去，摘了一棵鲜嫩的沙葱，那动作别提有多灵巧了。

一到家他就不说话了，到炉灶跟前儿，放了一把小凳子吃起饭来。

“那个母驼认驼羔了吗？”他姨妈问。

“嗯。”

“你怎么弄的？根本不让接近来着。”

“那有什么呀，把道理给讲明白不就好了?！骆驼又不像人一样，有时连话都听不懂。”他这么说着，得意得可爱。

道伦劲不在的时候，他姨妈问我：“你们聊什么了？我从窗户望见你们说得很欢呢。这孩子今天话比较多了，真是怪！”

我一直在观察道伦劲。这时，一个醉酒刚睡醒的汉子在里屋喊：“道伦劲，给我拿一下靴子！”

“你给我什么？”道伦劲回问道。

“哎呀，道伦劲在问我要给他什么，嘿嘿，这人今天变厉害了哈！”

“哈，还真是呢！”众人哗然。看他们如此惊讶，可见道伦劲第一次跟别人讨价还价。

“给你两块糖吧！”那人好像抓起了面前桌子上的糖。

“行，行！呵呵！”道伦劲把靴子递给了那个人。

过了一会儿，道伦劲走进我们的屋子里。见我跟他姨妈在聊天，他看了一眼准备要出去。

“他们给你什么了？”他姨妈问。

“什么也没给！”他说完便出去了。

没过多久他又进来了，那时我正一个人在整理笔记。他手揣进兜里，站在那里很久，好像有什么事。我直视他。他低头，脸上有微微的笑意，从兜里掏出了两块糖，递给我说：“给，吃糖啊！”我顷刻间明白了他的心意。真是感动，怜惜那份单纯的心。

我是一定要接住那两块糖的，而且一定要恭敬地去接。我知道这糖是怎么来的。疯也罢，癫也罢，傻也罢，是一个男人在刹那间对一个女人萌生的一种纯洁的情谊。也许，我这辈子都不会再遇到这般纯洁的心了。

“扎！”我放下笔和纸，接过那糖块，随即剥开糖纸把糖送进嘴里，“谢谢你了，道伦劲！”

“呵呵，高兴就好！”他说罢就出去了。

“可怜的……”我不由得自言自语。

只要能治愈这个人的病，我在所不惜。可怎样才能治好呢？我反复想。我没有将崩裂的岩石捏合的能力。他的生命真是太金贵了。能焊住钢铁的人是有的，但哪儿有能粘合碎玉的人呢？谁又能清理这污浊不堪的地球？

道伦劲啊，道伦劲，你的错，就是跟圣洁的地球一样，有着纯洁的心。若是被挖掉左眼，右眼就会泪水涟涟吧。

我回到旗里后不久，在街上碰见了他。

他姨妈搬进了所谓“新牧民居”的集中新居，开始在旗里生活，并给他租了一间类似仓房的小房，以便照应。

那天碰到他，他给我弯腰行了个礼后，就躲在他姨妈身后低头瞅着脚尖儿，真像个孩子。

“唉，你是不知道的，这个孩子的病更重了。可这能怎么办呢？勘探石油公司的几个汉人硬是把一个不肯在人前唱歌的人骗去灌了酒逼他唱歌，还不知道给他看了什么东西。自那以后，他的傻劲儿更厉害了，到哪儿在哪儿唱。不管进了什么餐馆，只要一不注意，他就跑到台上抓起话筒开始唱歌，好像在说：‘歌儿可是这么唱的！’主要是他们给这个孩子看了不该看的东西。你可不知道，为了让我们搬迁，清理牛羊，他们真是赶尽杀绝了。说是可以把牛羊卖到城里，因为刚好是冬天，有很多待产的羊。胎里的羊羔稍大些的，回回（指回族人）们说皮毛好，就几块钱一个收走了；其余的都被埋进了坑里。不知道哪个人带道伦劲去了那地方，看到了成堆的牛羊尸体，甚至还有胎里的羊羔，有的甚至还没死呢就被扒皮，那血流成河的样子……他见了就犯病了：‘我要把你们‘嘣、嘣’地杀掉，老天会崩了你们的！会把你们炸掉！’他又喊又叫的，拿起石头就一股脑儿地朝着他们砸，据说好几个人都没拦住呢。哎达，就是我们这些精神正常的人，看着那么残忍的场景都受不了呢，别说是他了。牛圈羊圈可都算是清理了！造孽啊，造孽！”道伦劲姨妈唉声叹气地说。

我心里一阵昏暗，满脑充血。偷偷瞧了一眼道伦劲，一种难以言说的疼惜、理解和爱怜在我心底奔涌，我怎样才能让他感到幸福和快乐呢？哪怕只有几分钟也好。这愿望在我心里强烈至极。可怜的道伦劲啊，他所挚爱的岩石崩裂，双亲离世，妻离子散，又亲眼见了最跟他相知相惜的牛羊被“满门抄斩”。曾经受他人侮辱时，只要跑出去看看草地和牛羊，他就会欣喜得忘了所有忧愁。而今，他又被迫离开了清新的原野和空气……与其让你这样生不如死地活着，还不如让你随你爱的岩石和牛羊而去，将你的尸骨安放在有着清新空气的原野，才更为人性吧。

“扎，我请你俩吃饭吧。先去玩一会儿，那边有一个游乐场，可以坐上缆车到很高的地儿，简直像飞上天一般。走吧！”我整理了一下心情，装作什么事儿都没有。

对于失去了一切的这个人，我能做到的只有这点了。然而，道伦劲唱着“褐色的岩石碎了，痛的是我的心”径自走去，歌声那么忧伤。当我听到这天籁般的歌声，忽然想起他那天给我的那两块糖的味道——使得我即便身在车水马龙的街边，也忍不住想放声大哭。他姨妈喊着他的名字追过去，我也追过去，说：

“道伦劲，我们去那边的山上，好吗？”我有点像哄小孩。

“啊，山上啊？”他笑了，“高吗？能看见老家吗？能看见黑骏梁吗？能看见查干敖包吗？”他有点怀疑。我不知道怎么哄他，迟疑了一番：

“如果在晴天应该能看见。”

“那么，这种阴霾的天儿肯定看不见吧？不！我不去！”他又回头走了。

其实那天是晴天。我黔驴技穷，跑到附近的商店买了两块糖：

“给，吃糖吧！（学了他的语气）”我递给他一块。他定睛看了我一眼，显得兴奋而害羞，接过了糖，学着我打开糖纸吃掉了。看来，他认出我来了，而且还记得那天给我糖的场景。

我忽然有了个好点子。

“咱们走，我去给你买望远镜，你可以看看远处！”我对他说。

他听到后眼睛一亮，连连点头："好的，好的。"

不管我用糖块哄他，还是用其他什么哄他，都是为了给他带来哪怕一点点的快乐。为了去买望远镜，我叫了出租车，上车时他姨妈让他坐在我们俩中间。

在路上他问我："呵呵，买望远镜，像您那天的那个机子一样，能看见远山的裂缝，是吗？"

"呵呵，是的，是的。"

"能看见黑骏梁吗？"他问得很谨慎，我听着有点心疼。

"要是从高处看的话，也许……"我不知道怎么说才妥当。

"哦，多好啊。"他呵呵笑着。

我不知道自己是在造福还是在作孽。然而，我还是幻想，如果道伦劲就这样坐在他的姨妈和我中间，笑着笑着病就好了，那该多好啊！但我知道，跟道伦劲想让黑骏梁的岩石复原的愿望一样，我的这个幻想也是不切实际的。

往后的日子里，我经常在街上看到道伦劲。不论何时何地，我见到他时他都唱着歌。他的面容越来越丑；他的歌声与其说越来越动听，不如说越来越伤感。我真是不忍心看到他。也许在别人眼中，只是镇里多了一个疯子，而我看着却心疼得要命。道伦劲大多数时候都唱民歌，有时候也唱一些我们没听过的歌。

那些歌难道是他自己创作的？不得而知。

分别得太远太远
心里越发昏暗
流浪的脚步不停
天涯依旧很远……

嘹亮的歌声，仿佛要压住街道上的车流声、鸣笛声、人们的吆喝声。我有时甚至会觉得他这些歌能让楼群都晃动起来。

道伦劲高歌着。仿佛在说："你们将我一切所爱都毁了、抢了、杀了，但是你们夺不走我的歌声，我要放声歌唱！"

看着他，我自言自语："唱吧，唱吧，只要能释怀一些，你就自由地唱吧！"

一想，道伦劲真是一个尝尽离别之苦的苦命之人。先是失去了命根子一般的岩石，受了刺激；继而失去了父母，失去了家园，失去了牛羊，失去了敖包和山泉，失去了花草植物，失去了他为之欢喜的纯净的田野之风。真是亲历了失去故土和文化的大灾难。民歌是仅留存于他的世界中的最后的、唯一的生命之线，一线光亮，一线文明。若是这根丝线断了，该怎么办呢？道伦劲将以什么来呼吸和生存呢？

我智慧的祖先们啊，留下了多少诗与歌，慰藉着像道伦劲这般病入膏肓、疯癫至极的人们呢？

（哈森 译）

当河水受浊·山东娃的故事

写道伦劲的时候，又有另一个人的模样，闯进我的脑海。

他是山东娃。

山东娃与我年龄相仿。

那时候有挑着两个装满针头线脑等杂货的筐、走街串巷吆喝的买卖人，我们称之为货郎子。那一年，河湾南边的嘎日迪老伯家来了一对货郎子夫妇，筐里还担着一个婴儿。

兴许是看着嘎日迪老伯、珑荷大妈心肠好，又或者是看上了这里的风水，那夫妇俩半夜起身溜走，把娃子扔在了他家炕上。嘎日迪老伯眼看着自家炕上嗷嗷待哺的孩子，除了抚养他，没有其他选择。他们从萨拉乌素河担来清水给他净身，并用香柏为他熏了熏，喂羊奶给他喝，给他起名叫阿穆尔吉日嘎拉。

萨拉乌素河水清洗过的这个孩子，无病无碍地长成了少年。除了他亲生父母是山东人的模糊说法之外，没任何其他信息和印记。谁知道呢，也许不是山东人，说不准还是广东人呢。不管是哪里的，他都是一个孩子，是一条生命，给他爱、抚养他才是最重要的。阿穆尔吉日嘎拉聪明而阳光，做活儿麻利，邻里不怎么叫他阿穆尔吉日嘎拉，叫他山东娃。这么叫他，是因为当他是一个孩子，令人喜爱的孩子。阿穆尔吉日嘎拉也是，不管去谁家都不见外，当成自家一般，帮着干这干那。冬天杀牛宰羊准备过年，春天接羊羔，秋天割草……不管谁家，山东娃都会去帮忙，从而就成了大家的娃。他聪明、心思敏捷，也能给大家出谋划策。大家的娃，某种意义上也是大家的王一般，得到了宠爱，受到了尊重。

他经常在包里放一瓶水，或一瓶牛奶，或一瓶马奶。好像一刻都不能离开水。

我俩自小喜欢互相挖苦，也喜欢把心里话说给对方听。

有一天，我俩一起收拾牛圈，我故意叫他娃儿，他说："你怎能叫我娃儿呢，我能当你哥。人们总是叫我山东娃，其实我不愿意听。我爸妈给我起了这么好的名字，他们还叫我娃娃、娃娃的，还老是提什么山东满东，真是的……"他越说越不高兴。

"好了，好了，那我叫你阿穆尔吉日嘎拉吧，你帮我多搬几筐羊粪啊！"然后又禁不住逗他，"阿穆尔吉日嘎拉同志，好好干！"他笑了，好像干多少活儿都愿意。

"你不愿意让大家叫你娃儿，是不是想娶媳妇了？"

"就是啊，我想娶一个梳着乌黑的长辫子的蒙古女孩做媳妇，给她穿粉色的蒙古袍。我自己穿绿色的蒙古袍，扎金黄色的腰带！肯定会像萨拉乌素河边的花儿吧！谁看着不喜欢呢？"他说着说着就兴奋了起来。

"真不害臊！这么小就想着娶媳妇了！好了好了，快去找辫子长长、穿着粉色蒙古袍的姑娘吧！"

"哼，你可别说我，兴许你比我还快，跟了哪个小伙儿，我可是看着的哈，要找一个穿绿色蒙古袍的小伙儿哦！"

"呼咿，我问你一件事，现在大家都在上学，你怎么不上学啊？也是为了娶媳妇吗？"

"哎呀，你可不知道，我真不喜欢上学，就留在这美丽的草原上多好啊。阿爸额吉也送我去过学校，可我在学校待了一个礼拜就回来了。我的佛啊，真是想家想得要死呢。住在学校的宿舍，头皮长满了虱子，刚想着怎么逃回来，嗓子就发炎了。额吉来看我，我对着额吉大哭：‘再让我上学，我就不吃药！就算吃药，过两天嗓子还是会疼的。我喝不惯这里的水！’额吉怕我变成哑巴，就把我带回来了。哎呀，这可让我高兴坏了。你们是想当干部嘛，所以在上学。上吧，上吧。我是打死都不想上！一帮孩子被圈进一间屋子，四五十分钟内一动都不能动，得认真听讲。老师在那里不停地讲啊讲，我在那里一动不动地坐着，想我的萨拉乌素河河湾，想啊想。老师问‘2 加 3 等于多少？’，之后叫了我的名字‘阿穆尔吉日嘎拉’，让我回答。我不知道老师提问了什么，一急就说‘萨拉乌素河’，引得哄堂大笑，结果我被老师罚站了整整一节课。虽说同学们都看着我，但我毫不在意，这完全阻止不了我站在那里想我的家。真是的，我这个人根本就不是上学的料儿！就在家乡给乡亲们帮帮忙，长大后成家立业，给阿爸额吉找一个穿着粉色蒙古袍的儿媳，那该多好……”

“那你现在这么大了，可以娶一个穿着粉色蒙古袍的媳妇了，也应该知道数学了吧？ 3 加 4 等于多少啊？快点回答！”我又逗他。

“乌顺高娃！”他说起我的名字。

“你这个坏山东娃，还想逗我呢，再这样，我可要叫你山东娃了啊！”

“高娃，我给你说说我的秘密啊。我真是感觉水这个东西特别奇特，它简直成了我的半条生命了！是我融进了水里呢，还是水融进了我的身体里？真是很不一样的感觉。我的一生真的不能离开这个河湾、这片草原了。几天不喝这里的水，我的身体就会很不舒服，心情也会异常烦闷。只要回到了这里，心情就一下子敞亮了，快乐似水荡漾起来。哎呀，真不知道是什么原因呢。这辈子，只要不让我离开这里，让我干什么都可以。这是一种缘分吧。”山东娃叹了一口气，捡起湿羊粪，往羊粪堆上扔了又扔。

“要是哪一天，你山东的父母来找你，那会怎么办？”

“你真是一个坏蛋，说什么呢？别说这样的话，伤人。我就是做了那样的梦，也觉得是噩梦。不会有那样的事的，不会。不管怎样，我哪儿都不去，这是最重要的！”说着说着，他大大的眼睛渐渐溢满了忧伤。

“呼咿，关于水的秘密，我可没跟别人说啊，这不是言语能表达的，我说了人们也不会理解的！跟你说是因为我觉得你是可以理解的。”他说。

他强调着，这是他的秘密，永远在心底的一种奇妙感受……我在想，怎么把水当成了一个奇特的秘密呢？还是说，来自异族的这个孩子，喝了我们的水，感受到了不一样的东西？不过我只是想一想罢了。

那个时候，他看见我背起牛粪羊粪或者干柴等重物，就会跑过来说：“来吧，给哥吧。女孩子家背这么沉的东西干什么？我是见不得人吃苦，尤其见不得女人干苦力。在家里我是不让我的额吉接近重活儿的。我不上学，帮助活儿多的人，也是一种幸福呢。怎么？难道当干部才幸福吗？”

“你要是娶了你那个穿粉色蒙古袍的女人，肯定会好好爱护她的哈！”我依旧拿他开玩笑。

“那还用说吗？我这辈子不可能不爱的就是女人和水！”他很认真地说，我没觉得可笑，反而觉得很美好。后来，我到外地去上学，再没见过他。

有一年夏天，我回老家，在大队小卖部看到了他。

他跟嘎日迪老伯从小卖部里抱着一堆采购的东西出来，大声喊着什么，断断续续的，好像在骂售货员：“……他娘的，真想一脚跺死你，狡猾的汉人……”气急败坏的样子。嘎日迪老伯一脸无奈，递给他一个酒瓶，他咕嘟咕嘟喝了两口，安静了一些。我心想，我们的乡亲现在怎么是这个精神面貌呢？喝了酒还这般撒野。再细看，忽然认出是他。“哎呀，我的妈呀，这不是山东娃吗？这人还喝酒喝成这样啊？”额吉听到我出此言，立马在一旁推我：“闭嘴，别那么说！”随即拉着我躲开了。“那个瓶子里装的不是酒，是水！这人离不开萨拉乌素河，生了病。更不能提什么山东满东！会发疯杀人的！还是不要接近他为好！”额吉叮嘱我说。

自幼一起玩耍、无话不谈的好朋友，那一刻，我想跑过去询问他的一切。可是额吉一直拦着我。我只能远远地看着他。我想，他要是看到我并认出我，叫着我的名字，朝我走来的话，我是不会避开的。但那个时候，他没有留意到任何人。曾经波浪似的一头黑发现如今却像秋天的风滚草一样干涩凌乱；清澈如水的眼睛也变得像疯牛眼，仿佛时刻要袭击什么。伟岸的山东娃变得像个糟老头儿，他一口接一口地喝着水，那样子令人心疼。

回家我跟额吉问起山东娃的情况，额吉说：“山东娃已经不是以前的山东娃了，真是可惜了！”

原来，有一年，他的货郎子父母突然来到了草原。

他们央求嘎日迪老伯和珑荷大妈，哭哭啼啼的：

“回去之后，我们再没能生育。现在生活好了，富裕了，但是要断子绝孙了啊……”想要带走儿子。他们求了又求，说可以给两位老人一笔不小的数目。

两个老人说：“钱嘛，我们不要。孩子嘛，让他自己决定。我们养育阿穆尔吉日嘎拉时，没把他当作别人的孩子。这儿的牧民们很爱他，都叫他山东娃。不晓得这孩子能不能离开这片土地，或许应该跟你们去待一段时间看看。你们是他的亲生父母，我们也不能强行拒绝……”

据说阿穆尔吉日嘎拉不想去，又气又闷的，好几天没说话。他也听不懂那两个人说的话，擦肩而过时都不打招呼。平时他做事讲求方式方法，大家都称他为教导员，但他可真是一句汉语都不会讲，只知道“娃娃”这个词。那两个异语者哭哭啼啼几天后，阿爸额吉也没法儿了，说：“确实是你亲生父母，随去待几天看看。不管怎样，他们是将你带到这个世界上的人。去吧，孩子！”好说歹说劝了他几天。阿穆尔吉日嘎拉说：“阿爸，额吉，你们告诉这两个人吧，我去只待三天，待三天就让我回来，行吗？”

“行，行。”于是他们出发了。

走了三个月，一点信儿都没有，嘎日迪老伯和珑荷大妈后悔了：“我的孩子不知怎样了，哎呀，我们也是笨啊，早知道会这样，就不让他去了，或者跟着去了。过于相信他们了……”正在他们焦急万分时，阿穆尔吉日嘎拉回来了。

回来的阿穆尔吉日嘎拉像是变了一个人，疯子似的眼睛发红，头发凌乱，嘟嘟囔囔，又喊又叫：“我的水，我的阿爸额吉，我的草原……”

不管怎样，回来就好！他的阿爸、额吉用萨拉乌素河水给他清洁了身子，好生照顾，过了一阵子虽说好了一些，但已落下了毛病。

若是粗鲁的人碰见他便会问：“回山东怎样啊？”他定会发起疯来，说粗话脏话，又跳又骂。嘎日迪老伯夫妇遇见乡亲们就叮嘱：“千万别提我儿子回山东的事啊！让他静下来，我们想治好他呀！最近可是有好转的迹象呢。”就差给大家磕头了。

前两年的一次国庆长假期间，我带着孩子回老家，山东娃刚好在我家帮忙。他看到我后对我笑了一下，没吱声，只是大口吃着碗里的饭。

“赛音拜努！”我问候他。差点叫他山东娃。

“赛音！”他微微一笑，出去了。山东娃已不再是娃娃，已经到了被年轻人称为叔叔的年纪了，面相很老。我感叹：“唉，要是没病，我真想叫他山东老头呢！”嫂子闻言立马阻止我：“不可，不可，千万别提什么山东，现在他的病好了很多，可不能让他生气！他若着急上火了，红着眼睛可怕着呢！”

走过很多地方，阅历世事沧桑的我，已经能够理解山东娃当年念念不忘的“水情结”以及“我这辈子不能不爱的就是女人和水”这般珍爱的内心了。所以我想，这次见面无论如何都要想个办法，给他的心灵添一丝光亮。

一天，我俩一起去沙地修树枝。

“给！阿穆尔吉日嘎拉，别忘了你的水瓶！”嫂子递来他的包。竟是多年前他还是山东娃时背的那个小黑包。

“呼咿，你还在用这个包啊？”我问。

“呵呵，是啊，我这个破包看着亲！”他说。

熟透了的秋日景象令人感悟更多，亦让人心生怀念。天际有一朵朵白云升起，飘至山顶慢慢散开，金黄的沙海间有一些白杨、柳树……阳坡上绿色荡漾，山峰处黄灿灿的，洼地上红柳摇曳，像是裸露肩胛的时尚女子的裙子一般。这个景致，可比那些仿佛在问自己美不美的杂志封面女郎要美很多。也许是因到了一定年龄，我越发喜欢这样成熟的美。东面的柴达木上牛群哞哞叫，西边的溪边羊群咩咩叫。这是世界上不会发生任何不祥事件的一天，大自然的一切都那么美好。喜鹊不停地叫着，从这棵树飞到那棵树，仿佛在传达着什么，又似在找寻着什么，一直追随着我们。

“呼咿，这喜鹊兄弟找不到刚才藏好的玉米了吧！”我想让山东娃开口说说话，就以喜鹊找了话题。

“可能它找到了自己藏的玉米，或者是因为你来了，它高兴。”

“若是我来就会高兴的喜鹊，那么你来了它们也定会高兴的呀！它高兴不高兴，又不是你说了算。”

“我们都在家里，不像你，你是远方来的客人，好久不见了，肯定是要欢喜的。”

“好吧，你们家这些动物可真是叽叽喳喳的，人和动物都一样，都随着水土的性子吧？或者说山水随人性吧？你们都一样可爱啊！”我想，只要说关于这山山水水的话题，这人也许就打开了心扉呢。

“不是的，不是。无论是人、动物、植物都会随着水性、气性；水和空气的形状又会跟随着人、动物、植物的形状，如影随形。”

“你说得对极了，你虽没上过学，但对这些像个自然科学家一样清楚！”看来这个人的神志还很清醒，就这样聊吧。我越发有信心。

“喜鹊这个家伙偷农家玉米的本事还行，将偷来的玉米不知藏哪里，叼到沙堆上，以太阳为坐标，‘我把玉米埋在太阳下了！’就飞走了。而太阳却不会一直停在那里。所以，喜鹊永远找不到自己埋藏的玉米。反而会怀疑同伴：‘我昨天在这个太阳下面埋了一颗玉米，现在不见了，肯定被你偷走了！’就这样，喜鹊们开始相互猜忌争吵。是这样吗？”

“是啊。偷了人家种的玉米，这个沙峰上埋一颗，那个沙峰上埋一颗，却都说是在太阳下埋的。自欺欺人的家伙们！”

“世界在变幻之中，人和动物也是随着自然变幻的。这是你家这些动物的习性吗？你以前也会生气地说：‘中午在我的萨拉乌素河游泳的太阳，到了晚上就不见了，去哪儿了呢？这么一会儿就躲到西边远山后了，是在跟我开玩笑吗？’”

“呵呵，我真是那么想过的，你真像个算命先生，说得真准。”

“因为我理解你啊！”

走到枝叶绿一半黄一半的老树边，他说：“我们来修些这棵树的枝叶给羊吃吧！要是修剪枝叶全黄掉的树，修剪下来的树枝的叶子会掉得很厉害！”

他拿起斧头砍着多余的枝叶，我在下面捡那些掉下来的树枝。他看起来很正常，没什么异样的表现。但我还是很担心他会突然犯病，于是小心翼翼地递水瓶给他：“阿穆尔吉日嘎拉，喝点水吧！”

“嗯！”他接过水咕嘟咕嘟喝了两口说，“哎呀，真美啊，世界上可没有比水和空气更好的东西！”这么长时间了，他没有任何病灶迹象，我真是开心，总想说点什么。

“阿穆尔吉日嘎拉（我真不习惯叫他的这个名字，但是我不敢叫山东娃），你还认得我吗？”

“哼，坏蛋！不是故意叫我娃儿气我的那个丫头吗？扒了你的皮都认得！”

“哈哈，你想报仇啊？你现在叫我娃儿吧！叫千百次都行！或者可以用比那更让你过瘾的话来骂我，或者打我都行！只要你能释怀，怎么都行！小时候，你帮过我很多呢！”

“我能把你怎么地？你现在已是娃儿的妈了，我还是个娃儿嘛。我输了！”他抬头望着树，泪水顺着他过早爬上眼角的皱纹细细汩汩地流下来。

我心里一阵热流奔涌，不知道说什么。真怕他犯了病。

“哼，你别说我了，兴许你比我还快，跟了哪个小伙儿呢。看着吧，不过你要找绿色蒙古袍的小伙儿哦！”正如他当年跟我开玩笑一样，真的，我比他先找了老公有了孩子。不过，没找他所说的绿色蒙古袍的小伙儿。热爱家乡、热爱女人的这个男人到了四十岁了还是光棍儿一条，真是有点残忍。真希望他早点有一个媳妇，别说是穿着粉色蒙古袍的女子了，哪怕是穿着粗布袍子的女人也好啊。过于完美的东西，总是这般易碎。

他曾经拥有过清澈的河水，一度因失去了那条河流的水而发了疯；最渴望的穿粉色蒙古袍的女孩也没能来到他身边，他至今还是独自一人。污染着家乡、以爱的名义玩弄女性的那些潇洒男人，却与其相反，整天灯红酒绿，不知有多少明里暗里的情人。这世界真是不公平。

现在山东娃的病好了很多，但一是年龄大了，二是如今乡里的未婚女子都已进城了，别说精神有问题的山东娃，就是正常的年轻小伙们找对象都困难了。他哪儿来的粉色蒙古袍的媳妇呢？现在的女孩宁可当有钱人的二奶，也不肯受苦陪你守这家园啊。

剪下的树枝装满了一车，我有点累了，说："多好的沙子啊，像水一样柔软呢。坐一会儿再回吧。"

"呵呵，还说什么水一样柔软的沙子。你懂水吗？"他笑我。

真想说："哼，山东娃，你别小看我！"但想起嫂子的叮嘱，还是没敢说。

单纯的童年多美啊，回想起童年我总是想叹息。

"懂啊，我怎么不懂水呢？我跟你一样懂水，所以回来了呀。"

"是吗？我每次来帮你娘家干活儿，都希望能碰见你回来。盼来盼去，这才终于盼来了啊！"

"山……哎呀，不是，阿穆尔吉日嘎拉，我到了现在才开始理解你当年说的关于水的感受，现在真是懂了。请你原谅我当年的无知……"他直视着我，忽然眼里有了异样的光芒。人的思维是快的！难道我说"山……"惹怒了他？说起了水，让他伤心了？说起当年的事让他难过了？这可怎么办呢？我怎么这么耐不住性子呢？他要是拿斧头砸我怎么办？或者说，他也是一个大男人，是不是有了其他什么想法？……我不敢再看他的眼睛，开始想着怎么逃跑。他却说：

“你说了一半儿山，是想叫我山东娃吧？你那么叫，还真会让我觉得亲切呢！像是要回到萨拉乌素河水一样清纯的年少时代呢！你叫吧，叫吧，再那样叫一次吧！”他很兴奋。他的眼里充满了希望的光亮。我心里的石头终于落地了。

“山东娃！坏山东娃！”我的嗓门儿大得要命。这个叫声像是要刺穿他身体里聚集的魔鬼一样有穿透力。他哈哈大笑着。我也是因终于喊出了自己憋了半天的“山东娃”，也因看见他开怀的样子，用女人不该有的嗓门儿大笑起来。

他不停地笑，我也是。我心想：“你笑吧，笑吧，笑够了、释怀了就好了。我可以一直陪你笑。”

在水一样柔软的沙子上，在丝一般细润的空气里，在油画般的黄绿树荫下，我俩的笑声仿佛能驱逐所有的灾与魔一样，清澈洪亮。不时地有喜鹊飞来鸣叫，像是要与我们合音。

片片白云自由地飘浮，阵阵清风吹拂而来，树叶在我们的欢笑声中片片飘零，落到他的卷发、肩膀上。他笑够了，擦了擦眼，弹掉肩上的落叶：

“乌顺高娃，你这个家伙，你真的理解我吧？我可是那么认为的！”他以男人少有的温柔问起我。

“山东娃，我理解你，山东娃，我真的理解你！”我也以不对一般男人拿出的柔情回答他。我的柔情不是演给他看的，而是发自内心地理解他、怜惜他，所以这样回答了他。理解啊，山东娃，每个人都会离开母乳，但是无法离开养育他、与他融为一体的水。我为了在外站住脚而流浪的时候也深有体会……

“你可不知道，在我的生活里发生过一些可怕的事！那两个人带我回去待了一百多天！都是些不理解别人的坏蛋！”他狠狠地抓起落在沙子上的树干。

“我知道。山东娃，我们想一想看，人的一生有几万个日夜，从那几万个日夜里删去那一百天吧；就像是我们的脸上或手上长了痤疮，需要手术，把那一百天当作痤疮去除掉吧！你现在跟萨拉乌素河在一起，在喜鹊鸣叫的草原上，多好啊，呼吸着这么好的空气，有什么病不能痊愈？”我试着劝他。

“是的，是的，我现在挺好的。只是想说……”他说了一半儿，便低下了头。

“是不是想着穿粉色蒙古袍的媳妇呢？”

“怎么不想啊，当年那两个人来这儿之前，有一次我跟着阿爸去旗里的那达慕上买了两件蒙古袍，一件粉色，一件绿色的。那两件袍子至今还在箱底儿，已经十多年了。而今我们的乡下可真看不到姑娘了，我也不可能背着我的家园，追姑娘进城吧。姑娘也不可能撇下城市来找我的。你是要家园呢？还是要妻儿？只能选一个！这是个无法逃避的选择。当然，我肯定是选我的家园……”说着说着，他又没了声。

“你肯定会遇到好女人的，一定会有那么一天。”

“好了，顺其自然吧。也许是因为佛爷让我生长在这么好的地方，从而薄了我的女人缘吧，凡事怎会两全其美呢？有时我看见那些好女人，得不到爱，反而遭男人殴打，真是恨得不行。我要是娶了老婆，一定要对她好。但是，又有谁会让我来爱呢？”他用手指在沙子上画圈圈，画着画着，泪眼婆娑了。

干净的沙子吸着他干净的泪水，水和土那么完美地融在一起。我感到，这是胜过言语的一种语言。源自萨拉乌素河的那水，在这柔软的沙子上画着大大的圆圈。那圆圈，比他的眼睛还大。然而，这不由让人联想，到底是这水流自那双眼，还是那双眼在这水里游？那般的融合，是不是在说，只要水和土在一起，世界就圆满了呢？

我想给胡子拉碴、细纹布满额头的山东娃擦去泪水，但是始终没伸出手。一个男人对其家乡、对自己儿时伙伴倾诉而向心里流淌的泪，若能释放出来，就真是再好不过了。

山东娃，今天你就说个痛快，笑个痛快，也哭个痛快吧。然后把你的一切包袱都放下，迎接光明美好的生活。

这么好的男人，应该遇到最好的女人。我心里祈祷着。

几只喜鹊飞到我俩头顶上的树枝上，叽叽喳喳叫了起来。

“呼咿，山东娃，你们一家子跟你说话呢！你听啊！”我打破了沉默。

“你听懂它们说什么了么？”他抬头问我。

“下次你们再见时，山东娃会有娃儿，那个娃儿得叫家乡的娃儿……”

他听了嘿嘿一笑：“高娃你可真坏！今天把我的心事挖了个底儿朝天。我心里现在什么都没了，像草原一样宽广了。什么都已经过去了。要是真能删去那一百天，我们就能回到十七八岁的时候了。”说罢轻轻叹息。

我终究还是没能控制住自己的眼泪，哭了出来。山东娃像是在说：“我是哭完了，这回你哭吧。”望着被彩色斑斓的树木环绕的沙漠，说：“多美啊，鸟儿都高兴着呢！我的家乡就是这么美！”我因自己让他开口说了话，笑了个痛快，也哭了个痛快，无比感动。为一个热爱家乡、热爱女人的纯洁男人，做出再多，也不觉得过分和多余。

之后的日子，我们经常联络。

我在城里也有很多朋友。从穿着入时、佩戴眼镜的文友到有钱的老板经理，有各色人物。他们举起酒杯时会说："我们是亲密无间的朋友！"也会唱着"爱你一百年也不觉够"这类的情歌给我敬酒，我有时也会被感动得一塌糊涂。孤独的心啊，有时想，人家说爱你一百年都不觉够呢，这酒怎能不喝呢？一杯杯的辣水下肚，第二天吐的是后悔。然而，在我艰难的时候会说："我帮你吧，我是见不得女人受苦……"这样的朋友真是少之又少。那样的时候，真是想念山东娃。从大城市望向家乡的方向，想他。

不会写手机信息的山东娃经常给我发信息，当然不是文字信息。他会拍下萨拉乌素河的清澈水流、原野上有着熟透颜色的树木；或者拍下春天的羊羔、牛犊，给我发彩信。我每天都能从手机上看到我美丽的家乡，那是多纯洁的心意。随之，我的心情会爽朗很多，却没有什么可以回复给他的。文字他不懂，就算识得，再好的言辞对他来说也没用。实在找不到合适的话时，我就发"山东娃"三个字给他。

后来，当我们谈起手机信息话题时，他说："我给你发去家乡的样子，你发来自己的样子不就行了？你又不是跟我这个傻子山东娃在联系，你所联络的是你家乡的山山水水啊。"后来，我真的发自己的相片给他。山东娃在我和我的家乡之间当着联络员，让我和家乡每天"见着面"，感觉真好。夜夜向家乡把自己"寄去"的我，有一天晚上发完信息后，握着手机睡着了。

梦里，山东娃一跃投入萨拉乌素河。

"安葬时一定要给他穿上绿色蒙古袍啊！"我想拜托嘎日迪老伯和珑荷大妈，拿起手机。正在这时手机响了，是山东娃的电话。从梦里醒来的我，惊呆了。

"臭山东娃，你还活着啊？坏家伙你干吗跳河吓唬我啊？"我在电话里差点哭了。

“傻丫头，我有女朋友了！要结婚了！”

我听后真哭了！

像是清澈的萨拉乌素河在流淌，仿佛我流淌在萨拉乌素河里，仿佛我的家乡流向我，又似我淌向我的家乡。哭个不停。

“呼咿，怎么了？怎么不说话了？”山东娃的声音那么洪亮。

“嗯，嗯，知道了！听到了！山东娃啊，我给你买粉色蒙古袍和绿色蒙古袍！我给你缝大大的绸缎被子，你要生很多娃！”我哭着在电话里喊。

（哈森 译）

候鸟无痕

头巾大妈

关于一辈子未出嫁的八十八岁的头巾大妈，我所知的只有三件事：长长的白头巾、带鞘的刀和碗橱。除了按着乡里人的叫法我也叫她头巾大妈以外，我对她与俺家的关系不甚了了。有一回问阿妈，被劈头盖脸怼了回去："闭嘴，大人的事儿少打听，别再问！"从此，头巾大妈在我心里也就剩下名号了。

在乡里乡间，关于头巾大妈盛传着"老美人""赛神仙""有魔法"或能歌擅唱等等美谈，而给我最深印象的却是她的乳房。若不抓着头巾大妈的乳房我就无法入睡，甚至会感冒发烧。凭着这一绝技我就获得了抓着大妈乳房睡觉的特权。有没有在爸妈怀里睡过呢？一时半会儿回忆不起来，但却清清楚楚记得每晚抓着头巾大妈乳房睡觉的情景。

可是那样的好日子没有持续太久。到了九岁，入小学那年我终于告别了大妈的乳房。去学校的前一晚，头巾大妈拿出长长的白头巾，一头缠在自己乳头儿上，另一头给我拿着，也不知施了什么魔法。

折腾了一晚上的头巾大妈，第二天早上跟我交代"想大妈的奶子，实在不行了，就念你的阿巴哈（蒙文字母歌），念熟了字母歌就等于抓了大妈的奶子。那字母歌后面可有着神奇的道道儿呢。你看，白头巾也是蒙文字母幻化出来的……"说得我云里雾里了。那时我心里只有大妈的乳房。

开学的第一课，老师给我们讲了蒙古文七元音“a、e、i、o、u……”接着的日子学了蒙古文字母的三大变化。跟众伙伴一起大声朗诵字母歌时，头巾大妈的奶味萦绕着我的鼻子，让我如畅饮马奶酸乳般惬意。或许大妈的魔法真的起了作用。以字母开头的求学的日子也并没我想象的那般枯燥，反而伴随着快乐，我成为全班的尖子生，常常博得老师的褒奖。而每在此刻，就像抓着大妈的乳房我无比惬意，心中涌动起干一番大事的雄心壮志。

字母歌代替乳房成了我的神咒。每到一个节骨眼儿上，如考试啦，比赛啦，演讲啦，如此等等吧。我就会默念字母歌，或许后面真有着“神奇的道道儿”吧。参加高考的那天早上，进入考场后，看着黑压压的人头，一时间慌了神，头晕目眩起来。怎么办？眼前浮现出大妈的乳房，我念起了字母歌。好神奇。像是吃了一颗定心神丸，一下子神清气爽起来，浑身有一股力争上游的劲儿推动着我。

那一年我考得意外好，顺利进入了大学。

好了，这些神神怪怪的故事就此打住，回头来讲一讲阿妈怼我回去的那句“大人的事儿”的背后故事。

那是个秋天。彼时我正在热恋着一个男人。原来热恋的感觉就是崩溃的感觉啊。每时每刻被一种自己也说不清的原始欲望所俘虏着，好像变成了水要融入那个人的血液，变成了糖要化入那个人的口中。两个异性的爱恋，并不只是互相照顾、料理生活、端茶送水那般简单，而是一种无法言说的要飘散了的、要融化了的感觉。那感觉分分秒秒紧随着你，让你坐卧不安，莫名感伤，以至于甘愿与那个人揣着这个星球私奔而去。这种“病”让我憋得难受时，最先想到的是头巾大妈。对了。回趟家，坐在长满白茅、油蒿的西梁上，给她倾诉我的故事吧。

到家时，日头偏西了。当然先去见头巾大妈（她住在我家西山房）。

看见我的大妈，习惯性地把粗钝的手指伸进白头巾下面，挠了挠头，“你这坏东西，终于回来了吧？我就知道你要来……”说着，掀起锅盖端出刚烙不久的热合子，还有腌沙葱，舀了一碗奶茶，“快吃吧，吃好了，说一说你的心事……”那一刻我差一点哭了出来。

——大妈咋知道我有事要说？

——哼，算不出你那点烂芝麻我还是头巾大妈吗？心里啊明镜儿似的。

——难怪呢，这合子还是刚烙的。人家说您能掐会算，我看您这魔法都在这白头巾里呢。是不是？怎么学的魔法？

——别的不敢说，你的事儿啊，我一算一个准。号着你的脉象呢，你现在也不是抓着奶子睡觉、念字母歌的孩子了。长成大姑娘了，好事赖事儿，也就跟着来了。

——大妈可要拿出您那抓药驱魔的真本事吧。我如今真染上要死要活的“爱死”病了。您可得显显神通啊。

——你这病来得好，对症下药，而且保证去根儿。说说吧。

……

当我说完我这要死要活的病，头巾大妈，心满意足地坏笑着：“你也有今天啊，坏东西，我等了很久了。对啦，这才是女人呢。佛祖为啥让你来到着有山有水、有花有草的世界做女人？就是让你死心塌地地爱人呢！男人都不想的女人还能做什么呢？对得很。佛爷会保佑你。有着乳汁般心灵、太阳般光芒的那个男人会给你孩子，那是生命想孕育生命时才有的冲动！对女人，哪有比生产还大的好事？最爱你的那个人的灵魂会托生到你怀里的！只要你的心往善的方向转，没什么可担心的，生个十个八个都不成问题。”

“头巾大妈，那您为啥……”想起阿妈“别多问”的训斥，我把话强咽下去。

头巾大妈呵呵呵坏笑着："快睡吧，坐了一天的车估计也累了，躺下再说，大妈给你讲讲故事……"

大妈将叠好的被褥弄倒，铺开已经失去弹性的陈旧褥子时，散发的那种味道，让我久久回味，仿佛回到童年。

熄灯后，从窗户射进来的乳色月光溢满小屋，用纤白的童话手指弹奏着并排躺着的两个女人。在月光中头巾大妈的白头巾宛若烧开的牛奶上漂起的白沫。

"坏东西！"大妈开口打破了乳白色的氛围，讲起了自己乳白色的故事：

坏东西你记着！女人就是为爱而生的。我们来这世上做什么？就是为了爱！不管那爱有多远，跟着走就是了，方向对了还管它别的！活人就是这么简单。然而你也别指望从爱那里得到什么！上天佛爷给你的终究会给你。你头巾大妈今年已经八十八了，白头巾也补了八十九块补丁。大妈为着爱慢慢脱絮，如今只剩下那一点点故事了，再碎了散了还是有件东西不碎不散。今天大妈把那东西送给你，那就是大妈包裹在头巾里的心的故事。

坏东西，你大妈想念男人的病是从十七岁那年开始的。比起你还早哩。那一年夏天我妈想着让我出嫁前出出门，走走远路，就带我去河南边儿西巴尔庙看跳查玛（喇嘛驱鬼舞）。西巴尔不是"泥"的意思，是个泉眼的名字。那泉水向着天空日夜不停地喷涌着，浇灌着花花草草。庙建在那里就叫西巴尔啦。从西巴尔庙开始的大妈的心也向着一个方向喷涌着，喷涌着，一晃八十八了。即使老了，磨散了，女人毕竟是女人，向着认准的方向一滴一滴融化、消失。

那一次远门，真是走了一辈子没走过的路。一路上尽是陌生的山梁丘陵，荒草植物的味儿都觉得新鲜。心里想，要是一直这样走下去该多好。因为雨水丰盈，淡黄色沙丘顶上铺满了各色花草，仿佛是一张张画。有些地界儿地梢瓜爬满沙地，香气飘满沙洼山梁。游在那美景香气之中，我心中有股莫名的涌动，如今想来，就是你说的那种“爱死病”吧。

一朵朵白云散牧的高天上，不知从哪个方向会飘来美好的事物，让我有到处狂奔的欲望。

萨拉乌素河不深，在横放的几张条板上胡乱撒了些柳条油蒿，垫了些土。所以一不小心就有可能掉进河里。妈妈牵着马，我推着勒勒车倒是顺利通过了。

寺庙的那达慕来的人可真不少。我第一次见这么多人。

那达慕上除了跳查玛，还比赛搏克（摔跤）和射箭呢。那都是男人间的争夺。正看着，有个高挑身形的小伙子赢了射箭比赛，围着的人们“乌力吉！乌力吉！”高喊着鼓掌。我也不自觉地鼓了鼓掌。就这样出事了。阿妈怼了我一下，我才发觉自己在鼓掌，羞得红了脸，悄悄退了出去。那个叫乌力吉的小伙子好像看了我一眼吧。很眼熟，好似在哪里见过，或者是我家远房，心里一直嘀咕。反正从没见过但依然熟悉的那种样子。

——喳，就这么着跟那个乌力吉开始了吧？我忍不住问。

——那还用说。跟你今天的样子有啥两样？我俩就是一匹马背上的驮担子，正好一对。

——佛爷啊，我原来以为头巾大妈只会用药驱邪，消灾算卦呢。没想到您还会爱恋男人呢？多么像神话故事呢？

——坏东西，你以为我不是女人啊？女人别的不说，就是爱恋的事那可是无师自通。再说爱都不会还算女人吗？你这八十八岁的大妈的故事也不是从爱开始的吗？默不作声的人的心才会像西巴尔泉水那样慢慢腾腾汩汩涓涓流得远呢。那时我对谁说呢？也不像你有个头巾大妈，只能一个人一辈子淅淅沥沥点滴着到如今。……等到那一天的那达慕结束，阿妈想在河前边的妹妹家住上一晚，让我趁早回家。

我听阿妈的话赶快动了身。挤傍晚的牛奶，拾掇畜栏，分出羊羔山羊羔，还有搅嗜酸奶等等有的是活计等着呢。

过河时可怜的马失了足，掉进侧边的河里。东西落到河里不说，驽马挣脱出去，勒勒车陷在泥里，我简直束手无策了。“哈日夫，哈日夫，来把车套上，你用力，我也推，咱俩快过河……”哈日夫是马的名字，我就差给它磕头了。

回去的路上有个必经的坟地，叫“黑眼口”。那地方据说天黑后不能走人，鬼魂会冷不丁地缠住人不放。入夜后，我就成为鬼魂的盘中餐啦，这么一想头发茬子都竖起来了。

勒勒车、马和我都成泥人了，也没能从那条河里脱身。后来我扶着勒勒车大声哭了起来，原是想试试会不会有人听声过来救我们。“干吗来看没用的查玛？”一次次埋怨谩骂着自己。

可是巧了。这时突然传来嗒嗒嗒的马蹄声，那位眼熟的射箭冠军正好从后面赶来。

——哎呀呀，这么巧啊。当时那小伙子在你眼里会多棒！我忍不住又插话了。

——那还用说。你先别插嘴，听我讲完。“赛音白奴”那小伙子说话时看我的眼神差点把我点着了。

——赛音，赛音白奴？刹那间我刚才的全部恐惧都灰飞烟灭了。

——车陷在泥里了吧？干吗那么急着回去呢？走了半天还不是在这里吗，看来也赶不到我前面了。说着就走过来把我这辆破勒勒车一把提起来拽到岸上了。

原来如此简单。想自己浑身泥水的样子真恨不得钻进地缝里。

那小伙子扫了一眼我前襟，用不介意的口吻说“你纽扣开了”。我马上明白了他是怕我害羞才那么低声说的。那一本正经的温存的眼光告诉我，他是我一路走来的伴侣，何时何地都能保护我的力量。人与人的信任就是这么简单。有的人一辈子也不能得到你的信任，有的人却是在瞬间走到你心里。

胸光大开的那一瞬比羞愧更有力的一种力量冲击着我的身体。是恐惧，还是焦急？或是一种幸福感，第一次，而且是让男人窥见胸光的幸福感？一种无法言说的东西，正如你说的，想把自己脱了，解了捧上去的感觉揪住了我。背过脸去瞅别处时，萨拉乌素河好似懂我的心，赤身裸体地缓缓流过。一边扣着衣服，一边偷瞟河水中倒映的红得发烫的脸颊，发现我原来是如此俊俏的姑娘。望着自己羞红的脸、雪白的皓齿正在发呆，小伙子也走过来端详着我水中的倒影，用手背轻轻抚摸那脸蛋时，瞬间水光潋滟，脸蛋儿消失。

——抓不住水里的你，却能抓住岸上的你……说着他还是用手背轻轻地摩挲了一下我的脸蛋儿。那一瞬间我全身也好似都变成了水，流了。虽然我不知道在发生什么，但我却知道这一切很美好。真美妙！他几乎跟我脸对脸站着说：

——你为我的胜利鼓掌时我真的很感激。等我拿了奖品再找你，却不见了。后悔自己为什么先不去见你，感谢这条河为我把你留住。谢谢你，萨拉乌素河……他为河水扬起了奶汁。

——你累得出汗了，给你，喝一口酸奶吧。像鲜奶汁一样绵柔的酸奶……说着，从怀里掏出皮壶装的酸奶给我时，一种似曾相识的味道扑鼻而来。那是壮实的男人身上晒了多日的阳光的味道，或是被阳光晒了多日的男人的味道？人身上也能散发出如此美妙的味道吗？心想着接过酸奶，回味着那味道，喝了起来。或许是惊慌失措、累渴交加的缘故吧，那酸奶成为我这一生品尝过的最甜美的饮品，那感觉一直流动在我身体里。唉，坏东西。

傍晚的太阳在草尖上铺展着笑意，在河水里浸泡着赤身。他红光焕发的脸庞也与夕阳争辉倒映在河水里。我真想把那人和太阳一起捞起来，揣在怀里。他笑时雪白的牙齿反射着阳光，散发着热能。生活原来如此美好。我几乎要对身旁的草木、驽马大声宣告："你们看见了吗？这世界多么美好！"

留下那一刻的如醉如痴、如梦如幻在萨拉乌素河水里，我俩动身赶了路。一路上我浑身燥热，哦，真是羞死人了。

他叫乌力吉。住在离我家不远的穗哈（艾蒿）柴达木（盐碱地）。

在旗扎萨克衙门当伙夫时，担柴挑水之余偷学了蒙古文字母。看他被人使唤的苦样子，当喇嘛的舅舅过意不去就让他当了徒弟，教他医术了。擅长骑马射箭的他也偶尔参加比赛为旗里争过光。

他给我讲了很多故事。走南闯北的人知道得也多。那些故事让我倍感神奇。他也对我说：

——我喜欢唱歌。下次见面时我送你我学蒙古文字母的笔记和歌曲本子，那些字母和歌子我都熟了，你留着用吧。识字并不困难，很简单。放牧时老念叨着"a、e、i"这些字母就记住了。

我就记得自己那时的高兴了。幸福就是这样的。刚刚还担心怎么过藏着鬼魂的坟场，而现在却希望我们家住得再远点了。

近黄昏时接近了我家，他要回去了。

——这么快就到你家啦。我舅舅搬过来的地方离这里也就二十里路。几天后我去阿斯哈图摔跤，这个月十六晚就这个时候我在这里等你，达日玛……这些话让我忘乎所以。

那个十六来得这个慢啊。你不知道的，坏东西。你说我爱他、吝惜他到了什么程度？放羊时，我生怕羊群踩在我俩一同走来的脚印上，分别时留下美妙话语的痕迹上，使劲儿驱赶它们。低矮的花头梁斜坡上有一片长着稀疏沙蓬、芨芨草的沙地，我每天去一趟查看他的靴子印和马蹄印。手不能碰嘛，就用眼光去抚摸！

想揣在怀里的那些印痕被风沙悄悄偷尽的时候，折磨人的十六终于来了。佛爷啊！我跟家里谎称要去东北边的娜布其玛家取鞋样儿就出来了。心脏要从什么地方蹦出来似的，路边的油蒿、柳条好似取笑我似的，蚂蚱和蝈蝈的欢鸣声好像在述说着什么，突然一声会吓着我似的。周围的一切都让我担心、害怕、害羞之时，那个传说里的勇士似的身影终于出现了。正值夕阳西下，在淡白色雾霭中，骑着高大骏马的人影催着嗒嗒的马蹄声奔来的情景不就是大人们经常谈起的传说英雄吗？是他！这个人将会成为我的丈夫！想到这里浑身的血都在笑。轻轻吟着歌曲来到身边的他翻身下马时，望着我一笑，雪白的牙齿在夕光中一闪。

——等久了吧？他用刚刚能听见的柔声问候时，这个声音好像不是从他嘴里，而是从佛祖、阿爸口里发出的一样动人。听到那声音的我浑身发软，一切都恍恍惚惚，真想不顾一切地狂奔呼啸。

——刚来……我连抬头的勇气也没有了。这时我听到他的呼吸就在脸前，他的手按在我辫子上。他的手虽然只触到了我的辫子，但感觉触到了我全身，全身上下都着了火。我不知道自己是要哭呢，还是要融化掉呢，懵懵懂懂之时他一把抱住了我。

我已经不能自持了，更没想反抗。一心只想融化在他怀里，和他融为一体。我全力扑在他怀里，感觉一旦离开了他的怀抱我就会碎裂。你猜，我这时听到了什么？世界上没有比这更美好的声音了——“你愿意嫁给我吗？”哦！我虽然想大声喊“愿意”，但怎么也喊不出来，只是一个劲儿地往他怀里钻，低低地“嗯”了一声。实在没劲儿说话了。

那次乌力吉给我送了蒙古文字母本，并举着例子教了我组字法。

他说那都是他偷着学来的，纸片都是一张张悄悄凑齐的。那是一些毛头纸。

——不是还有歌曲册子吗？

——当然。不久全部给你。说起来有点不好意思。张罗了几张纸，想作了几首像样的歌在你面前逞逞能。你先学着字母，等你把字母学会了，我把自己作的歌送给你。说着把头贴到我胸前。像传说英雄一样雄壮的男人有粗粝头发的头让我感觉，他就是某位帝王，而我也想当然成了皇妃，成了传说中的美人。

——嗯，我会学好字母，跟着就学你作的歌。我像是在发誓。

人是给个亮就会着的东西。那时我真的不知道自己是谁了。只想着我属于这个雄壮的勇士，这个勇士就是我的。连阿爸阿妈都想不起来了。

——达日玛，你一定要嫁给我！乌格金月（腊月）中旬我跟舅舅来提亲，别答应别人！一定要等我！

——只等你！

……

乌力吉留给我的那本册子从此不分昼夜待在我怀里。放羊时宁可耽搁了纳鞋底儿也要学字母。字字句句都有乌力吉的眼睛，放射着光热，有种无形的力量牵引着我，不怕阿爸阿妈的打骂，坚持着学了下去。只有一个目的：学会了字母，乌力吉作的歌曲我就全学会啦。

没过多久。我掌握了字母，也懂了一些组词法，能看出简单的字词了。我会在沙地上写“乌力吉”，也会在旁边写“达日玛”啦。每天在牧场上、沙丘上，不停写着“乌力吉，达日玛”，看着那两个并排的字兴奋着。嗨，你不知道啊，天空都看着你高兴，靠得近近的，蓝蓝的，不同寻常。写他的名字时，故乡的土壤都变得温柔，和我一样。我俩的名字并排着铺天盖地，把整个牧场都塞满了。可是怪了，他的名字铺满我的牧场，可人影却不见了。

腊月中旬过了。没来。他没来。牧场上的乌力吉、达日玛好像相互追逐着，开始孤单起来。

春天来了。燕子回巢孵出了幼仔。写满乌力吉、达日玛的沙漠里，羊和山羊生羔接崽，宿草发芽，山山梁梁阳坡散发着新草馨香的时候，我对他的想念已经无法抑制了。他抱过的地方好像有什么东西要孵出来，想起让他亲热的时刻，身体里好像有东西要长出来，或有什么东西要注进去，反正浑身着火一般。也不知是在疼痛呢，还是被思念捣毁呢，唉，不懂啊。

从那个春天开始，我变得异常敏感。看见灌木丛下刚生下的羔羊，就无缘无故地哭起来。也许就是想嫁人生娃的征兆吧。

有一天，我被羔羊咩叫声弄得感伤不堪，思念着乌力吉收牧回家时，见拴马桩上有两匹带鞍子的马，一时高兴得想哭。还会是谁呢？带着他舅舅来了。哦，咋办？见了他不会哭了吧？佛爷啊，整天价在风沙里哭哭啼啼的，这头脸也不知成啥样了？急忙回身向湖水里打量了一番。上上下下使劲儿打扮了一番。谁知道你今儿来呢？早知道我就穿那身淡蓝色蒙古袍子了。……心里嘀咕着，埋怨着，近了家。乌力吉今天怎么没骑高大的枣骝马？心里有些忐忑不安。别管那么多，赶快进去看看。进去一看不是他。佛爷！为何这样戏弄人！

我勉强问候一声便进了里屋。

想哭，想把一切一股脑儿砸了，憋屈懊恼得不知所措。那时，对天对地对佛爷有说不尽的怨，对乌力吉更是又气又怨。

从外间传来阿爸的声音：“说不好，也得问问孩子自己的意见，我们跟女儿谈谈再定……”

“自己闺女儿嫁给谁是家长说了算嘛，老哥哪块儿看不上我家孩子呢？油里滚着，绸缎上翻跟斗长大的富裕家的孩子……”这是那个人的声音。

我听清了这两人的来意。

阿妈进来问：

——达日玛，你阿爸快要答应啦，你啥意见？

那一刻不知是从哪里来的勇气，来了一句：

——我已经订婚了！

那晚上阿爸阿妈一直数落我：“哎呀，你这闺女，你怎么……”我就一句话“乌力吉是好人，人也精神，你们就放心吧”，说不出其他话，泪水倒是取之不尽流之不竭。而命运好似在说“那你就哭着一个人过吧！”再没有给我安排别的男人。哭不完的我就唱。我一多半生命就成了乌力吉作的歌子。

仲夏也过了，乌力吉没来。

有一晚眼看太阳要落山，羊羔母羊在畜栏上混成一锅粥的时候，不远处听到马鸣声，“乌力吉！”我心一跳，差点喊出声来。循声看去，真是从上次乌力吉来过的那个山谷传来的声音。那里有个骑马人朝这里赶来。我已提不动奶桶，慢慢放下来，扶着畜栏的栏杆，嘴里不停念叨：“是的，会来的，会的，我知道你会来，不会不来的……”

越是临近那个人越变得瘦小，与那匹马不太般配。心里安慰自己：“也许他消瘦了呢？”

不是乌力吉。唉，坏东西。又是跟我开了个玩笑。太阳还没下山，感觉天儿黑了，眼前一片漆黑。我有点恨那个男人。实际上我应该感谢他。

——你是达日玛吗？那个陌生男人用山羊羔子一样尖细的声音

问道。

——是的……

——有个东西捎给你。我家东边邻居家的小伙子托付给我后被征兵走了。听说是有个叫乌力吉的人捎给你的，又听说那个叫乌力吉的人绝命前托付给那个小伙子的……

——你那邻居小伙子呢？

——那小伙儿征兵走了，谁知道呢？说不定又不幸了呢……说着那个瘦小的男人打马返回了。

打开旧布包袱，出现长长的白头巾、带鞘的刀，最下面是我追问过的歌曲抄本。在抄本最后一页写着："我的达日玛，没能娶你就走了……这些留给你的我身……"这些红色字迹的最后一个"身"字没写完整，下面的落款是九月十五。

他最后的呼吸凝固在"留给你的我身"这些字上。每想到乌力吉就要融化涌流的我的身体这时除了坍塌和疼痛的感觉，什么也意识不到了。在畜栏里与周围的一切旋转着融为一体。

从那儿开始我就没了说话的精气神，出出进进嘴里老是哼着曲子。我学会了他亲手写的，融入了全部身心的歌子。"在西拉塔拉草原的边缘上……"这首曲子引领我走入了他的世界。如今想想，是他的歌一直在抚慰我，抚慰着我故乡的山山梁梁。你以后也写写抚慰你所爱的人和地方的歌曲吧，坏东西。

关于乌力吉听了很多传言。有的说死于边界的冲突；有的说死于旗扎萨克的公务上；有的说他参与"独贵龙"（民间起义）被官府杀死了。最后听说是与土匪决战，杀死土匪头子后自己也受重伤，写下几个字就走了。于是就在他牺牲的地方葬了，上边垒起敖包（祭祀用的石头堆）。那敖包就叫乌力吉敖包，那地方就叫乌力吉柴达木。不管怎么说，我的乌力吉化成了一片土地。给我留下了长长的白头巾、带鞘的刀、歌曲册子，还有泣不成声的“留给你的我身”走了。

九月十五成了苍天收走他肉体的日子。但我一直不相信他离我而去。特别是接到白头巾和带鞘的刀后我更深信自己就是他的婆姨。

——头巾大妈，你就没再嫁人吗？我忍不住插了话。

——没，坏东西。就这么个成天价哼着曲子的疯姑娘，哪家会敢娶呢？有人还说我魔鬼附体了呢。后来乡里的男人被征兵的征兵，剩下的被拉进寺庙当喇嘛，别说是我这个又疯又癫的，就是有名有姓的俊俏女子们也一个个成了寡妇、老姑娘，跟家里的物件儿成了亲。跟物件儿成亲的习俗你们知道吗？那不叫成亲，叫“西日比乐胡”（戴连垂的习俗）。我虽说“疯疯癫癫”但比起那些个姑娘媳妇，幸福得多。那些个姑娘都跟什么家里的箱子、柜子、桌子成了亲，而我和乌力吉捎来的长白头巾、带鞘的刀和歌本子在一起是多么幸运的事。白头巾和刀是定情物，而那把刀就是我的乌力吉。歌曲本子是乌力吉的灵魂，那字字句句都有他的呼吸。他作了很多歌，明天给你吧。人家虽说你是什么作家，但你也没写出乌力吉那么多歌曲呀。事实上，我们家乡人唱的很多歌都是乌力吉作的。我想让那些歌融入每个人、每棵树、每一片山梁，所以成天价唱。知道了吧？你也有机会的话去唱，你啊，就是来传颂歌子的人。

后来阿爸也去世了。

阿妈随了乡里的习俗让我这个大姑娘和家里的碗橱成了亲。分了头发，戴了连垂，跟物件儿拴在一起。于是乎我成了妇人。那天早上我起了早，将白头巾、刀和歌本放在碗橱上，拜了天地佛祖。大人们以为在“连垂”，而我心里一直认为自己是正经八百地成亲呢。我是在跟我的乌力吉，和乌力吉的灵魂，和他的情爱成亲呢，所以心里高兴。

那天远近的几家亲戚来祝贺，用红布条把我和碗橱系起来。还用蓝色绸缎盖了头，晚上用红线把我和碗橱拴在一起。

那一晚我抱着心爱的乌力吉的头巾和刀睡了，根本没理会用红绳拴起来的那个碗橱。晚上做了个梦：那根红线的另一头拴的竟然是太阳。顺着拴住太阳的红线乌力吉骑着高大的枣红马赶来。但怎么赶也不接近，太阳真远啊。我想快点让他接近使劲儿一拽红线，糟糕，线断了。看手里的线，攥着的竟然是太阳。攥着太阳的我醒了。也不知是噩兆还是美梦。就算再好的梦也不能让乌力吉复活，就算再赖的梦，也赖不过乌力吉的牺牲。但是让乌力吉骑着大枣红马向我奔驰毕竟是好事啊。

第二天我用长长的白头巾缠了头。从那天起，这白头巾就没离开过我的头。缠着白头巾的我算是乌力吉的老婆了吧。

也不知道为什么。从那以后心里感到从没有过的平静，也不哼哼唧唧地唱歌了，我变成了正常人。

缠了头巾，与碗橱结了连理后，我的生活照旧下去，心里想着“这样活下去”，艰难地料理着畜群和家里。

后来阿妈也过世了。

我爱的人虽然都撇下我走了，但我还有头巾、碗橱、带鞘的刀。再加上乌力吉抄写给我的字母本子、歌曲本子和自己作的歌，我没什么理由垂头丧气，哭哭啼啼。

就这么着，有一晚我又梦见乌力吉了！还是从那拴着太阳的红线的那头儿往这儿赶，这次他真来了！我使劲儿一拉红线，他就掉在我怀里说“我来找你”，把头贴在我胸前时，我用手一抱竟然不是原来那个粗粝的头发，而是婴儿柔软的黄头发。抱住有柔软黄头发的婴儿时我醒了。心想别管好坏吧，做梦也不能自己做主，该什么是什么吧。

两天后，突然住在东北边的邻居家妇女惊慌失措地赶过来，说：

——达日玛啊，怎么办啊？我女儿不知咋啦，发了两天烧，不省人事了。求求您，给我们照料一下家，我们带女儿去西巴尔庙看看喇嘛，念念经……

——哦，你女儿几岁了？怎么办？我也急了。

——女儿五岁了。是那年九月十五生的。也不知道犯了什么忌，常常生病发烧，说胡话，真是吓死我们了……

我已经没有心思听别的，“五岁，九月十五生的……”这句话反复回响在耳畔，乌力吉这个名字要脱口而出，加上又想起那晚的梦，我口里念念叨叨。

——达日玛，你念经吗？好好，你肯定有办法，快念吧，念完了咱们走……娜布其玛也跟着我神神道道起来。突然她好像在我头上发现了什么怪物似的，发了一会儿呆，兴奋地说：“对啊，我女儿发烧时也叫着‘达日玛’呢。”

我去时那个小黄毛丫头昏昏沉沉地躺在褥子上。脸通红，有着柔软黄发的头冒着汗珠，不自觉地说着什么摸不着头脑的“土匪来了，快，故乡，土地……”我将手轻轻地放在她头上的那一瞬间想起了前晚梦里的柔软的黄头发。就像是有一种巨大的激流，有一股爱怜的欲望充斥着我全身的毛孔。就像几年前的那一晚我将乌力吉的头揽入怀中一样，“将这个人一辈子抱在怀里”的欲望再次攫住了我。

我将孩子抱在怀里，解开了白头巾蘸了蘸酒，从手脚开始擦遍全身后，轻轻抱住。搂抱时也没多想，一门心思集中在“我一定要把你拉回这个世界好好活”上，反复用胸口去温热，用心去祈祷。

我第一次抱孩子时身子里好像有什么东西要孵化，乳房感到胀疼。也不知道使了多大劲儿，大汗淋漓，把几层衣服都浸透了，骨节酸痛，并不自觉地呻吟起来。让我筋疲力尽的那个小黄毛丫头也好像有点清醒了，说想喝水。痛痛快快喝完后望着我美美地笑了一下，头贴着我的乳房安静地睡着了。感觉身子里有东西要溢出来似的，让那个生在九月十五的小姑娘抓着我的乳房睡了。

坏东西，你猜抓我奶子睡觉的那个黄毛丫头是谁？就是你呀。所以你妈给你起了“乌力吉玛”这个名字呢……因为你只有抓着我的乳房才能睡，你阿爸阿妈就嘱咐我来你们家一起生活。就这样，我赶着几个牲畜，载了碗橱住在了你们家西山房里。从那以后，乡里乡亲的都认为我有魔力，会仙术，能治病救人，说实在，我哪有那本事。若说有那也是爱的魔力。人们爱讲究神呀鬼呀的，说有什么神奇，在你头巾大妈看，爱就是佛，坏心眼就是鬼……

故事听到这里，我好像浑身是疑问，也好像浑身是答案。感到轻松，也感到沉重。

——头巾大妈，那我为什么转世成女的了呢？成为小子才对嘛。

——转世成女孩才对呢。前世是勇士，为保护故乡完成了男人的义务。人家说，在这个时代，托生成男的有什么好，到处低三下四地讨生活，就为了个活人，啥也闹不成。反而托生成女的，倒也能安安心心地做点事。

——您总说人家说，到底是谁说的呀？

——不就是你吗？

——哪个你？乌力吉？还是乌力吉玛？

——哪个都是！所以，你会完成心愿的，懂吗？

——佛爷啊，我的头巾大妈，那么我应该怎么做呢？

——跟着你的心走吧。你是闲不住的人。你要做的多了去了。过去人的事儿都是真实的，不是传说。那些故事都在大地上呼吸着，你应该学会聆听，学会把你听到的告诉大家。

——那么，我唱歌、写诗、写文章的选择是对的吗?

——对啊，对的呢。心正啊，运就正。心里存着好的，美的，苍天佛祖都会护佑你的。

——那我爱的那个男人有一天背叛了我怎么办?

——哎呀，你这个人。背就背，叛就叛呗，你不背叛就得了。

——我不会的，头巾大妈，我不是那种人。

——你肯定不会！你要侧耳聆听。乌力吉我俩留下的这片土地，一草一木都会跟你说话！好好听，好好记。人说人有三个灵魂，一个守着尸身，一个会变成人和动物。

——另一个呢?

——如果是好人另一个就会变成各种各样的植物，在山腰、水畔，或者草原上生长、盛开。它们会告诉你很多。别管什么人让你伤心委屈，不要管它，它们会带走你的晦气。你不是那种被小事羁绊的魂灵。你有大丈夫一样的性格，还有疯狂爱恋的女人性格，这才是你呢，坏东西！

大妈去过那乌力吉敖包。后人在敖包后用砖瓦筑起了坟和碑。谁都知道“留给你的我身”这句话是他在那个山上写的。

——那敖包如今在哪里?

——可惜的是现在不在我们内蒙古境内。虽然乌力吉那次从土匪手中抢回了土地，但没人能保证不会被别的土匪抢走。乌力吉的坟墓、敖包和山梁现在都划归了陕西省……这样大妈告诉了我详细地址。

哼，你呀，还早呢，才刚开始，往后要爱的东西有的是。你会有儿有女的。我俩都会到你身边的，你不信就在我手上做个记号，我会把记号带回来。

……

坏东西，我们留下的这个世界你一定要爱护。爱着就开窍了，开窍了就会做很多。人不怕一贫如洗，有爱就够了，它会带着你走。该来的自己会来。在你踩过的每个脚印上播种你的好心，该长出来的会自己长。长什么，长多大只有天地知道。然而你不能寻求回报，别说“我种下了好心，为啥不长金子，也不长银子，起码好话都不长呢？”那样，你等于把善意的庄稼都割掉了。俗话说苍天有眼，那指的是人的善心。苍天再伟大也不会找上门帮你，说你转过脸来让我照照你，或对背阴的墙角说，转过来，我给你阳光，不会的。说实在，苍天也有趋炎附势的一面。你自己想着好事，做着善事的时候它也老是帮着、举着，给你更多的好运，让你高兴。而当你呼吸肮脏的想法时，它会怪你污染了空气，远离你。女人啊，爱着，宠着就把一切都理顺了，改好了，不用愁的，知道了吧，坏东西……

人家说我一辈子没成家，没孩子，没后人，没啥的……一大堆“没”。还有的说：“你有的不过是补了八十九块补丁的白头巾，你会的就是唱唱歌，做做仙术……”然而，就因为我有这条破头巾我才拥有世界呢。还有让我成为妇人的碗橱，最紧要的是有你呀，坏东西。我缺啥呢？有和无只有心自己清楚。外人说的不算数。宠着你长大了，也爱抚着乌力吉用生命守护过的这片土地，让它成人了。从乌力吉的歌开始，我唱了多少人作的歌呢？那些歌都是给这片土地上的一草一木的根须唱的。一个人能获得的、能做的，能比这些多吗？哼，是不是？前些时候，说是旗里的，还是哪儿的，说要来录我的歌。还说要给我一个民间歌手的命名。嗨！我把歌儿都融入苍天大地了，那名儿对我有啥用？宇宙是啥？是爱的延续。我还会回来，我活得干净，所以会很快转世做人，而且会来找你。让我心系了一辈子的你啊，我不会放过你的，让你伺候我，让你哺育我！也没规定你必须抓我的奶子，有一天我也会抓着你的奶子睡觉的。

如果你爱着天、地和人，那你就要相信自己是好人，就那么继续赶着走，懂了吧，坏东西……

头巾大妈讲完故事时，已是深夜。乳白色的月光也好似融入了土地，屋子里一片昏暗。这时我仿佛吃了安眠药一般，已经抬不起眼睑，沉沉地睡了。

当我醒时，已经日出。头巾大妈把被子整整齐齐地叠起来，穿了一件我从来也没见过的淡蓝色绸子的蒙古袍，把白头巾裹得一丝不苟，面带慈祥的笑容，背靠着被褥坐着。

——哎呀，头巾大妈，捯饬得这么俊干吗呀？要出嫁吗？我打趣地说。

——是的，坏东西。给我盛一碗奶吧。

我递过一碗奶时，她给了我一个青色的包裹。我知道那沉沉的包裹里有啥。我也知道头巾大妈喝完奶要去哪儿。当然也知道她去哪儿后，又回到哪儿。

那一年我怀孕了。

（海日寒 译）

第二次握手

做田野调查时，我常去家乡旗里的一些村镇。

初中一年级下半学期我转学到了鄂托克旗，与之前的同学不怎么来往。有联系的也无非都是些有关文化方面的人。不想，这次居然又一次在饭桌上遇见了同学达布希拉图！于是二人便约定翌日在饭店见。

“好啦，一会儿我要带一个人来见你，是谁呢？你自己猜吧！”他说。

“还能有谁，肯定是同学，要么是老师？”

“这个人嘛，是个有着丰富故事的人！”他故弄玄虚。见我完全不当回事，他继续道，“一个一生都爱着你的人！”

对这样的话题我越发地不待见：“呸！故事编得还挺像回事，我不像有些人，趁着年轻美貌嫁给自己所爱的人，我是到了人老珠黄的时候才爱上一个人。因为他不是我的同学，所以你就不要拿同学什么的骗我了吧？至于酒嘛，我尽量多喝就是。咱们只做了一个学期的同学，分别了却有三十多年之久。如此算来，我们分别的时间是相聚时间的九倍之多，因而不相知是有道理的。咱们干脆就直言相告一吐为快，有什么说什么，然后随便吃喝，欢颜笑语，尽兴而归，要不然，我会不高兴……”

就在这时，一位黄色脸庞的男子走了进来，他粗而密的黑发被风朝后吹去，身穿一身浅色西服，雪白的衬衣领上系着紫色领带。

所有人都起着哄鼓起了掌。我觉得眼熟，却一时想不起他的名字，所以只好礼貌性地把手伸了出去。他瞥了我一眼之后却以与矜持的穿戴打扮不相称、近乎粗暴的动作握住我的手。

“认出来了吗？是谁？快说！”达布希拉图挑衅地说。

我报之以微笑：“不就是一个人嘛，为什么要说呢？这是秘密！”我打着花腔，竭力回忆着对方的名字，掩饰自己的心虚。

不料对方却抢先开口说话：“‘作家高娃’（我当时的绰号），你肯定没认出我来，我是那个总站在东门外等你的……”他的话还没有说完，我一下子想起来了！

他比我高一个年级，当时我们班级叫初一（六）班，他则在初二（七）班。

那时学习气氛紧张，清晨到校后，只要天色亮到能看清书上的字，我们就走进沙岗上的锦鸡儿树丛，在那里背诵课文。不知从什么时候开始，我总是会在东门碰到七班的哈斯宝。

“一起去背课文吧？”他扑闪着长长的睫毛。

“好吧。”我用勉强能听得见的声音回答后错身走开。

我们之间几乎没有交谈过，可是同宿舍的女同学总拿他开我的玩笑。

一天早晨，当我走出大门时发现他又在那里站着。因为是冬天，他穿着蓝色布面的羊皮大氅。大氅配上古铜色的羊剪绒衣领，显得温暖而精神。在当时来讲，只有身份较高的人才会有这样的装扮。

“一起去背课文，好吗？”

“嗯，行。”我走过去时，他跟着走过来。我回头看他一眼，他指着手里的书说：“这本书特别好看。”他说着把书递给我。尽管天刚蒙蒙亮，但还是看清了他脸上的红晕和说话时从嘴里冒出的热气。

那是一本当时非常受欢迎的张扬写的长篇小说《第二次握手》。我只是含混地应了一声，接过书就走了。我走到锦鸡儿丛下翻看书后，发现里面竟夹带着一对发卡。

这种精巧的粉红色蝴蝶形发卡，班里只有干部的女儿托娅戴过。她的父亲在公社卫生院工作，所以她平时的打扮总比我们漂亮。上晚自习时，她会挟带着一身的鲜肉葱花气味走进来，并炫耀着自己刚刚吃过什么美味佳肴。虽然其他女生都羡慕她戴的发卡，但没有人戴过。当然，那些钦羡者中也包括我。

学习成绩不如我的托娅就坐在我前面。她总是啪啪地将发卡打开别上，别上又打开。

可是我做梦也没想到，那美丽的发卡竟然与我结缘，我也会拥有它们！我又羞又怕，把发卡放在枕头底下藏匿了几天。我不敢告诉任何人，包括我最要好的朋友哈拉金。如果告诉她，她肯定会兴奋地惊呼，并告诉所有人自己的惊天发现。不仅如此，她还会执意央求要借戴几天的！

有一天，我实在忍不住，就把它们拿出来戴在头上。

全宿舍的人都被惊动了。

“多漂亮啊，比那个臭美的托娅的发卡还漂亮！”

“从哪儿买的？”

“几毛钱？”

我慌张地回答：“是姐夫送给我的。”

回答引起姑娘们更大的喧闹：“你姐夫真好啊，你姐夫在哪儿？”

这是我首次接受男人的礼物。

这礼物在当时的价值，堪比现今的奔驰宝马！然而关键不在礼物的价值，而在于它是千里之外送来的鹅毛，在于它承载的情感。

哈拉金还是提出了借发卡的请求。

“借可以，不过你只能在上课的时候戴，一旦下课你要立刻还给我！”我这样要求，只是因为害怕被哈斯宝发现后埋怨我。

数日之后，我从东门出去背课文时，把《第二次握手》还给了哈斯宝。

“读了吗?”他问。

“读了!”

“好看吗?”

“嗯，太美了!”我回答时，他翻书寻着什么。当然里面什么都没有。

“以后你肯定会写出比这更美的书！你的作文在全校都出名了!”

“我怎么能写出这么厚的书呢!”我不好意思地回答着，赶紧离开了。

那些日子里有这样的传言：七年级的语文老师把我的作文当作范文在全体学生面前读了。于是我有了“作家高娃”这个绰号。

那次我和哈斯宝会面是我们之间交谈最久的一次。

很快，学校放了假，所有的人都回家过年去了。那个假期里我随着姐姐转了学。

从那时起，我再没能跟那个伫立在东门外扑闪着长长睫毛问着“去背课文吗”的哈斯宝见过一次面、说过一句话。

光阴荏苒，斗转星移，一转眼的工夫，时光已经流逝了三十年之久。我到鄂托克旗上学后，当年同宿舍的女生常常给我来信，信中写道：“每天早晨，你那位哈斯宝带着哭相站在东门外……”

再后来鸿雁不再迁徙，讯息也断了，每个人都忙碌着过自己的日子。

直至今日。

说起来，三十年长得像是一个传说；然而在现实生活中，不过只是哭了几回笑了几次的庸常故事罢了。

“现在认出来了吧？”达布希拉图逗着，让哈斯宝坐在我的身边。

当他靠近我时，一股香水味扑面而来。人在穿衣马在鞍，这话真是不假。行头就是行头，要配套齐全才是。就如同一首歌，人是歌词，而行头动作便是歌曲。他身上穿的发亮的套装虽然是刚刚打开包装的簇新衣服，却并不合他的身，我心想：他的夫人大概是个没有多少文化的人吧，给自己的丈夫配这么一套行头。

“什么时候来的？”他坐下问我。

“前天来的。”

这是在我三十年前给他还《第二次握手》之后我们之间的第一次对话、第二次握手。

达布希拉图等人也没闲着。他们大声喧哗着：

“哎呀，哈斯宝今天帅得很呢！”

“哈斯宝已经激动得喘不过来气啦……”

哈斯宝手足无措，两只手不断地在紫色领带上摸来摸去，让人以为他要把它摘下来似的，但是没有，他的手又莫名其妙地垂了下去。已经是初夏，也许是感到热了吧？

几个人快要喝醉了。大家脸红脖子粗地相互戏谑取笑，尤其是对哈斯宝。不过哈斯宝谁也不惹，只是揪扯着领带呵呵地笑着。人们开玩笑的目标从哈斯宝转移到了我身上。他们甚至起哄让我和哈斯宝为我们的第二次握手喝交杯酒……后来，大家说着说着就开始伤感：“人到底是为什么活着呢？妈的，谁又能预料到时间会过得这么快……”

我们唱起了当时在学校里广为流传的《再见吧绿色草原》《百灵鸟儿双双飞》，接着又唱了很多外蒙古歌曲。突然，哈斯宝整了整领带提议道：“我来给大家献一首歌！”

众人惊呼着鼓起掌来：

在双脚踏过的足印里
盛开过娇艳的花朵
在人迹光临过的地方
飘出鲜美的乳香
在溢满传说故事的故乡
有过一位美丽的女孩
我曾在所有草原寻觅她
却在思念悲伤中望断天涯
……

这是我创作的歌词。但不知何时竟给配了曲！这是我是第一次听人唱它。

哈斯宝唱完了。说："这是你写的吧？我一个部下给配了曲。你的好几首歌词我们都给配了曲！因为你的作品中，散发着生命的馨香和故乡土地的芳香！"

酒席之上利用甜言美语相互吹捧已成时下风气，我亦应酬地说："真好听，非常感谢！如此认真地阅读拙作，甚至连气味都闻到了……"

达布希拉图用手指指我恨恨地喊："你没有人味！你懂什么？哈斯宝一字不落地读了你所有的作品，甚至倒背如流！也就是你，到处拉风游荡，善恶不辨，美丑不分，认不出真正的好男人，想想女人真可恶！"

"呵呵，只是因为人家的作品美，所以就拜读了，完全不是为了评功摆好才读的。"哈斯宝说话间松了松领带。当他笑起来时，梳理整齐的黑发一绺一绺地坠下来。

“哎呀，哈斯宝大哥，要是觉得别扭，干脆把领带摘下来算啦！”达布希拉图仍旧义愤难消。

“呵呵，我已经习惯戴领带了。”哈斯宝笑着回答。

在我听来，歌曲真的比歌词好，也许应该把歌词改一下更妥当。我把这个想法告诉了哈斯宝。他回答：“你放心吧，一切事情都由我们公司来做，如果觉得哪个曲子不好，还可以重新作曲！”

为了表达谢意，我举起酒杯，提议干杯。

最后，几个人吵闹着争着结账。当我发觉时，人们已经走光了。席面上只剩下我和哈斯宝。当众人喧闹取乐时，我不缺少应答词句；但只剩下两个人的时候，我只好在尴尬中没话找话地东拉西扯。

“据说咱们苏木已经和其他苏木合并了？我怎么也不习惯新名称……”

“是啊，苏木的有些牧民已经进城了。”

“你还在旗里上班吗？”

“我在东胜工作，我创建了一个文化公司，自己担任经理。哎，应该把你的电话号码记下来。”说着他掏出了苹果手机放在桌子上，用手指划着屏幕记下了我的号码。

我说想回去休息，他便要送我。

钻进黑色奥迪车时，迎接我的仍是那香水味。

看得出，驾驶汽车并不是他擅长的。有好几次，车子突然停下来，还打错了方向盘。

“对不起，平时都是司机开车，接到达布希拉图的电话后要走的时候，司机说：‘既然是哈总要同学聚会，还是自己开车去吧。’所以我只好赶鸭子上架啦。”

“公司很大吧，你可是事业有成啊，哈总！”

“还可以，你要是遇到什么困难，就跟我说，比如出书或做CD什么的。你要继续写好书啊，千万不能放下！”像是在拜托我。短短的归途中，他竟然数次重复同样的话。他真挚亲切的话语，不免使我内心激荡。那感觉跟当时接过蝴蝶发卡时绝对不同，像是在黑暗的暴风雪中发现一缕灯光！纯洁的心灵之光原来具有这样强大的力量！

下车时他说：“以后就多多互相帮助吧，既然有了你的电话号码，我会经常和你联系的。”

“好的，好的。”

我们没有再见面。他偶尔会打来电话问：“是不是还在为几个孩子操劳？为了写作肯定也是殚精竭虑吧？要注意身体好好保养。要注意饮食搭配，不要吃污染食物！生活中遇到困难就告诉我。实在不行，干脆雇个保姆算啦。这样，你的创作时间就宽裕啦……”那语气口吻不像嘱咐，像是在乞求！

数年后的夏天我回到家乡，整个旗里都在忙碌着举办各种典礼，庆祝旗镇被评为文明城镇。

在镇子南面有一个巨大的沙窝，沿着沙窝长满了各种树木，树林中坐落着一个被称为阿木古郎的湖。现在阿木古郎湖区已经是个旅游区了。

这一天，沙窝里要举办全国越野车比赛。

各级领导乘坐漂亮豪华的车辆莅临会场，并为活动剪彩讲话。

众多的远道而来的记者，寻找各自的站位架起各种机器，精巧美丽的山岗顷刻之间便已千疮百孔，面目全非，如同一只被啃噬的苹果核。

我拍了些比赛照片。人们犹如雨季里的蚊蚋，密集地拥挤在每一座沙岗上，使我无法拍摄其他景色。我站在沙岗顶端用照相机的长焦镜头对准旗镇，镜头里的沙岗过渡带长满了树木，在树木的间隙里闪现出矗立的楼群和烟囱，浓浓的烟尘从烟囱里喷出直冲云端。

“沙岗的身后是二十一世纪。十三世纪就曾存在的沙岗突然一跃而突进二十一世纪，真叫人开眼啊！”我情不自禁地对身边的表妹低语。被众人的喧哗、轰鸣的赛车、激烈的比赛吸引的她没听见我说的话。

忽然，乌黑的浓云从四面的天际涌来，电闪雷鸣，继而落下大颗的雨滴。比赛匆匆结束，人群慌乱地呼叫着四散逃去，顷刻之间沙岗变得洁净而平静。

比赛颁奖仪式的地点由原来预定的岗顶转移到稍远的几座大型蒙古包里进行。

喧嚣声浪逼向原本宁静的蒙古包。

人类的双脚常常携带着罪恶。清水涟漪般起伏不定的柔和沙山圣洁的身体，经过万千人群的践踏蹂躏之后，遗留下的竟是无数的脚印、食品袋、饮料瓶和各种瓜果皮屑……

因为跟随旅行车行动，我成了急雨中逃离的千万人中的最后一人，坐在车上避雨的同时静静观看着人间演出的盛况。间或欣赏着暴雨拍窗和天边耸立的黛色山峦，并把它们拍摄下来。旅游局长通过电话布置工作，并说将亲自监督保证把参赛车手安全送往蒙古包。这一切与我无关，我只是平心静气地坐在车窗旁欣赏天与地结合时的壮丽景色。雨幕中的小镇宛若鱼缸里放置的白色燧石，纹路若隐若现。高大烟囱里冒出的浓烟，就像跟雨神搏斗的巨蟒扭曲升腾着。

虽然地面上的污染不可能破坏蓝天的洁净，但是人类内心的污物却可以抹杀天地间的文理道德。

人类啊，你太强大啦！

将喧嚣的人群驱逐之后，老天爷也舒心地展露出自己原本靓丽的面容，东南天际上出现了美丽的彩虹。

现在，大自然以自己本来的色彩呈现娇容。凌乱的沙岗被洗涤一新。围绕沙岗而生的树林连接起彩桥般的彩虹，那景色宛若一幅美丽的油画。我对局长说："景色太美了，你们先走吧，我再拍几张。"

一个小时前还扬尘驰骋的赛车和助阵鼓噪的人群，现在却像斑斓的河水一样涌向蒙古包。不过主流还是奔向喷烟吐雾的小镇。阿哈！比赛也看了，沙岗也践踏了，雨也淋了，现在该心满意足地踏上归程了吧？可是我却意犹未尽地留了下来，这是因为什么？

我登上了一座最高的沙岗，架好了三脚架开始拍摄自然景色。

所有沙岗仿佛被雨水泡涨了似的，看上去比原来高大了许多。它们在明亮的阳光下害羞似的闪闪发亮，倘若它们有歌喉，肯定会唱出人间最美好的赞歌。树叶都披上了一层新绿，载着摇曳的雨珠，反射着五彩斑斓的光芒。真可爱，那些树叶怎么就像有意识似的与我兴致勃勃的心灵如此相惜？只有女人的心才能发现那自然中隐匿着的柔情呢……

当我独自一人拍摄并沉浸在无边的收获的幸福之中时，忽然发现很远的柳丛中有一个人影像是在弯腰做什么事情。

我指着那人对表妹说："本以为这里只剩下我们两人呢，你看那里还有一个人，这么大的雨，也不知他是在哪里躲雨来着。"

表妹说："咳，不会是个傻子吧？虽然他们呆痴，不过像今天这样的热闹是不会缺席的！"

我们继续做着自己的事情。

忽然，远处传来口哨声，接着又传来了歌声。仔细一看，那人身后拖着一串长长的东西走了过来。那长蛇阵原来是由可乐、雪碧等各种饮料瓶子连接起来拖在身后的瓶串，那些瓶子不时地随风飘动反射出七彩光芒。沙漠中又出现了一个奇景，我赶紧操起了摄像机。

可真的是个聪明人哪，由于是空瓶，即使串了很多瓶子，也不会很重，只要绳子够结实，串多少都没关系。瓶串越长，越是漂亮壮观。

因为我站在高处，所以那人就从我脚下向东而去。我抓紧这机会不停地拍摄。我对表妹说："多美啊，就像是电影中的美景。有能力的话，应该拍摄一部有关环保题材的电影，主人公就由这个人担任。"

"好啦，你只管拍你的电影就好啦，你的愿望已经实现啦！"表妹开起了玩笑。远处不知谁在唱歌。歌声越来越近，我越来越觉得那歌声似曾相识。

"哎呀，表姐，你真的拍电影了，你听，连主题歌都有了！歌声多幽怨，你都不用配乐！"我打手势让她安静。那人嘹亮地唱着歌，歌声穿越沙岗而来：

在双脚踏过的足印里
盛开过娇艳的花朵
在人迹光临的地方
飘出鲜美的乳香
在溢满传说故事的故乡
还有一位美丽的女子
我曾努力永远忘却她
却在思念忧伤中望断天涯
……

不是幻听。就是这首歌。那天晚上当哈斯宝唱起这首歌的时候，我全神贯注，铭刻于心。因为我只是集中精力拍摄那些五光十色的瓶子，所以没有留意那个人影，听到歌声之后才把人影拉近拍摄。当镜头移到那个人的脸庞时，我大吃一惊！怎么这么像哈斯宝啊？是他的兄弟吗？若不然，难道是哈斯宝的公司在拍摄电影，而他自己在扮演主人公？要是那样，那么摄影器械在哪里？可能是在演练吧？这个坏家伙，在那个冬季的早晨，用冒着热气的嘴巴嘱咐我，让我写出《第二次握手》那样的作品，现在他自己却拍摄出了比《第二次握手》更美好的作品！联想到这个影片一定能成功，我不免豪情激荡，心想：要不干脆自己充当女主角？今天我的拍摄是在光线最好的时候进行的，所以会成为影片中的亮点吧……我努力凝神静气。从全景到一切特写全部经过精雕细刻，从蓝天上静止的彩虹到那人身后扭动行进的彩龙般的垃圾队列，还有那烟囱里冒出的巨蛇般旋转升腾的黑色烟柱，绿树、黄沙……上帝呀，是什么样的灵感之神侥幸驾临此处？若是这样，还要那狗才导演做什么？我一个人就够啦……那人却根本不理会我们，高歌着朝东而去。我在拍摄过程中几乎确定那人就是哈斯宝，却始终没有喊出他的名字。我从未叫过他的名字，所以觉得那样做非常别扭且唐突。我索性关了机器，随口唱道：

这里有沸腾喧嚣的那达慕
人们衣襟里却装满彩虹
二十五岁的青年哈斯宝呀
从身后走向遥远的南方！
……

我借用歌曲《云朵》的曲调唱了出来。那人猛地转过身来注视着我。虽然看不清他的面孔，但是看得见他那微笑时露出的洁白牙齿。

“咳，是蒙古人哪！”他说着，越走越近了。

是的！真的是哈斯宝！

“咳，是为剧情选场吧？我已经拍摄完啦，你出高价买就行了！”我一见面就开起了玩笑。

“哎，你怎么在这里？来干什么？是来看赛车吗？真的做梦也想不到！”他手足无措地来回揉搓着肮脏的手，竟一时不知如何处理手中的垃圾。我吃惊地发现，他的手到处是龟裂的口子，裂口上沾着洗不净的污垢。花白的头发因为被雨水淋湿，紧贴在头皮上，就好像这世上所有尘土都依依不舍地栖身于发间，而头发原本的颜色已经难以辨认了。尽管脸上的皱纹纵横交错，但那长长的睫毛依然幽婉地颤抖着。也许是为拍电影才装扮成这样吧，是个很高明的化妆师呢，我暗自思忖。得亏没给睫毛染色，不然可就狼狈啦……

黑条上衣的袖口已经磨烂，里面的白色衬里露了出来。这一切都是为了在戈壁旷野里拍电影啊。

“你在这里做什么？”他重复着刚才的话。我理解，他因重逢而激动。

“我来拍些你们电影的外景，怎么了？”

“嘿嘿，什么电影不电影的，就我这个德行？”

“是啊，你现在的装扮太真实了。真的，电影拍摄出来肯定会名扬世界！”我说。

这是真话，我没有丝毫的吹嘘夸张。

“嘿嘿，算了吧，我要走了。”他扭身走了。

“咳！我们俩坐你的车走！我们不坐当官人的车，麻烦得很！”

我说着追了过去。

“嘿嘿，我有什么车！在那边还有一些瓶儿，我怎么能让你上拉着这些东西的车？走吧，走吧，晚上再联系！”他决绝地不让我靠近他。

我很讶异。按理说，我要坐他的车，他应该是一百个愿意啊。要说他是在我面前摆架子吧，似乎又不像。可是为什么让我赶紧离开呢？是跟情妇在一起，所以不好意思？正在我疑惑之时，表妹把我拉了过去。

“哎，你认识这个人吗？”表妹问我。

“认识，是我高一级的同学。”

“怎么就扯起了电影？我已经找不着北啦。”

“我以为这个人在拍电影呢。”

“什么话？你太可笑啦，这个人就是捡破烂的哈斯宝！你肯定是认错人了，他哪儿会有车！他骑着人力三轮车走街串巷，车上装满了废纸盒、空瓶子和塑料袋子。你还说要坐他的车，把我搞得晕头转向！”

我一片茫然，无语枯立。

后来表妹跟我说了很多关于他的情况，我才理出些头绪。

原来，在我们旗镇垃圾堆里捡废品的都是进城来的蒙古人，他们有的已经完全专业化，有的是一些老头老太太。哈斯宝就是专业的拾荒者。这样的人属于少数。哈斯宝由于非常努力辛勤地劳动，所以已经积攒了一些家产。有时喝醉了就唠叨：“我要捡垃圾积累钱财，有了资金首先就开办一家文化公司！”

这一次我没有惊奇，更没有因为他的欺骗而委屈愤怒。倒是由于深刻了解了哈斯宝的内心而顿感温暖。

那一夜，“第二次握手”的情景不断涌现在我的脑海里。下意识地频频触摸领带的模样，不合身的西服，粗糙的双手……

在那个夜晚，那长长的睫毛一直都没撒谎啊！

回到家里，我不愿跟任何人说话，独自躺在表妹的床铺上想着哈斯宝。

回忆那双洁净漂亮的蝴蝶发卡，还有那长长的睫毛，历经风吹日晒的手腕，布满纵横交错龟裂开口的双手，长蛇般浮动飘舞的瓶子串，唱着我创作歌词的歌曲……

我给哈斯宝打了电话。

“哎呀，我快要饿死啦！今天晚上你得请我吃饭，土豆再加一点肉就行啦！”我说。

“行，行！”他答应了我。

听着这话语，一股热流在我心底宛若太阳冉冉升起。我赶紧走出门，买了一辆电动三轮车，嘱咐店主送到饭店门口，然后走进饭店预订了饭菜。

哈斯宝如约而至。

我假装什么事也没有发生：“哎呀，今天赛场的人那个多啊，把沙岗糟蹋得不成样子啦！我跟表妹一起捡拾那些废瓶子，可谁知力不能及，走上沙岗之后下来都很费劲，所以只好把那些东西丢掉了，你还真行！”

他没回应。我想方设法消除他的尴尬。对一个男人来说，自尊心占多大分量，我是知道的。

其实在我看来，男人只要具备高尚的情操以及责任感，其他的都是无足轻重的细枝末节，不足论。

“喂，有个人欠我一点钱，拿一辆三轮车顶账，没办法，我只好收着。干脆你先用着吧，如果不需要，送给亲戚朋友也行。”

“行，我正缺一辆车，我把钱给你！”

“钱你先留着，等到你孩子结婚的时候，我就不给礼金了！”我尽可能拖延。

“哼！还要办什么婚礼……”

我赶紧转移话题：“喝什么酒？”

在想方设法解除他的尴尬心理的过程中，由于紧张，我竟不知不觉间把一大杯酒喝干了。我尽可能在他面前显得粗野傻气，只怕会伤害到他。

他的眼珠子瞪得老大：“喂，你是喝水呢还是在喝酒？”

“见到你我从心里高兴，今天多喝两杯又有什么？”他也随着我喝了下去。

尴尬时刻酒精开路。我们就这样开始畅谈。

“三十年来，我始终渴望着见你一面，但又担心你会嘲笑我。我既没文化又没工作。而且自从上次与你见面以后，害怕的理由又增添了一个。担心有一天你得知我的真实身份之后，会产生误会。怕你会厌恶我是一个没有自信的男人。那次见面以后我就后悔了，再说，见也就见了，为什么要隐瞒自己身份呢？对此我曾无数次地自责。本来想在电话里向你解释，却始终没能打出这通电话。另一方面我还在想，赶紧充实起来，开办文化公司，创作很多文艺作品之后再去见你。就在这样想的时候竟被你抓了个现行。好啦，你现在就开始骂我吧！骂我是一个没有文化的垃圾！那天晚上，所有的一切包括汽车都是达布希拉图借给我的。自从你转学之后，我就跟你们班的达布希拉图交上了朋友，你们原本就是一个生产队的嘛。他对我非常好，只有他理解我……”

“我更了解你，你什么都不要说，我全都了解！绝对不会嘲笑你！”

“有了这些我就心满意足啦！我真的高兴极啦，乌仁高娃！”他首次称呼我的全名。

“不过，成立文化公司是我一生的理想，随着社会的发展，我们可以遗弃或改造一些东西，可是文化是不可以遗忘丢弃的！我听说你在搜集整理草原文化遗产和民风民俗方面的资料，就希望赶紧把公司开起来，可是天不遂人愿！”他喝了一大口酒，继续说道，“无论做什么想什么，没有权力和金钱就不能实现！”

“你如果创办公司，我可以做些实际的工作！”我表示自己的态度。

“唉……小的时候我们是多么渴望进城生活呀，现在托国家的福过上了城市生活。八年级毕业后，由于父亲去世，我回到了家乡。几年前，政府逼我们搬迁到了城镇！”他打开了话匣子。

“我还在垃圾中发现了很多有价值的珍贵书籍，同时也在垃圾中发现了人世间的坎坷不平。没有文化的人就要积累文化吧？说实话吧，是我自己为你的那些歌词配的曲，说起来我自己都臊得慌！”他非常不好意思地笑了。

我却思忖，臊死的人应该是我。我不过是张扬着上什么大学研究生的一个人，我怀疑自己的那些歌词能否配得上哈斯宝的乐曲。我不是得着便宜卖乖，我真的是那么想的。越是这么想，我就越激励自己，命令自己一定要创作出更好的作品。如若玷污了如此纯洁的读者，诗神会发怒的。

也许是因为喝醉了，今夜的他比那天不断抚摸白色衬衣领上的紫色领带的哈斯宝更可爱，更真实。他的穿戴打扮、双手、头发与他那特有的长长睫毛和谐地组合在一起，显得更加自然，更加洁净。

翌日，我为了在自己的博客里发表作品，借用表妹的电动车出行，不料看见了哈斯宝。他蹬着一辆堆满纸箱、瓶子、铁丝等废品的车子，吃力地沿着马路向南穿行。初升的太阳照射在他那黄而细长的脸上，像是出猎之后满载猎物走在归途之中的猎人。我怕他发现我，于是停车伫立，目送他远去。他身穿陈旧的蓝布上衣，弯腰使劲蹬着装满废品的三轮车，世界仿佛变得更加洁净，他会因此而神清气爽地唱起歌吗？远去的身影已经消失在高高堆砌的废品后面，只有被风吹乱的花白头发依稀可见。那身影好像是再次向我炫示：我要创办文化公司！

在呼市，我居住的地方附近有不少蒙古人。那些人中有不少人是为孩子们烧火做饭、当门卫、清扫院落、通下水、拾荒的人。日久天长，我跟他们慢慢地熟悉起来，到了后来就有了些对话交流。如果碰见拾荒者，他们就会把东西藏在身后，之后打招呼："送孩子去啊？"我回答："是啊。"但说话时从来不会直视他们。那一切就如同见到哈斯宝弯腰蹬车后悄悄躲开时一样。尽管如此，我依然能看见他们天真的笑容和把手藏在身后的情景。此时此刻我就不由自主地想起哈斯宝，记忆中的他会非常天真可爱地说一声："我要创办文化公司！"

在小区住宅楼电梯里，我经常遇见一位长着斜眼歪嘴的小个子汉人。他总是身负沉重的纸箱或铁皮之类的废品从电梯里走出来。

有一次，我等了很久的电梯终于下来时，那个斜眼的拾荒者走了出来，他放下东西之后又进了电梯。一个走进电梯的高个子小伙子说道："你要是再占着电梯影响他人出入，我就一脚把你踹出去！"年轻人虽然说的是汉语，但是生硬的口音掩饰不住他的蒙古人身份。

斜眼人嘿嘿地笑了，那笑声似乎在说："你踢就踢吧，我照样来，照样捡！"有了那样的坚忍决心，他能够忍受所有的屈辱、咒骂，他可以忍受这一切，最终达到自己的目的！而声称要一脚踢出拾荒者的蒙古青年的身后仅仅是一点威胁，如同隔山打虎。

其中一个人觉得，我住在这座楼里，这里的垃圾应该归我，而另一个似乎说，只要脸皮厚，有韧劲，就可以扫荡世上所有的垃圾，你能怎样？

我又想起了哈斯宝。如果不是脸皮厚——厚重坚忍的话，无法赢得人世间的竞争！蒙古青年所喊出的那句一脚踢出的话语，斜眼不会当回事的，冷笑过后依然故我。

既然心怀创办文化公司那样的宏大伟愿，那就必须接受万千人群中的各自相异的秉性才对，那秉性包括善的和恶的。

那位第一次给我课外读物的哈斯宝，尽管说自己没文化，没有钱，但是在他的心胸之中却矗立着岩石般坚硬的品质。那品质会支持一个人彻底地站立起来！

应是冬季临近、天气变冷的时令，可是今年秋季却绵延不断，继而还下了两天的雨。

我坐在窗台上（我的窗台很宽），眺望着纷纷落下的雨珠，借此慰藉自己孤独的心灵。

雨滴像泪珠一样滴落在树叶上。那些可爱的树叶，仿佛担心雨滴会淋湿或破坏土地，用自己的身体截留缓冲雨滴的力量。虽然树叶们勇敢地敞开胸怀试图为大地挡风遮雨，可终究因不能承受之重，嘤嘤叹息着，飘摇着贴近土地。它们认为自己已经完成使命，迅速走向衰老。而雨滴也很吝惜自己晶莹的宝石般的身体，无奈地坠到地上，这不应有错。渗进土地是雨滴最后的使命。

走在路上，我总是抬头观望纷纷落叶。但从楼阁高台上却要向下注目。在此情形下，那些雨滴，那些枯叶仿佛不是落在地上，而是无一例外地落进我的心底。

雨，轻轻地温柔地下着，遥远的天际一片苍茫，沉重的秋之韵只是在楼宇里环绕徜徉，而我的心亦随着音乐之声积淀下来。

当我举笔欲写《垃圾堆上的迁徙》时，窗前出现了两个人，他们推着装满废品的车子走过来。

正逢拆迁我们楼前的一排房屋。房屋的墙上画了白色圆圈，上写：拆迁。两个人行走在残垣断壁之间，似收获颇丰信心满满地向前奋进。他们的身旁，一些麻雀围着一摊污水，并不担心来人，只是象征性地振翅扑腾躲避一下，而后依旧聒噪着寻找食物。当推车人手中的铜铃响起时，它们受惊飞起，但很快又返回原地，继续觅食。

我打开窗户仔细端详那两个人。透过温和雨幕，听出那身披雨衣的人竟是个优美地哼唱着蒙古歌曲的年轻人。

生根于心中的大迁徙的音乐原来就响在耳畔。

（海泉 译）

没有家乡的人

近些年，每当我从火车上下来时，便会遇到很多接站的蒙古人。

“需要运送东西吗？送出站台五块钱！”那些推着推车的人虽然努力地说着汉语，但半生不熟笨拙的音调立刻暴露出他们的蒙古人身份。

由于我正在对进城务工的蒙古人进行社会调查，所以经常故意跟这些人搭话。

每次下车，我都会刻意让这些蒙古人运送行李。这样做，不仅因为能跟他们谈话交流，私下里也想，给谁都是给，还是把钱留给自己的同胞吧。

领着孩子，还带着肉、油、食物等大量物品，不得不花上五元钱租用平板车。

“要推车吗？”在众多抢夺旅客的人群中，一个高个男子迈着骆驼步子走了过来。

“东西放在哪儿？”他用蒙语问道，随即把物品一一搬上推车，与我们一起走出车站。

男子头戴黑色旅行帽，戴着墨镜走在前面，我牵着孩子的手紧随其后。他褪了色的紫色上衣的肩部已经晒得发白，眼见就是一个长年累月辛勤劳作的苦工。

“你老家是哪儿的？”我问他。

“内蒙古！”他甩给我一个生硬的答案。

“就算是内蒙古，也有东部西部，或者分为盟市旗县吧？”

“东部是内蒙古，西部也是内蒙古！只要知道是蒙古人就行了嘛，反正谁的家乡也跑不出地球嘛！”

“听你的口音是鄂尔多斯的。我想也许遇见自己的老乡了，所以多了一句嘴，怎么说句话也那么吝啬？为什么就不能告知自己的家乡？不至于是逃匿的犯人吧？要么是传说中的天之骄子？”

“既然没有故乡，我能说什么？真是的！说这些毫无意义的话做什么！”男子的话音变得越发的粗野。

从旁边路过的人们以为我们是为了价钱争吵，纷纷投来好奇的目光。

“你的收入还可以吧？”我想和解。

“嗯。”他不置可否地应了一声之后继续向前走去。

“咳，家乡的哥哥，我跟不上啦，我这还有孩子呢！”我着急地呼喊他。

他虽然放慢了脚步，却依旧不说话。

“好吧，你加快脚步赶紧走，现在正是火车进站的时刻，别耽误了你挣钱的时间，你的一大步意味着一大把钱哪！”我想刺激他。

“哼。”他还是不看我们。

我在内心里发笑。

尽管粗暴无礼，但他还是有责任心的。他拦了辆出租车，并把所有的物品装上后备厢。

这时不远处一个推车女人跟顾客吵了起来。

“不是说好了五块钱吗？怎么现在变成十五块了？你们怎么可以这样欺骗旅客？”

“五块钱指的是推车出大门的价钱，我们横过马路，还把你的东西装上出租车，所以应该跟你要二十块钱！我们这还算是少要了呢！”

为我运东西的男子不满地喃喃骂着：“都是些什么玩意儿！骗子！”然后就径直离开了。

“咳，给你钱！”我在他身后喊道。而那人却没有半点停住脚步的意思，好像任何事情都跟他没有关系。他迈着骆驼步子，躲闪着来来往往的车子，小心翼翼地离开。

“咳，你忘了拿钱啦！”我试着用汉语喊他。可是出租车司机却呵斥我：“赶紧上车，我们挡路了！”刚才还为十五元钱吵架的女人赶了过来笑着说：“把钱给我吧，我转交给他！”

“走开！”说罢我上了车。

陈旧的衣服沿着他深驼的背从上到下渐次褪色。他尽管消瘦却步伐矫健，步子、体形、声音里，似乎隐含着一个熟悉的身影，可我无论如何也想不起来他是谁。

就这样，我欠了一个穿旧衣服辛苦劳作的人五块钱。

不过我去车站的机会很多。比如接孩子、取从家乡捎来的奶食肉油或者自己出门等等……

我没猜错，我还会与他见面。

下车后，面对围追堵截抢生意的众多人群，我不动声色，一边看守着物品，一边寻找那个驼背男子。

当人们从车上搬下行李时，我就挪开自己的东西为其让路。

“拿来，东西放在哪儿?”戴着旅行帽和墨镜的男人不知何时突然出现在我的面前。

“真巧，我正在找你哪！这个……还有那个！”他把我指给他的包裹装上车走出车站。瘦高个子的他弯着腰身奋力推车，我背着挎包默默地跟随着，仔细地观察着他。

“你是鄂尔多斯人，一定是我家乡的人！来呼和浩特几年了？”那人依旧板着脸一声不吭，一耸一耸地推着车。我有点气愤地说：“喂！脑袋上长着跟麻雀一样大的耳朵，难道只是做摆设吗？我又不是触到了你的隐私，为什么就不能说上一句半句？”

“你问什么不行？为什么总是鄂尔多斯呀什么多斯啊的？难道就不能不扯那些什么劳什子家乡的话题吗？”

他骂骂咧咧的话语没有使我反感，反倒让我觉得更亲近。他的谈吐间显露出我熟悉的童年话音。

“听了你的话语觉得很亲切，所以才多了嘴，这没错吧？你肯定不会是从天上掉下来的吧，你的身体发肤初坠的土地就叫家乡！真是的，也许你会是我的亲戚，也许是我的故交，人和人怎么就不能搭话？难道有什么禁忌吗？”

“什么故交，你们是名人，是拿国家俸禄的人，怎么可能跟我们相识？”

话音越来越亲切，而且还提及了名人、拿国家俸禄之类的话，看来这个人肯定认识我！

我很兴奋，继续问道：“你究竟是谁？说出名字，然后把你的帽子和眼镜摘下来吧，难道你是戴破帽子的赵本山吗？”

“如果不认为我是赵本山，那就自己来认认，你要是认不出我，那我就没有名字，只是一个流浪汉！”他粗声粗气地答道。

“把你那个戳在脑袋上和脸上的东西拿掉吧！我要是认不出你，就认你是赵本山他爹！这样可以吗？”

“今天可真的是遇见了难缠的主儿啦！看吧，看个够！”他说着摘下帽子和墨镜。

当他的额头和眼睛露出的刹那，一个人名突入我的脑海：“哈斯巴图！”我失声叫道，“没出息的坏家伙，妈的……”我用拳头捶他的肩膀。

“坏东西，居然认出来啦！我根本就没想让你认出来，可你就像是蒺藜似的纠缠不放！呵呵，我早就认出你来了，原以为你会摆臭架子，让别人拉货，我就没动，可是最后还是没忍住，这一来，就被你认出来了！”他这才打开话匣子。

哈斯巴图是我的小学同学。

在我认出他的那一瞬间就不由自主地回想起了学校北面沙岗上的驼背杨树，继而眼前闪现出查马克柴达木（地名）的泥淖、稀疏苦艾和白芨草。

我不知自己为什么这么激动。来到这座城市的两年来，第一次邂逅少年时代的朋友，心中自然而然回响起已经远逝的轻盈的回忆，胸中淤积多年的孤独块垒奔腾而出。眼前的他，即使身穿破旧衣服，肩膀坠沉，腰身佝偻，也似乎在说：朋友！我还是那个男人，骨头硬朗着呢！

其实，我和哈斯巴图早在入学前就很要好。在炎热的夏季，每当下过阵雨，山羊们会首先咩咩地喊叫着，沿着沙岗奔跑。它们奔跑的速度总是很快。我跟随着羊群不知不觉到了北面人家的院子，那家人为了防止牲口祸害，就用泥土垒砌了土墙，院内种着少量的粮食瓜果。想必是雨水将菜园子里植物的香气带给了畜群，于是就发生了下面的事情。

当我追上羊群时，会碰到赶着牛群往回走的哈斯巴图。

“咳！那姑娘（那时我们家人叫我‘那姑娘’，叫他‘那小子’），你明天是不是要把山羊赶到查马克柴达木？那里的苦菜可多啦，你不想多捡一些让父母表扬吗？你是害怕羊群进了别人家的菜园子？没关系，我来帮你，管不了几只破山羊还成什么体统！明天太阳升起一人高的时候，你就把羊群赶到驼背树旁，我来迎你。”

“那男孩是黄金家族的后裔，据说是什么皇帝的后代，还是台吉（贵族）……”那时的我还不明白这话意味着什么。但是在我的印象里他们的身份是比我高贵的。每年春节去拜年时，他们家里的食物总是丰盛得让我羡慕。几个孩子嬉戏时，哈斯巴图总是高高在上，像是个小领导，指挥着我们。也许因为他是皇帝的后代，所以才可以这样？既然是皇帝的后代，我就没有理由反对他的领导。

当我如约而至时他说：“西北边的小草地最能吸引牲口了！”说着就把羊群赶到洼地里。

“哎，这个外乡叔叔家院子里的瓜好像熟了，我把你抬上去，你身子轻，不会把墙弄塌……”他把我抱进了人家的菜园子。

既然是皇帝的亲戚，所以他让我去偷去抢也应义无反顾地执行。我在哈斯巴图的帮助下进入人家院子，立刻就有湿润的芦苇水草和瓜果庄稼的新鲜气息迎面扑来。一时间，面对着葱茏的绿色我无所适从，但还是没忘记寻找瓜果。这时他在外面急匆匆地喊，尽管声音很轻，不过我听得很清楚：“咳，那姑娘，这边，这边！”我在磕磕绊绊中跑到他所指的地方时，滚瓜溜圆的长着花纹的西瓜遍地都是，可是怎么分辨生熟呢？我只好凭着感觉将长得最好看的西瓜秧子扭断，然后拼命地抱着西瓜跑到墙根，哈斯巴根张开双臂把我接过来。

在一簇锦鸡儿丛的阴影下砸开西瓜时，却发现那竟是一颗生瓜蛋！

“费了半天劲，竟然偷来一只生瓜！”尽管发着牢骚，但毕竟是西瓜呀！两个人正忘我地吃得起劲时，哈斯巴图的母亲驱赶着侵入他家菜园子的羊群，带着一身怒气迎面走来，那架势像是不把我们打趴下就决不罢休！

过了几天，外乡叔叔怀抱两只西瓜来到我家告状：“你女儿偷了我家的西瓜!”母亲免不了赏我一顿恶揍,直到我指天发誓:“再也不偷东西啦!”

时至今日我也没有暴露是“皇帝的后裔”指使我偷盗的秘密。或许是朋友之间的义气使然。

后来我们一起进入乡村小学,而且被分在同一个班。由于我们两人的学习成绩优秀,所以我当了学习委员,他担任班长,于是我们丢掉了所谓那姑娘、那小子的绰号,而是在正名之上挂上了官衔儿。

班里的同学也戏称我俩为皇帝和皇后。

到了四年级时,班长哈斯巴图居然配备了自行车,他在清晨的阳光下,高唱着民歌,沿着弯曲的小径歪歪扭扭地奔向学校。绿色书包斜挎在身上,由于戴着簇新的红领巾,阳光映照下,他的脸庞更显神采飞扬精神焕发!我暗自思忖:肯定是因为贵族出身,所以才会这样神采奕奕……由于哈斯巴图驾驭着全校上下唯一的现代化交通工具,所以从学生到老师,无一不对其心向往之,倾心羡慕。于是便有人偷偷送点心水果等贵重礼物给哈斯巴图品,期望以此得到试骑自行车的机会。

包括我在内的大部分人,都是从哈斯巴图那里才头一回见识到自行车!不过第一个“蒙恩”试骑的竟然是我。

有一天,我和弟弟背着牛粪往回走的时候,哈斯巴图骑在自行车上高唱:“当我走在柴达木……”沿着白芨草丛穿行而来。

“还是那个爱显摆的哈斯巴图!骑一辆破自行车,好像骑上一只老虎似的,就怕别人看不见自己。恨不得拿起学校的喇叭,到处广播:‘我哈斯巴图有自行车!’破锣嗓子把牛羊好听的叫声都给搅和啦!这还不算,你猜猜,他遇见我都说了什么?姐姐,我告诉你吧,他说:‘你以后要叫我姐夫,懂吗?’真不害臊,不要脸的流氓!”在弟弟的咒骂声中，哈斯巴图来到了我们的面前。

“咳，学习委员！所有的人都哀求我借骑自行车的时候，你为什么没有一点反应？穆老师刚才还求我呢。我们现在在学校学习，将来还要进城当干部哪，到了那时，就需要骑自行车啦，你一定要学会骑！你的学习那么好，所以肯定能当干部！要去大城市生活！骑自行车！过来，我来教你！你就沿着这个坡往下滑，我在后面扶着你！很容易就会学会的……”

拜那次机会所赐，我骑自行车的本领一直享用到今天。正如哈斯巴图所说，我因为学了文化知识，还真的进城生活当了干部，骑上了自行车。开始在旗里骑，直至在呼和浩特大街上边骑自行车还边有意无意地像哈斯巴图那样哼唱起来。正如我弟弟所说，好像整个呼和浩特只有我有自行车，整个呼和浩特只有我会唱歌，如果有了机会，没准儿还会在高音喇叭里唱上几嗓子呢！

就如同电影《洗澡》里的那个傻子，只要一见水便引吭高歌，我们只要跨上马背，便觉得苍天之下、大地之上只有我们几个人似的，在天与地之间充斥的诗歌，随风一起涌入胸膛。所谓民歌，犹如草原上的茵茵青草，犹如自上天倾泻而下的滔滔河水，从四面八方汇聚到草原，汇聚到蒙古人的心中。悲伤孤独的时候，我常常忘却了自己正行走在车水马龙的大街上，也忘却了自己仅仅是一个骑着自行车的布衣，哼唱起《小黄马》或《我行走在柴达木》等歌曲时，我就想着，自己这是让苍天大地高兴，也早已忘却了自己身边洪水般喧嚣的车流和弥漫的烟雾。

可怜的，只因天在那里。

故乡里第一个骑上装着两个轮子机器的皇家后裔哈斯巴图，现如今却弯腰弓背推着装着两个轮子的车，拉着千万人的行李物品。依旧是两只轮子，然而过去是哈斯巴图骑在车上，而今却是车子骑着哈斯巴图，且车上还满载着他人沉重的行李！哈斯巴图变成了车子的附庸，成为车子的第三只轮子，于是双轮推车变成三轮车，这样说来他是进步了！

这是变革，变革是不管你的出身来处的，更不会在乎你是否是黄金家族！

“没出息的家伙，就算你把脸藏起来，至少哼一首家乡的歌吧？如果那样，我也不会费那么大的气力辨认你！”

“嗓子里不串歌音儿已经好几年了，我已经把歌声遗留在查马克柴达木啦。那里的白芨和红柳因为受了歌声的恩宠而茁壮成长哪，我在离别前跟它们说：好好听话。”

这话让我感到伤感。回想高声背诵字母的时代，记忆中的百草从随声摇曳的身姿似乎也是伤感的，伤感中飘浮着外乡叔叔瓜园里的淡淡馨香……

眼前的哈斯巴图已经谢顶了，露出光亮的头皮。也许是为了掩饰脱发的尴尬，抑或是为失去屏障的脑袋保暖，他戴上了帽子。当我瞅着他的脑袋发笑时，他说：“怎么啦？我光头脑袋看上去不太舒服吧？我原本不想让你发现，可是你个坏家伙硬逼着我摘下了帽子！”

“挺好看的，就像驼背杨树前面的沙陀一样光光亮亮的，看着叫人舒服……”

“哎，可怜！我们俩现在连棵约会的驼背杨树都没有啦！”

“咳咳！驼背杨树还在，它的枝叶沿着你的帽檐长出来了！你说你把家乡所有的一切都抛在原地了，其实所有的一切都长在你的脑袋上。你总是说，抛下了，抛下了，不过在我看来，你把它们一个不落地背在身上了！”我尽可能地开着玩笑，努力不让他感觉自卑。

“坏东西，触碰人家的疮疤隐痛你才痛快吗？”

“我来治治你的疮疤隐痛吧。你先把车子存起来，咱俩找一家蒙古餐厅喝上两杯庆祝一下。你把黑帽黑镜摘掉！不管怎样，在那些黑色的货色里，冒出一个真正的哈斯巴图！我们就把车站当成当年约会的驼背杨树吧！他乡遇故人，金榜题名时，可喜可贺的是，我们都活着呢！”

走进一家鄂尔多斯人开的饭店，两人要了排骨炖土豆，开了一瓶白酒。

琴瑟因敲击而发声，当清洌的醇酒倒进酒杯时，亦欢快地汩汩作响，那清澈响亮的声音里，透出了生活的真谛。为隐藏谢顶而戴的帽子被摘了下来，因本是皇帝的后裔现在却成为千万人的仆佣而遮羞用的掩饰物——墨镜、衣领高高竖起的褪色外衣，一一被褪去。哈斯巴图还是哈斯巴图，我也依然如故。应高举酒杯庆祝重逢！

我们约定，他每喝两杯，我就奉陪一杯。

酒是清澈见底的。而随着酒酣耳热，人平日里的聪敏、狡黠等伎俩就没那么智慧清澈啦。而人的本真却能清澈见底！一如醇酒汩汩作响，你的真心话语也没遮没拦地自心底胸间流淌而出……

“拉白阿爸、苏布德额吉都还好吧？”我问候他的父母。

“父亲已经去世了，不管怎样，再不济也是把自己的骨骸安置在家乡温暖的沙岗阳坡上了。不幸的母亲又能怎样呢？跟随我流浪在城市的烟雾尘土里，整天趴在窗前，不停地念叨着家乡山山水水的名字，我一听那声音心里就乱得不行。所以，我不愿意回家，可是不回去，母亲就会饿。她总是说，宁愿回到老房子挨家挨户讨吃要饭，也不愿意蹲在这里的牢房里……”

“那你的老房子怎么啦？”我问道。

“哎，前几年传言，说是在我们家附近探出了石油。生产队张队长说，我们早晚都要搬家进城，所以趁着好价钱，干脆把房子卖给这个老板吧……我听了张队长的话，当上了搬迁模范。我还不算老，总不能看大门扫大街吧，再说孩子也在这里学习，怎么办，总得做点事吧，这不，推上车子啦。”

“那……媳妇呢？”

“喝酒，喝酒！”他含混地应答着把杯底的酒喝干了。

“咱们那个班多好啊，上早操时整齐划一地在平整坦荡的操场上齐步走的时候，天上的太阳仿佛只照射在我们班的上空似的。全校的师生都羡慕地看着我们。于是咱们俩就竭尽所能地展示指挥能力，常常获得老师的称赞。哎……那时绕着柴达木学校操场奔跑真的是非常幸福的事啊……好像整个柴达木都在回应我似的，一路上洒下我的歌声。也不知道自己为什么那么爱唱歌，也许在那时就已经预感到了自己即将失去故乡？只要走到野外，好像百草花木都在追着倾听我的歌声。所以你们就骂我是爱出风头的喇叭。现在的我已经不唱、不喊、不说，不喧闹了，有什么可喧闹的，连棵枯草都没有啦！人类只有在苍天之下、大地之上，让森林湖泊、虫草花木陪伴着，还要呼吸着蜂蜜一样甜蜜清新的空气时，才会吟诗唱歌。离开了那一切，为谁而吟唱呢？那优美的音律从何而来？树因根深而在风中摇曳，人有大爱而随意畅行！”他打住话头跟我碰杯。

餐厅里飘满了肉香，餐厅主人打开了音响，于是这里充斥着故乡的气息。也许是因为多喝了几杯，也许是由于他乡遇见了少时挚友，我不自觉间跟着唱了起来：

既然为骏马套上银鞍
你将驰骋向何方
我要前去看望那
父亲放马的草场啊
……

当年，这首歌好像是只属于哈斯巴图一人似的，无论走到哪里，都由他唱，而其他人只能静静倾听。因为只要他开始唱起，别人即使唱也没人听得见。

可是今天我开始唱时，他却像是要证明自己真的把唱歌的歌喉也抛弃在家乡了似的，双手紧握，头脑低垂，默不作声。

可我想唱。有点醉意，也许是想用歌声为眼前这位幼年时的歌者洗刷心中的忧伤：

只要树木高大根须深深
就会枝叶繁茂葱翠葳蕤
只要家族渊源厚重深远
就会出言必行成就伟业
……

“哎呀，算了吧！”哈斯巴图微微抬头狠狠地说，“谁又不想出言必行成就伟业？啊？谁不想！树高根深，也得有好土壤吧？我们约会的驼背杨树不也是根须深深吗？如今在哪里？你为什么总是想挖掘让人不愉快的鬼事情？”他瞪着通红双眼，随时准备进行攻击。

我默默地瞪了他几眼，然后说：“那又怎样？我们就应该没有歌声没有欢笑地在沉默中煎熬着？谁不伤心痛苦？只有你一个人承受不幸？只你一人失去故乡？我也不是带着儿女寄居在呼和浩特吗？那又怎样？嗯？”

“你是公务员，是干部，前程似锦！能跟我一样吗？”

“不是公务员又如何？什么人都可以前程无限。那些破烂帽子和眼镜能给你遮什么？对于蒙古人来说即使是天涯海角也是故乡！怎么了，你害怕谁？为什么害羞？你出卖了自己的血统？还是出卖了你做人的规矩礼数？黄金家族又怎样？戴上皇冠就可以登上金銮，摘掉皇冠也可以下得辇车禅让皇位。究竟发生了什么事情？呼和浩特难道就不是你的故土吗？星球之上，哪里是他人的，哪里是我们的？那些操着异族语言跟你争抢五元钱生意的人们难道是这里的人吗？啊？那么既然他们可以，为什么我们就不可以？”

班长大人竟被他的部下学习委员骂了个狗血淋头。他突然沙哑着嗓子笑了起来：“吃死老娘的那姑娘，我到处打听你的情况，这个你知道吗？算了吧，我现在就把这破帽子和墨镜扔掉，既然我已经在你面前丢人现眼了，还有什么必要藏藏掖掖的？”他微闭眼睛一笑：

当我走进柴达木
鸟儿留下蛋儿飞走啦
我扭头离开的时候
泪珠已经挂在脸上
……

他突然响亮地唱了起来。不知是因为饮酒还是心情激动，脸变得通红。驼背杨树上面的沙岗似的光亮额头上流淌着汗珠，唇髭上已经长出了花白胡子。我提醒着自己，这位就是当年引吭高歌恣意显扬的班长——哈斯巴图。循着他的歌声，我看见了查马克柴达木和那里的白芨草丛。哈斯巴图依然骑着自行车，穿行在崎岖小径上。“一，一，一二一！”他指挥着班级学生朝气蓬勃意气风发地奔跑在操场上！

“因为思念亲人，所以才伤心歌唱！”他沙哑着嗓子喊道。为什么要紧闭双眼？是为了埋藏胸中的伤感，还是为了在黑暗中更加清晰地审视自己的忧伤？他好像真的看清了内心深处的忧伤，泪水沿着脸上的皱纹向下滑落，最后消失在花白的胡须里。我虽然心疼，但仍装作没事似的递给他纸巾开玩笑说：“给，把那没出息的水珠擦掉！”

“呵呵，你个坏那姑娘，你恐怕是这个世界上最坏的家伙啦，从谢顶的脑袋到掉下的泪珠你都看见了。当我决定跟你来饭店的那一刻起，我就没想隐藏什么！正如你所说的，丧失家园又怎样？整个地球都是我们的，成吉思汗是我们的先人啊，所以呀，我们想消化掉地球，结果自己被地球消化掉啦！我想，地球很快就会苏醒过来，地球也很快就会被挽救！好了，唱歌，好几年都没唱歌啦：

白芨草丛啊
就在耳畔喧嚣
……

“知道吗，那姑娘，我把老婆送给别人啦！汉人说，只有土地和女人不能送给别人，我全都送出去了！我就是这么一个愚蠢的傻瓜，她现在已经和老板好上了，所以我就离开了！就算我戴上了黑帽子，也绝不戴绿帽子！既然像我这样的流浪汉，不能给她带来幸福，就应该让人家走吧？不过我还是把老婆抛弃在自己的故土上了！”他诉说着，好像是在话语里找到了安慰般哈哈笑道，“哎，俗话说，人活着就能用金碗喝水，妈的，今天居然遇上了你，还和你饮酒唱歌，多少年了？这是第一次！虽然不是金碗，可也是用晶莹剔透的玻璃杯喝酒哪……”说完，他举起酒杯一饮而尽。

“哎呀，你们呀，一会儿是骂，一会儿又是唱，还说什么家乡啊，故土的，多好啊！多少年了，我想说这些，可是没有地方去说……”一个长着黑胡子的男子晃悠悠地走了进来。我赶紧为他匀出座位。

“我叫色楞，是个名人，要是继续工作的话，现在起码也是个厅级干部。可是这些有什么用？别说是厅长了，就连地球也不得安生啊！是不是这样？人类本来跟地球和睦相处活得好好的，可突然冒出一些有钱人，他们和官僚们沆瀣一气想合伙购买地球来满足自己的欲望……哼！你看看，他们也把蒙古人和地球的关系给搞烂啦……但是我坚信，真爱挚感可以挽救一切！那些混账东西们决不能破坏蒙古人和地球之间牢不可破的关系！好啦，咱们碰一杯！为了地球芬芳满园美貌如初！”他举起了杯子。三个醉鬼觥筹交错。溅洒的酒就像我们喷出的话语一样溅落在桌子上地板上。多么珍贵的液体呀，但是今夜就要任意挥洒！我们喜欢这些液体，它是我们的心友，心胸既开，那珍贵的液体当然要荡漾溢出……

“好啦，我们认识了，我想记住你们的名字，我是个一无所有的穷人，没有朋友，没有情人，说话时独自一人，哭泣时独自一人，打喷嚏时无人响应，写作时亦是孤影一只。不过正如谚语所说，我在等待连打两个喷嚏的日子，因为连着的喷嚏会带来喜庆。今天早晨我就打了两个喷嚏，看来那谚语还真灵！”

“喂，连着打喷嚏就预示着喜庆这话不假，我告诉你一个好办法，以后你要是想连着打喷嚏，就用棉花或者长头发挠鼻孔，这样喷嚏立刻会来找你，没准还是三个喷嚏呢，那不就是说更大的喜事等着你吗？”哈斯巴图煞有介事地说。

看见两个男人既孤独又可爱的样子，我笑得眼泪都流出来了。

“唉，说起家乡故土，我们的故土不仅包含着绿色草原、马群和河流湖泊，还蕴含着文明文化这些大宝藏啊。蕴意无限丰饶的文化也会跟随着家乡而消失得无影无踪。因为爱，因为珍惜，所以我搜集，我写作，不过独自一人顾了这头就丢了那头。刚开始，我求助政府，后来就精疲力竭啦。我心想，与其徒劳无益地奔波费时，还不如坐而论道，就这样，我变成了墙角里的钉子，直到今日！”他继续说道，“告诉你们吧，我搜集了很多文化历史方面的资料，并且整理好它们，拍摄记录。可是我不想像个后娘养的孩子似的把金贵的文章夹杂刊登在只有出钱才能买版面的刊物上！是不是这样？你是干这个的，你应该知道的！”他说着与我碰杯。

他继续道：“我认为，不久之后就会出现真正的热爱地球的人，现在是时间不到，时间一到，便有英雄出现！到了那个时候，我所作所为的价值就能体现了！”他喝了一大口酒，神情刚烈坚毅，真的好像他的作品不久后就要面世，整个世界都会拜倒在他的大作下！

“到了那时，像我这样上无片瓦、下无立锥之地的孤苦人就有用武之地了！”他又喝了一大口酒。

“唉……人已过不惑之年了，父母一见面就唠叨：断子绝孙啦。因为害怕，我总是逃避。可是像我这样与笔墨为伍的穷酸文人，什么女人愿意跟我呢？我曾经跟一个女人过了半个月，后来她知道自己坚持不下去就走啦。走，当然对了，她也不是命中注定要吃苦受累。我不能照顾她，不会操持家务，人家要我做什么？除了我的爱之外什么也不需要的人也许能跟我过到一起……”

“听起来，你还远不如我呢，我虽然失去了老婆但还有孩子，而且还是两个！哎呀，天下还有不如我的人！”哈斯巴图充满自豪地举起酒杯一饮而尽。

“好啦，我们都会好起来的，把歌儿唱起来，让牛粪烟儿升起来！洁白的毡房炊烟升起……”当我领头唱起时，那两个人把酒杯“砰”的一声放在桌子上跟着唱起来：“这就是蒙古人，热爱故乡的人……”唱毕歌曲，三人中有人提议干杯：“阿伦高娃母亲（蒙古秘史里的伟大母亲）曾经训导我们，五支箭杆不易折！”

唱完之后，哈斯巴图端起茶碗喝茶，然后用手掌揉搓着脸蛋，使劲地吸溜了一下鼻子说道：“哎——今天，我吃了，喝了，唱了，笑了。可怜的母亲现在肯定脸贴着窗户等我呢，赶紧给老人家带点饭菜回去，孩子们好像也说过，今天晚上要回来。”

“好吧，再煮一点新肉。”我叫服务员。

一说起母亲，哈斯巴图脸上立刻闪现出一个男人的深情厚爱和严肃的责任心。我的心里颇有感悟，丝丝暖流涌上心头。

推车的两只车轮应是他生活中的太阳和月亮，而他自己已然化作了那第三只轮子，为生活之车添砖加瓦碾过岁月和大地。头已谢顶，衣已褪色，然而这落魄之人在我眼里却是最有魅力的男子汉。虽然是一个流浪汉，但母亲、孩子和故乡依旧深深地隐埋在他的心中。

“什么也没有，我失去了一切。”可是他毕竟在我面前坦白了，从贵族到平板车夫，一切的一切！

“好啦，那姑娘，遇到什么困难就告诉我，尽管我什么都没有，可我还有两轮车，加上我自己就是三轮车，起码能给你搬运些东西吧。”

我哽咽着紧紧握住他的双手，似乎寻找到了温暖的靠山。

尽管当自己听见别人说“爱死你啦，我已在爱中干涸”之类的甜言蜜语时会高兴得忘乎所以，可是听到今日“有什么困难，我随时为你去做一切”这样的质朴话语时，我却像在白昼里看到星星一样稀罕。

“经常让苏布达额吉去我们家散散心，让她老人家高兴高兴。我们家住在高层，也让老人家登高望远一下！没准她会以为那雾霭深处就是自己的故乡呢。不能让母亲大人伤心操劳，我的冰箱里存着老家捎来的新鲜肉，我给她炖肉汤好让她心里敞亮些！”

在一旁倾听我们谈话的色楞依旧端着酒杯，越过眼镜框注视着我们说：“你们多好啊，我是不好意思见自己的母亲了，一是怕她说‘四十岁了还不娶媳妇’，二是怕她见到我会伤心。但是话说回来，老人家已经八十岁啦，躲着谁也不能在母亲面前藏着掖着吧？走吧，我也回去看看母亲！”

“你们俩都去见母亲，我要去接儿子啦！”几个人在道别之际，互相祝愿：“明天早晨醒来，立刻噗噗噗地打三个喷嚏！”

（海泉 译）

迁徙心韵

沁入灵魂的心声

每当思念家乡的时候，我就拉上孩子们，开车回去看看。

可是从回家后的第二天开始便觉得心中空落落的，像是缺了什么似的。于是就下意识地寻找一种自己都说不清楚的东西。记得小的时候，只要感觉心里空寂，我就出去放牧，或者到邻里家串门，回来时就心胸开阔敞亮起来。

只是到了现在，东西邻里已经断了联系，过去踩出的小径也被杂草覆盖了。如果有一天哪家的牲畜不见了，也不会像过去那样四处寻找。如果羊只不见了，顺手把手机贴在耳边打电话："喂，你们是不是见过一只羊羔?"

手机开路，土路封闭。隔空交谈，不见肉身。我那敏锐的心绪犹如被密集的蜘蛛网罩住了。我陷于迷惘的心绪，像梦游之人，迷途中惶惶问询出路在何方。

心绪不宁时，我便爬上幼时玩耍的沙岗顶上眺望四方。东边柴达木中有一条白色道路蜿蜒而过。我总觉得应有什么人沿着那条道路款款走来，或者是我自己穿行其间。这条小路，最初是为了去纳延泰阿爸家而开辟。我们家搬迁到这里的第一年，来回走动的邻里必须拨开密集的白芨草丛，行进在无边无际随风起伏的白芨海洋里。渐渐地，那茂密的白芨草像新媳妇新梳开的头发一样朝两边分裂开来。走到柴达木边缘之后再绕过几簇艾菊和土堆就是纳延泰阿爸的家了。

从那以后，我们两家人不停地来回穿梭，新媳妇分开的发际终于成了小径进而变成了宽广大路。由于这条道路已经成了前往嘎查和苏木的必由之路，所以坦荡依旧。

应该去一趟纳延泰阿爸家！这个念头在脑海中一闪而过。

偶尔有一辆摩托车驰过大路，划破柴达木的空阔与寂静，加重内心的寂寞。时令已近黄昏，在金色的霞光中，那些摩托无意间拂起轻轻的烟尘，最后犹如大自然唱晚似的慢慢消失在空中。我究竟是在思念谁？抑或是别人在惦念我？

明天就去一趟纳延泰阿爸家！就在自己决定的一刹那，似有一首诗涌进我的脑海。

微风吹起的尘埃宛如飘浮在空气中的一曲伤感的诗韵。走在大路上首先想到的是纳延泰阿爸。

纳延泰阿爸好像只为两件事情活着。一件是讲故事，另一件是种树。他的故事讲得生动，故事中的人物栩栩如生，至今如在眼前。讲到起兴处，仿佛他自己就是故事里的主角，挥舞手臂，圆睁怒眼，使听众欲罢不能。那时老人家的故事多得好像在他胸中装不下似的，讲故事经常是恣意挥洒旁若无人。即使身前伫立的一棵树，也挡不住他的述说欲望。由于纳延泰阿爸种植了很多树，所以他居住的白色房屋也会呼吸着清明绿色的空气。从远处望去，只见树木不见房屋。只有烟囱里冒出的青烟才会表明这里居住着人家。烟囱里冒出的青烟，因高耸的林木阻挠，无法直冲云霄，青烟宛若温柔的手掌，抚慰着树木枝叶丫杈，然后才像根经纬疏落的哈达飘散在深远的高空，而一部分烟雾会消失在叶片之中。

喜鹊和小鸟闻到烟味之后，像诗兴大发的诗人似的，叽叽喳喳喧闹不停。它们是在吟，在唱，在交谈呢。鸟儿们站立在丫杈上面喙对着喙鸣叫着，仿佛是站在舞台上为自然母亲奉献演出。

我想，受惠的鸟儿若是真的在唱歌，那么它们首先应该歌颂纳延泰阿爸种下的树木。有的鸟儿由于兴奋过度，竟不知落在哪棵树上才好，于是在欢声笑语中来回穿梭飞个不停。

不知为什么，只要我来到纳延泰阿爸家，喜鹊们就格外高兴，他们家的人都说，只要我要来，喜鹊就叫个不停。其实，人类又何尝不是希望能够坐在树枝上歌唱大自然呢！

真的，当我迈进他家门槛的时候，那些布谷鸟、麻雀、喜鹊等纷纷伸长脖子鸣叫，仿佛是在说：你也来和我们一起唱歌吧……

既然是呼吸同样的空气，唱出的音律也应该是一样的。就是那家人周围的空气中也像是充斥着音乐。那种天赋韵律恐怕不是任谁人都可以演奏出来的，只有自由地融入环境，或与环境化成一体的生灵才能理解和演奏。

据说纳延泰阿爸的父亲是一位文武双全的大人物。当我们现在居住的地方差点就落入他人手中的时候，是他出面据理力争从那些入侵者的铁犁下夺回了草原。纳延泰阿爸知道那么多典故，应该与他的家庭渊源有关。

由于纳延泰阿爸已进入耄耋之年，所以人们都忌讳直呼其名，管他叫“故事阿爸”或“树林阿爸”。大年初一，附近的邻居首先都要去高龄的纳延泰家，给他磕头并让他摸顶，以求子孙健康长寿。

纳延泰阿爸的儿子叫云登，云登舅舅歌唱得好。他的夫人卢格璐舅妈则是女红出类拔萃远近闻名。

云登舅舅的儿子诺干楚鲁喜欢诗歌文学，是个真正的与自己生长的环境相配的英俊青年。关于他的故事在这里就省下吧，留着以后再说。

有十多年了，我没有来过纳延泰阿爸家里。想到目的地现在仅有咫尺之遥，就有些激动。联想着闻见牛粪烟和植物湿气的混合气味、听到喜鹊叫声的情景，我的心立刻融化在熟悉的氛围里，心儿竟如童年时代似的跳动起来！这心声是诗？是歌？步履轻盈，神采飞扬！

看见了！纳延泰阿爸那矮小陈旧的房屋就在沙岗脚下，这一切都真切而实在！可是眼前的破旧房屋就像一件被遗弃的旧皮袍，孤独而忧伤地伫立在那里。尽管不如人意，可那旧皮袍里依然蕴藏散发着主人旧日里的体温。

可是今天，这里没有炊烟，也没有喜鹊的报喜声。

那座房屋的檩子断裂下沉，房顶上的椽子、檩子、柳条棚乱七八糟地刺向天空，从房檐垂落下来掩住门窗的柳条犹如疯子额前胡乱垂下的乱发。一股寒气从头贯到脚。心想：是什么样的命运让那勃发的诗情画意此时此刻却成了嘲讽的把柄？

能把清晨升起的炊烟羁留到黄昏的茂密林木哪里去了？仅存的一两棵树像偏瘫病人一样歪歪扭扭地杵在土里，偶尔有绿叶无力地从树干上逸出，如在诉说：因为我是故事阿爸培育的树，所以只要仅存丝缕生命，就要守护在这里！

了无诗兴，反而想哭泣。

纳延泰阿爸肯定对他的树林讲述了很多的故事。听力已衰的阿爸，见天见日地与树木打交道，不停地跟它们说着话。听上去，口吻时而严厉时而和蔼。早早失去伴侣，于是把林木遍种于整个柴达木成了他唯一的人生目标。由于整日挑水，肩膀上的衣服补丁叠着补丁。他所有的生命意义，所有的爱……都浸透在树木里了，如此一来，想必老人家不应该有困惑孤独。

前面说过，前往他们家，映入眼帘的首先是簇簇绿色。或在林木间隙里，或在房前屋后，纳延泰阿爸会肩挑水桶弓着腰往返走动。

那清澈的水汩汩流进干涸的土地。两只水桶，一只装着甜水，一只装着绿色。

不用说，到他们家，首先要向辛勤劳作的阿爸问好。有一回，当我走近他时，他正面对一棵大树坐着，嘴里不停地嘟囔着：“哎哟，你为什么要这么粗暴地对待我？差点就把我的膝盖撞碎了。你要有什么不满意就说出来呗！是我把你的丫杈锯错了？不至于吧，本来这些日子膝盖疼得不行，你还要……哟，哟……哎呀……”就在这时从树枝上落下的一只喜鹊鸣叫起来。

“走开，你个坏蛋！阿爸快疼死啦，你还在这里捣乱嘲笑？”说完他捡起一块石头扔了过去。喜鹊飞离时依然像嘱咐什么事情似的喳喳叫着。

我走到近处屈膝大声问候：“阿爸，您好吗？”他转过头来看：“啊，原来是大眼睛姑娘来啦？哟哟，阿爸想给这棵树修剪树枝，结果摔倒把膝盖磕破啦！”因疼痛而皱起的脸庞显露着一份天真。我仔细查看他的伤口，被划破的膝盖在流血。阿爸却朝伤口撒了一把沙子，然后站立起来。

“朝伤口撒沙子行吗，阿爸？”

“行，为什么不行？我们在战斗中受伤时，就是用一把沙子治疗的！”他歪歪扭扭地向房屋走的时候，故事就开始了。故事一旦开始，一份满足感就出现在脸上，他忘记了一切，当然包括疼痛。快走到家时才想起了什么事似的：“快给阿爸把拔火罐取来，我要给伤口拔火罐，我要把膝盖里的积水全部吸出来！”

“行吗，阿爸？”我犹豫着。

“怎么不行？是那棵树故意把我的膝盖弄破的，意思是让我治疗膝盖的病，快呀！”

又有谁能忤逆阿爸呢？

结果还真是，阿爸取下罐子时，有很多紫色瘀血和黄水涌出。从那以后，阿爸膝盖疼的毛病真的好了。

“唉，可怜见的，我现在才明白喜鹊说的话啦！原来它是在说：‘赶紧，赶紧！抽出积水！’可是我却以为它在嘲笑我，还拿石头打人家，错啦，错啦！还真是的，疼了多年的膝盖就这么好了！”高兴的当儿，他不停地把腿伸出去又缩回来。

“阿爸明天回去给喜鹊认错吧？您能认出它吗，别冤枉了自己……”我取笑他。

“就算我不认识它，它也会喳喳地叫着来找我，它不会是被打了一下就跑掉的小气鬼吧！”

于是我们就开始听故事。故事中有山水、植物、动物和关于善和恶的内容，而我们不愿听这些。我们会抱怨故事不精彩不吸引人。可阿爸也不会轻易认输：“诺干楚鲁，你要娶这个大眼睛的坏姑娘做媳妇！”我会生气地把枕头扔向阿爸，会把烟袋里的烟叶抛撒出去。阿爸回应着：“你这样打我，就像我打喜鹊一样！过一会儿你就会感谢我给你讲出了最好的故事！”

那时两家人都叫我小山羊，所以阿爸常说：“经常把这个小山羊带到咱们家！”

房屋后面坐落着一座沙岗，阿爸在沙岗下面种了几棵桃树。因为担心春风吹落桃花，阿爸就用锦鸡儿苦艾覆盖沙岗，然后挑来泥土压在上面，好像他来到这个世界上就是为了挑水担泥。他说自己一旦离开了劳作，就会旧病复发全身酸痛。想到这里我就不禁审视自己，我不也是怀里不抱着孩子就会坐立不安吗？

我们开玩笑：“您是愚公移山哪！”

“哼，一些没出息的小山羊，你们懂什么？我辛辛苦苦不就是为了让你们多吃上几个桃子吗？春天风大，风会把桃花吹落，这跟母畜早产一样，只要花朵不落，那个个都是桃子。到了秋天，桃子红了，嘴里流着口水往这儿跑的孩子们多可怜啊。你们怎么想？人活着是为了别人，不能只想着自己，浑崽子们！”仔细一想，阿爸说的似乎有些道理，于是我们开始动手帮阿爸采锦鸡儿和苦艾。不过那时我们之所以这样做，只是因为贪图想多吃几颗桃子，压根就没把他说过的道理当回事。

现在，在这洼地里连个桃树根都见不到。只有几簇野蓬寥落地立在那儿。虽然“愚公”堆砌覆盖的沙岗已经塌陷变矮，但依稀可以辨出原来的模样。

阿爸的家族是名门望族，所以什么都不缺。舅舅家有磨坊，每逢春节，邻居们聚集在磨坊里，一个挨着一个等候着磨米、磨麻籽。炒米的香味充斥着低矮的磨房，姑娘媳妇们谈论着谁谁炒的米火候好，米粒像蘑菇一样白，咀嚼起来像脆骨……故事阿爸经常为磨盘柱子添油，他说这样磨盘会变润滑变得轻巧，牲口少遭罪。

眼前的磨房只剩几处残垣断壁，没人炒米，磨房当然颓败。就算有人炒米，现如今又有谁会使用青石磨盘啊？可我竟仿佛能依稀闻得到炒米的清香气味，不知不觉间嘴里就积了些口水。人们在创造生活、创造风俗习性的同时又会不自觉地把它们抛弃。那么好吃的东西，人们怎么会遗忘了呢？但仔细想来，我们所遗弃的东西何止这些！磨盘是岩石做的，即使被尘土掩盖，依旧带着它那斜线形的沟痕抗拒着风雨的剥蚀静静地守护着门户。岩石是坚实的，早期的人类显然深谙这一点，所以才把自己初创的原始文化刻画在上面。人类善变、轻浮、空虚，他们经不住变幻莫测的时代潮流的冲刷，很快就失去自己的原色，而岩石不是。

就如为众多女人磨米一样，磨盘同样为人们磨砺着生活。纳延泰阿爸就在为家乡人们磨砺生活的磨盘添油增寿，自己却最终灯油枯尽驾鹤而去。纳延泰阿爸临行之时，也许把桃树、故事、磨盘的油都带走啦。他在那个世界过得好吗？

我走进房屋，顺着堵在窗户前的柳条和芦苇的缝隙窥视阿爸的住房，尽管火炕已经塌陷，但炕面上的烟灰像是带着加热火炕时留下的余热气息回望着我。我仿佛看见阿爸在向炉灶添柴，之后盘腿坐下，抽着长长的烟袋锅继续讲着故事。

阿爸现在讲述故事大概会使用另一种语言了吧？当年我贪图游戏，所以向您发脾气发牢骚。而在今日，我却渴望倾听您那无声的故事，将世上遭遇的缺憾从故事里寻找回来。您也许早已在彼岸世界知晓，不愿倾听您故事的后人现在多可怜吧。把枕头扔向您的情景历历在目啊……

几只寻觅食物的麻雀在坍塌的屋顶椽檩之间回还雀跃，但是它们没有找到任何东西。

寻觅阿爸故事的我的心也像那些寻找食物的麻雀。

（海泉 译）

迁徙的心韵

回来的几天里，待着无聊，便把小时候使用的旧箱子找出来，擦去灰尘，扭开了锈迹斑斑的箅子。

箱子里还装着《骑马的无头骑士》《家》《海岛女民兵》《雄鹰、乌鸦和鹅》《青春之歌》等旧书，有的还用当时的报纸包了起来。

这些书籍都是我和诺干楚鲁哥哥的，我们俩经常彼此借着读，最后有一部分被放进了我的箱子，而另一部则被放进了他的箱子。

小时候，要么盼着过年，要么盼着去诺干楚鲁哥哥家。

先我而去公社上中学的诺干楚鲁哥哥，每次回来时都会带来很多好看的书籍和报刊，我们读着读着仿佛就从那些书中看到了自己的未来，总是兴奋异常地做着各种关于自己未来的梦。从依稀丹增旺吉勒到巴金的《家》，我们一本不落地读着，好像不久之后就要从这个洼地里走出两位大作家。

今天，我不由自主地迈过了这座抛弃了诺干哥哥抑或被诺干哥哥抛弃的门槛。走进失去主人的破房，心里也似乎因落了一层尘埃而变得混沌起来。大房间的火炕虽然没有遭到毁坏，但是旁边堆起了许多老鼠挖洞时推出的土，上面布满了老鼠屎。各角落里悬挂着蜘蛛网。这一切似在说明，有些生命依然留恋着这里。

就是在这盘炕上，曾举办过很多宴席。每年春节初一或初二，很多人会来这个家，给长寿者磕头并让老人为自己摸顶。然后去祭祀房屋南面的古老尚时树（长寿树），为心灵拂尘。接着欢宴开始，街坊邻里沉醉在琴瑟歌声中，生命也就在这喧闹的欢乐中获得新生。

当云登舅舅端坐在筵席正中央，演奏起三弦胡琴时，众人便和歌而起。在唱歌时，有人紧闭双眼，有人眼泪长流，穿梭在苦艾柳丛中吃草的羊群咩咩叫着探起头，好像是在为自己做了这个人家的畜群而自豪。

初一格外明亮的阳光射进窗户，为欢悦增添色彩。

叔叔舅舅的歌声，青年男女热恋中的灼热目光，卢格璐舅妈做的美味佳肴……这家人家真的如同八月盛开的鲜花，花团锦簇，繁茂葳蕤。诺干楚鲁哥哥和我，生长在这样优美的歌声中，怎能不萌生当作家诗人的隐秘愿望?

诺干楚鲁哥哥给我起了个绰号：查干伊西格（白色山羊羔）。为了方便把“伊西格（山羊羔）”去掉，直接叫我查干。我也效仿着把“楚鲁”二字省略，叫他诺干（蒙古语中，查干为白色，诺干为绿色）。两种颜色总是彼此交织，彼此吸引，偶尔见上一面，便快意无边。使我们倍加快乐的是，我们可以一起享受大自然慷慨的馈赠。

萝藦、哈德（蒙古语，分别为两种不同野果树的名称）的果实开始成熟时，我和诺干哥哥便会沉浸在收获的喜悦里。

走进东面沙岗上的苦艾、艾菊丛中，植物清新的气息迎面扑来，萝藦的胖乎乎的骆驼奶（萝藦果实的名称）摩肩接踵一个挨着一个在茂密的枝叶中悬垂着，有的果实的尖顶会在沙子上划出奇形怪状的痕迹。那划痕似乎就是植物们的文字，书写着：大自然母亲，我爱你！萝藦母亲仰视着天空茁壮成长，果实子女悬垂大地而涂写文字。我们抢夺着将那果实喂进嘴里，很快舌头就开始疼痛，接着淌出鲜血。但是我们依然贪心不足，把剩余的果实用衣兜装起来。为装果实掀起衣襟时，肚脐会露出来。诺干哥哥说：“咳，过来！你看你，把果实放进我的衣襟里吧，你的肚脐都出来啦，要是受了风就会怀孕的！”我吓得赶紧把果实匀给他。那时双手和衣服上沾满黏稠白色的果汁，可是没人会在乎这些。

“你看这果实，皮子是绿色的，果核却是白色的，这样就把我们俩的名字都包括进去啦，哈哈哈！如果咱们俩生孩子，就给他取名叫骆驼奶！”诺干哥哥兴奋地说。

恰在这时我突然想起一件事，便哇的一声哭出来，把衣襟里的果实扔了一地。我骂道：“坏诺干哥哥，你让我怀孕啦！”说完用黏糊糊的手掌抹着眼睛放声大哭。

“喂，我怎么让你怀孕了？你讹人哪！”

“我没讹你！你碰了我好几次，刚才我往你衣襟里放果实时，你也碰了我！这次我肯定怀了孕，怎么办？”我除了放声大哭之外毫无办法。

不久以前，诺干哥哥和我在草丛中玩藏猫猫，当我逮住他时，他瞪着我说：“你是个姑娘，少跟男孩乱玩儿！是不是想怀孕啊？”从那以后我就以为，只要跟男孩打闹就会怀孕。于是我对他说：“以后逮住我，不要碰我，就是用木棍碰到我也会怀孕的！”其实我们早就把那件事忘到九霄云外啦，从那以后，我们谁也数不清向对方身上打了多少拳。

诺干哥哥说：“没事，不会怀孕的，只有大人才怀孕，小孩不会。你看！你见过山羊羔产羊羔吗？”他得意地讥笑我。

后院的桃子开始成熟时，似乎整个世界都闻得到它们的香味，我们恨不得就住在桃树上。尽管桃子的细毛扎得全身痒痒，可当沉醉在桃子的香气里时，只会恨不得自己立刻变成桃子。

我快长到十八岁了，所以每逢喜庆宴会，就帮着端茶倒水。那时我已经明白了并不是触碰一下男孩就会怀孕了。

上了初中之后，又读了几本书，每至诺干哥哥家，就炫耀自己读过的书，而那时的诺干哥哥则变成了诗人。我们一起发誓将来要当作家，我们还打了赌。有时还会跟对方说："既然成长在如此美丽的自然怀抱中，不当作家会遭家乡神祇的责怪。"

由于诺干哥哥是独生子，所以早早就退学回家了。不过我从来没有怀疑过他会成为诗人的事实。

春节到了，没想到诺干哥哥要举办婚礼了！我当然要为宴席洗杯刷碗。据说媳妇是从北方聘的。

那地方距离这里应该很远，午时出发的送亲队伍深夜才到达。男方在家院外铺了毛毡，将新娘迎了进来。然后让两个新人磕头祭火，举行火洁仪式。诺干哥哥牵着新娘的手迈过篝火的一刹那，我立刻回到厨间，恨不得把那些坛坛罐罐锅碗瓢盆一个不剩地砸个粉碎！我有什么义务给他们舀汤盛饭？外面的人却不管这些，他们燃放鞭炮，欢呼雀跃。

祭过火之后新娘被请进新房坐在炕上。当诺干哥哥的新娘和嫂子们坐在炕上时，跟我一起忙碌的姑娘们扒着窗户往里看。我也随着大家瞥了一眼。众人交口称赞盛装的新媳妇漂亮，我却嘟囔一句："漂亮个啥？"但新娘确实很漂亮。

当新娘下得炕来，所有的人都扯起嗓门唱起了《紫檀色的枣红马》。我也想借助歌声抚平那难以言喻的情绪，可是一张嘴就想哭。

我在厨间洗碗时诺干哥哥走了进来。年轻人高声呼喊："咳，新郎来啦，磕头磕得累了吧？哎呀，新娘真漂亮，你是怎么找到的……"在喧闹声中，我跟诺干哥哥说："跟我去取柴火！"我甚至都没称呼他一声哥哥。

"喂！能让新郎干活吗？"

“为什么不行？你是新人，难道我们因为是老人才为你干活吗？我来抱柴火，你举着手电，我害怕！”

“好，好，查干！”

有的年轻人惊奇地说道：“哎呀，白山羊羔今天才亮出脾气啦，女神啊，赶紧去，诺干楚鲁给她打电筒！”由于姑娘们正在唱歌献茶，所以青年们没有看出就里。

刚出门我就审讯似的问他：“跟心爱的姑娘举办婚礼，你很高兴吧？”

明知他心里高兴，也不希望他说出一句高兴的话。

“没有什么值得高兴的，人世间的规矩嘛！更谈不上心爱什么的，因为我们根本不认识！”

“那么，是谁给你娶的？”

“我姐夫！”

我不知道自己为什么生气，也不知道自己希望听到些什么，步伐错乱地在黑暗中瞎走一气。

“哎，哎，别摔着！过来，沿着灯光走！”诺干哥哥越是语气柔和，我就越想哭。“我摔跤跟你有什么关系？”我说话间加快了步伐。说实话，此时此刻我恨不得真的狠狠地摔上一跤。还真的摔倒啦！诺干哥哥赶紧靠过来伸手扶我，我恶狠狠地甩开他的手喊道：“别碰我！”虽然心中产生一阵强烈冲动，想一把把他搡倒，但是敬重之情阻拦了我。

“你今天是怎么啦？”

“你要是不当诗人，就枉做大自然的儿子，这片草原是不会容纳说话不算数的人的！”由于找不到合适理由，我就胡乱喊了一气。

“查干，我说到做到。请你相信我，只要你信任我，我肯定实现自己的诺言！现在，我真的有点怕你，请你理解并相信诺干哥哥吧……”即使是在黑暗之中，我也真切地感知到了他的真诚与亲和。

是因为他亲切的话语，还是因为他说了一句和新娘不相识的话？我感觉心里宽敞了一些。

今天我究竟是怎么啦？我们之间不过是互相立誓，他当诗人，我当作家，可并没有约定我嫁给他、他娶我呀？他跟我的亲兄长有什么区别？

当我返回房前时，满屋的人仍旧觥筹交错琴瑟和鸣。

北方沙岗的沙土啊
紧紧粘黏着我的衣襟
美丽姣好的妹妹呀
紧紧粘黏在哥哥胸膛
……

青年们意气昂扬兴致勃发地高声唱着。

“黏糊吧！粘黏吧！没羞没臊的，在这么多长者面前居然唱这种下流的歌曲！”

“查干，别生哥哥的气……”诺干哥哥低语着。我们俩走进厨间，屋内飘浮着手把肉和饭菜的香味，锅里仍旧冒着热气。

“查干，你的衣服上粘上草棍和泥土了。你是我们家乡的一盏明灯啊，你比任何姑娘都高贵优雅，比任何姑娘都美丽漂亮！”说话间，他为我弹去了衣襟和膝盖上的泥土，摘掉了粘在衣服上的枯草柴火。倏地，我陷入了无边的伤感之中。我竭力控制着自己不冲上去紧抱诺干哥哥。

新娘名叫苏布达。嫂子不仅人美脾气也好。

诺干哥哥和苏布达嫂子结婚后，家和万事兴，五畜齐全，牛羊成群，拴马桩上骏马嘶鸣更是为这家人带来了勃勃生机。无论是成群的喜鹊还是走动的人群，都喜欢在诺干哥哥家聚会。

苏布达接连生了两个男孩。我为两个孩子分别取名为哈斯塔拉和哈斯戈壁。

“再生一个女儿吧，名字就叫哈斯花拉。你们管生，我管取名。希望再次来的时候，哈斯花拉已经降生！”协定已经约好，我却未能如期归去。

为了生存，我从这座小镇迁徙到另一座城市，从这项工作转做另一项工作。间隙里还生了孩子，起名叫哈斯乌拉。

那期间我经常会在报刊上读到诺干楚鲁的诗章。

不过读到的常常不是诗歌而是忧伤，是他内心深处的深深的孤独落寞。回忆中故乡的一切因了隔阂而不太真切没有质感，于是就无法遏制泪水。

到了后来，我觉得那远方树叶的落地声和野果在沙土里滑动的声音似乎也能知会一个离乡孤雁似的女子的感思。那一切都会化作无声的浅吟低唱，变成真切的诗句渗进我的血液里。在宁静中独自一人阅读诺干楚鲁哥哥的诗章，也应是谁也不能享受的幸福！

现在，在这座破败的房屋里，除了几只疲惫的麻雀和我的心声以外，没有任何杂音。那样一个生气勃勃充满欢声笑语的人家竟然变得如此寂静无助，这简直如同天塌地陷一样让人无法想象。

走到风马禄旗旁边就想到，那时偶尔到诺干哥哥家过年时，我们就在风马禄旗前面点燃篝火，燃放鞭炮，点燃天灯。诺干哥哥与男人们一起，点燃侧柏，诵经祈年，我和卢格璐舅妈及姐姐一起在一边跪下磕头。

诺干哥哥和我就如此跪拜同一旌旗，跪拜同一篝火，呼吸同一蓝天下的空气，一路走来。尤其是对文学，当然更是“一个鼻孔出气”啦！我怎能不读他的诗章、倍加珍惜他的诗歌！

祭祀火堆上平静升起的袅袅青烟，使天、地、人的一切都变得像秋天的湖水一样宁静清澈。在那瞬间，我祈愿再次出生在这片土地上，再次沉醉在那馨香的雾气里，再次与诺干哥哥亲近再亲近，然后幸运地活上一百年，所谓人，热爱生活，此之谓也！

现在，旗杆也断，风旗早已被摘掉，祭台已经坍塌，被破砖烂瓦掩埋。砖瓦下面压着整齐叠放的经幡。

风旗只有皇帝驾崩或父母逝世时才会被降七日，而在平时是绝对忌讳被降下的，诺干哥哥家却降旗了。

看来别离故乡可能比别离皇上和父母都残酷无情啊。如不降旗，又怎能在他乡土地上重新竖起风马禄旗呢？

这时我想到了一首诗，名字叫《当折叠起上天旌旗的时刻》。虽然记不全，但依稀记得里面几句诗：让十三世纪面对着我，搜集起金册里的历史，在生命的呼吸中，我折叠起上天的旌旗……

我默默地对着那叠放的旗帜下跪叩首。

这方土地的植物、云登舅舅的歌声乐声、卢格璐舅妈的巧手女红、苏布达嫂嫂的繁盛牛羊、人们热爱自然的情愫、诺干哥哥的呼吸……所有的一切都会感知到我在这里叩首致敬！我欲将那压在风马禄旗上的砖石掀开，好让它酣畅地呼吸，但是我知道，这是不允许的。蕴藉着诺干哥哥气息生命的旗帜，我更是不可触碰的。

曾经拴过多少良骥骏马的拴马桩已经不在，只残留着隐约的痕迹。一个经风吹日晒油漆剥落的陈旧发白的马鞍却端正地骑在断墙上。我不由自主地抚摸着马鞍，刻在鞍韂上的“风禄之马直飞云天”的字迹犹可辨认。

有一年大年初二的早晨云登舅妈带着诺干哥哥和我去萨格撒舅妈家做客时，好脾气的云青马背上就鞴着这个鞍子，而我们二人就骑在这座马鞍上。

诺干哥哥握着缰绳，我恐惧地坐在后边紧紧抱住哥哥的后腰重复着一句话：“慢点，慢点走！”云登舅妈似乎要试试我们骑着的走马的腿劲，一个劲地催促着：“你们俩骑的是马还是木头！赶紧让马跑起来，诺干楚鲁啊，难道要像个八十岁的老人一路颠到人家门口吗？多不吉利！”因为那时我们已经学会字母，所以回到家之后，立刻在鞍鞒上刻下了“风禄之马直飞云天”八个字。诺干哥哥说：“明年春节咱俩一起骑马时肯定会风禄之马直飞云天，而且我的查干妹妹再也不会害怕摔下来，到了那时，咱们就让走马卷起一阵尘土一路到萨格撒舅妈家！”

我伸出手指怜惜地轻轻逐字抚摸着。手指抚过字迹，在那一瞬间心灵与物之间便有了生命韵律的通感。

被遗弃的散架的桌椅板凳、坛坛罐罐、砖块泥土上面，不知名的黑色虫子穿梭交错，好像是在说：我们才是这里的主人哪。它们是否也像原来的屋主一样用另外一种语言书写着诗章呢？

（海泉 译）

神祇呼吸的韵律

故事阿爸家的东南面长着一棵长寿树。家乡的人称它为尚时树、神祇树或祖先神树。人们说，故事阿爸不辞劳苦地坚持种树，就是因为秉承祖先神树的意志。还有人传言，纳延泰阿爸之所以高寿，就是托了神树的福荫。有些风水先生更是笃定地判断，这个人家生活如此吉祥富足，风马禄旗飘扬不倒，就是因为有这方土地、甜水、植物和神树的祝佑。

我毫无保留地相信这些话是真的，因为自己总是不由自主地被这个家吸引，每当走进这家，总会发现，树木在快乐地摇曳，落在树枝上的柏鸟鸣唱声清脆，沙岗的沙砾也会荡起细细的沙浪。

还有人议论："终究还是因为主人热爱万物，体恤生命，所以树木百草才会因爱而花繁叶茂！"这话没错，森林百兽，花鸟鱼虫原本就与人类相通彼此依赖。

神树是老人，它是这方土地所有生命的先祖。当然，神树也是我的祖先和亲人，看见了它，我便觉得找到了心灵依托。我在神树下坐了许久……

据说，这棵树上散发着增强人类的正义感和神圣感的气息。追求高尚优雅的人能与神树气性相通。说树上的每一枚树叶都是一只慧眼，它们俯瞰人世，辨识毫厘，惩恶扬善。

是啊，这树，为人类传授生命之韵、自然之韵，将自然之光射进他们的灵魂里。所以懂得神树语言的人应该释然愉悦地存于世间。

人们总是会跪倒在那些泥质或瓷质的偶像面前，以额触地，虔诚磕头。可不一定人人都会长命百岁，可是神树却活了成百上千年。人类的故事早已化作历史像一阵风消失得无影无踪，神树却默默地记录着自己的历史。

我想起了自己的老乡。无论是为了生计为他人打工受苦的贫弱者，还是说大话吹嘘自己的聪明才智者，无论是为善乡里、造福一方的能者，还是为所唱歌声打动满脸绯红的叔叔们……只要思念起他们我就心有所动，即使他们有人流浪异乡，有人化作高空之风，还有的已经入土为泥，冥冥之中总有一线牵挂，一缕羁留……

一只雄鹰孤独地在神树上空盘旋数圈之后，缓缓消失在东北方向的苍茫天际。距离雄鹰飞过的不远处，已经通了油漆路，有大型车辆不停地呼啸而过。几只百灵鸟在空中高歌，它们时而落在树枝上，时而飞翔于红柳间，好像心意彷徨一时拿不定主意该何去何从。

这里的气息在向我诉说，诺干楚鲁哥哥和我都未能书写的篇章，已经由大自然和神祇的气韵书写着。我肃然端坐，企图将这里的一切气息吸进自己的心胸。

所谓写作，其实是将大自然的语言和思想传达给人类的高尚实践，作家诗人是两者之间的桥梁。

当大自然的声音越来越清晰时，突然有什么东西在视线中晃动。我抬头望去，原来是一只青色的身量很高的山羊。我在吃惊的同时，突然顿悟：原来它就是连续数夜在冥冥之中召唤我的客人。

啊，佛爷，我想起来啦！它就是几年前祝圣的青色山羊！对，没错！十几岁了吧，这祝圣的山羊。

诺干楚鲁的祝圣山羊，如今已年迈衰朽气息奄奄，即将走向永恒。因为在自家的羊群里，寻找不到青色山羊，所以特地从我们家羊群里选了一只山羊。

“知道为什么一定选择青色山羊吗?”诺干哥哥说，“爷爷说，选择青色山羊是因为，那颜色象征着无边无际的蔚蓝色天空，祝福畜群就像那浩瀚天空一样无限地繁殖。”祝圣的那一天，请来了喇嘛念经，把老山羊的气韵匀给小山羊。小山羊是我自己抱来的。诺干哥哥笑话我：“哎呀，今天是白羊羔抱着青羊羔啦！啊，我不能笑话你，要是把你惹恼了，没准会把青羊羔放跑了呢!”

可怜的，也就是因为是祝圣的羊吧，若不然山羊怎么能活十几年呢？山羊步履维艰，呼吸困难，如同背负着整个地球。

蒙古人将畜群中最好的牲畜奉献给大自然，是因为人与自然应该分享最美好的东西。只有崇尚自然、敬畏自然的人类才会有这种情怀。

奉献给苍天大地的祝圣的羊，只有主人可以触摸，其他人绝对不可以接近。还说，他人若是招惹了它，就会全身瘫痪。现在旗里决定，将这里转移围封变成没有牲畜的地方，所以诺干楚鲁哥哥将所有的畜群全部变成了金钱，但不会有任何人接触这只山羊，这是明摆着的。它已然是这片土地上唯一走动的牲畜了。瘦弱不堪的山羊走近了我，闻着我的衣襟和手，好像是在寻找乞求什么。

我虽然不是这家的主人，但这只祝圣的山羊自己走近我，触碰我，所以我也没客气。

“怎么了？我的神羊？走进我的梦境的就是你吗?”我弯下腰，抚摸着它的脖子时问道。它贴近我的耳朵和鼻子，窸窸窣窣地似在表达什么。那应该是自然的呼吸和心声才对。是这片美丽土地上的美丽畜群最后的声息。

我凭借一个牧人的直觉，感觉它一定是有什么重要的事情要嘱托我。我端详着它的一举一动，试着快点知晓它的意图，它一定会用自己的方式说明意图的，对此我深信不疑。

它在闻我舔我之后，微弱地叫了几声，然后朝着东方嘚嘚嗒嗒地走去。我跟随而去。在东面不远处出现祝圣沙岗时，昨天夜里的梦境闪电般地出现在我脑海中。

“我明白啦，神羊！”我像是对着什么人似的高声喊着继续跟随。山羊在快速行进中突然双膝一曲，跪倒在了沙地上。我把它抬了起来，它趔趄数步之后又跪下了。就如同一只跪乳的小羊一样跪倒了。对于一个跪倒在自然母亲面前的生灵，我没再施以援手。对于一个跪着来到自然世界复又跪着返还自然世界的生灵，我满怀敬畏。我喃喃道：“躺下吧，就卧倒在自然母亲温暖的怀抱里吧，你放心，我会背着送你去的……”是嘴在说话，还是泪水在絮叨，我已难以分辨。我的眼前一阵昏暗，我绊倒在锦鸡儿和苦艾丛中不辨南北。举目眺望，在这“无人无畜群”的旷野上，除了我再也没有呼吸着的生命了……

我珍重地抱起了山羊。犹如那一年抱着它来到这个人家一样。它将下颌放在我的臂弯里，像是找到了最后的依托般放松了自己，不时地微睁双目，眺望远方。突然，泪水从那青色的睫毛下涌出，滴落在我的手臂上。我惊奇于也许连续数日都滴水未进的山羊，哪儿来的这么多的泪水，那些泪水究竟要流到哪里去？

“哭吧，在孤独中四处流浪遍尝苦难的你，就在我的怀抱里痛痛快快地哭个够吧，我理解你的泪水！”由于怀里抱着山羊，我无法擦拭自己滚落的泪滴，任它落在山羊长长的睫毛上。

“白羊羔抱着青羊羔，好啦，算啦，算啦，我不能笑话你，要是把你惹恼了，没准白羊羔会把青羊羔放跑的！”回忆起诺干哥哥的话。诺干哥哥，现在我真的像是生了气，怀抱着青山羊走呢。

当我们攀登上祝圣沙岗顶时，我的衣服已经湿透了，那湿透的衣服里既有汗水也有泪水，既有人类的也有山羊的。我无法将它放下，仍旧怀抱着它。它的表情自然祥和，仿佛在说：在你的怀抱里，我备感幸福……是啊，自从你的群落从这一方土地上消失，你哪里还曾享受过今日的自然和松弛，那时风雨在袭击你，孤独在缠绕你，饥馑在威胁你……

“我懂，我懂你的一切……”我用手掌轻柔地抚摸着它的脊背。它轻声地叫了一声，然后短小的尾巴僵硬地竖起来，排出几粒粪蛋儿。

我怕把它弄疼，轻轻将它放下。

刚才还流淌着眼泪的眼睛，好像是将视线中所有的山山水水带走似的闭紧了。

我摘下白色围巾，裹住了它的遗体，用沙土埋葬了它。当我捧起柔软的沙土放在它身体上时，地脉之气就起伏在我的手掌上。土地、畜群、植物都有自己的呼吸，自己的话语，自己的心声！那气息沿着我敏感的直觉奔腾流动，授我以生命，授我以灵感，授我以激情，授我以滚烫的文字！

很久以前埋藏在沙岗顶端的祝圣羊的遗骨从沙土中露了出来，旁边长出了几簇小小的粉色野花。

那些不知名的小花宛如那些无法开解的梦境和预感，一如惊起的鹿群一样一闪而过。

我用手指沿着坟茔划了一道圆圈，防止任何肮脏龌龊的东西侵犯这方神圣之地。愿那圣洁的生灵带着它原初的灵魂回归天界，借助我爱的力量！我应该用扬向天宇的洁白乳汁为你送行，可是在这茫茫荒野之中，哪里去寻找那圣洁之物？我为它祈祷：快快寻找到自己的来生，如果转世，就出生在一个蒙古女人之家，因为那里永远会有清澈的泉水、茂盛的花草……

生活在城市里的我，虽然不可能按照民风民俗还原游牧文化，但今日对突然而至的生命，得以用真诚之心敬之待之。无论如何，我没有让祝圣生灵的神圣之体遭受他人的践踏玷污，并亲手将它埋葬在故乡的纯洁之地。

我的心绪和逝者一样松弛自由。当然现在的我怀中空无一物，似有些落寞、空寂，但我已听闻到周围熟悉的一切在一种看不见的生命之韵中悄悄地萌芽、呼吸、成长。

那正是我梦寐以求的生命之韵……

（海泉 译）

图书在版编目（CIP）数据

游牧人笔记 / 乌仁高娃著；海日寒，海泉，哈森译. -- 北京：作家出版社，2018. 3（2023.2重印）
（中国少数民族文学发展工程 · 民译汉专项）
ISBN 978-7-5063-9995-1

Ⅰ. ①游… Ⅱ. ①乌… ②海… ③海… ④哈… Ⅲ. ①散文集- 中国 - 当代 Ⅳ. ① I267

中国版本图书馆CIP数据核字（2018）第057816号

游牧人笔记

作　　者： 乌仁高娃
译　　者： 海日寒　海　泉　哈　森
责任编辑： 史佳丽　李亚梓
特约编辑： 薛　怡
出版发行： 作家出版社
社　　址： 北京农展馆南里10号　　　**邮　　编：** 100125
电话传真： 86-10-65930756（出版发行部）
86-10-65004079（总编室）
86-10-65015116（邮购部）
E-mail:zuojia@zuojia.net.cn
http://www.haozuojia.com（作家在线）
印　　刷： 固安兰星球彩色印刷有限公司
成品尺寸： 170 × 240
字　　数： 152千
印　　张： 16.5
版　　次： 2018年10月第1版
印　　次： 2023年2月第2次印刷
ISBN 978-7-5063-9995-1
定　　价： 38.00元

作家版图书，版权所有，侵权必究。
作家版图书，印装错误可随时退换。